DE EENZAAMHEID VAN DE PRIEMGETALLEN

W0392791

Paolo Giordano

De eenzaamheid van de priemgetallen

Vertaling Mieke Geuzebroek
en Pietha de Voogd

CARGO

2009

DE BEZIGE BIJ

AMSTERDAM

De vertalers ontvingen voor deze vertaling een werkbeurs van het Fonds voor de Letteren

Cargo is een imprint van uitgeverij De Bezige Bij, Amsterdam

Copyright © 2008 Paolo Giordano
Copyright Nederlandse vertaling © 2009 Mieke Geuzebroek en Pietha de Voogd; de vertalers hebben in overleg met de auteur enkele wijzigingen in de tekst aangebracht.
Eerste druk januari 2009
Zeventiende druk juli 2009
Oorspronkelijke titel *La solitudine dei numeri primi*
Oorspronkelijke uitgever Arnoldo Mondadori Editore S.p.A., Milano
Omslagontwerp Marry van Baar
Omslagillustratie Mirjan van der Meer
Foto auteur Simone Mottura (www.simonemottura.it)
Vormgeving binnenwerk Adriaan de Jonge
Druk Koninklijke Wöhrmann, Zutphen
ISBN 978 90 234 3496 2
NUR 302

www.uitgeverijcargo.nl

Voor Eleonora,
omdat ik het je
stilzwijgend had beloofd

De rijk versierde japon van haar oude tante
sloot perfect om het ranke figuur van
Sylvie, die me vroeg hem voor haar dicht te knopen.
'Hij heeft gladde mouwen,' zei ze, 'wat een
bespottelijk geval!'

GÉRARD DE NERVAL, *Sylvie,* 1853

De sneeuwengel

(1983)

I

Alice Della Rocca haatte de skilessen. Ze haatte de wekker die ook in de kerstvakantie om half acht 's morgens afging en haar vader die haar tijdens het ontbijt aanstaarde en onder tafel zenuwachtig met zijn been op en neer wipte, alsof hij wilde zeggen vooruit, schiet op. Ze haatte de wollen maillot die in haar dijen prikte, de skiwanten waarin ze haar vingers niet kon bewegen, de helm die haar wangen platdrukte en het gespje dat in haar kaak stak, en dan die skischoenen die altijd te strak zaten en waarmee ze liep als een gorilla.

'Nou, drink je die melk nog op of niet?' zei haar vader voor de zoveelste keer.

Alice werkte een paar slokken gloeiend hete melk weg, waaraan ze eerst haar tong en toen haar slokdarm en maag brandde.

'Zo, en vandaag laat je zien wie je bent,' zei hij.

Wie ben ik dan? dacht ze.

Daarna duwde hij haar, als een mummie ingepakt in haar groene skipak vol vaantjes en lichtgevende sponsoropschriften, de deur uit. Het was op dat uur tien graden onder nul en de zon was niet meer dan een schijf van net iets grijzer grijs dan de mist die alles omhulde. Alice voelde de melk in haar maag klotsen, terwijl ze met haar ski's over haar schouder in de sneeuw wegzakte, want totdat je zo goed bent dat iemand anders ze voor je draagt, moet je je ski's zelf dragen.

'Hou de achterkant naar voren, anders vermoord je nog iemand,' zei haar vader.

Aan het eind van het seizoen kreeg je van de skiclub een speld met sterretjes erop. Elk jaar een sterretje meer, vanaf dat je vier was en groot genoeg om het zitje van de sleeplift tussen je benen te laten duwen, tot je negen was en je er zelf op kon gaan zitten. Drie zilveren sterren en daarna nog drie gouden. Elk jaar een speld om je duidelijk te maken dat je weer wat verder was en een stap dichter bij de wedstrijden, die Alice de stuipen op het lijf joegen. Ze was er nu al mee bezig, terwijl ze nog maar drie sterren had.

Om precies half negen, als de skistations opengingen, moest ze bij de stoeltjeslift zijn. De rest van het klasje stond er al, in een soort kring, als een regiment soldaatjes ingepakt in hun uniform en stram van de kou en de slaap. Ze prikten hun skistokken in de sneeuw en leunden erop, het uiteinde onder hun oksels geklemd. Met die naar beneden bungelende armen leken het net vogelverschrikkers. Niemand had zin om te praten, Alice al helemaal niet.

Haar vader gaf twee veel te harde tikken op haar helm, alsof hij haar stevig in de sneeuw wilde planten.

'Geef ze van katoen. En denk eraan: gewicht naar voren, begrepen? Ge-wicht-naar-vo-ren,' zei hij.

Gewicht naar voren, antwoordde de echo in Alices hoofd.

Daarna liep hij weg, blazend in zijn handen die hij als een kommetje voor zijn mond hield; hij zou zo weer lekker warm binnen zijn krant zitten lezen. Nog twee stappen en de mist verzwolg hem.

Alice liet haar ski's onhandig in de sneeuw vallen: als haar vader het had gezien, had hij haar waar iedereen bij was op haar donder gegeven. Voordat ze haar skischoenen in de bindingen klikte, sloeg ze met haar skistok tegen de zolen om de sneeuwklonters los te krijgen.

Ze moest eigenlijk nu al plassen. Ze voelde het op haar blaas drukken, alsof er een speld in haar buik stak. Ze zou het vandaag ook weer niet kunnen ophouden, dat wist ze zeker.

Elke ochtend hetzelfde liedje. Na het ontbijt sloot ze zich op in de wc en perste en perste om alles eruit te plassen. Ze bleef net zo lang op de wc haar buikspieren zitten aanspannen tot ze steken in haar hoofd kreeg van de inspanning en het leek alsof haar oogballen uit hun kassen zouden floepen, als het vruchtvlees van een druif uit zijn vel, wanneer je erin knijpt. Ze zette de kraan helemaal open zodat haar vader de geluiden niet zou horen. Ze perste met gebalde vuisten om ook de laatste druppel eruit te krijgen.

Zo bleef ze zitten tot haar vader op de wc-deur bonsde en schreeuwde hé, jongedame, komt er nog wat van of moeten we vandaag soms ook weer te laat komen?

Het hielp allemaal toch niks. Als ze aan het eind van de eerste stoeltjeslift was, moest ze altijd al zo nodig dat ze genoodzaakt was haar ski's los te maken, een eindje verderop in de verse sneeuw te hurken en net te doen alsof ze haar skischoenen strakker deed, terwijl ze intussen plaste. Ze maakte een bergje sneeuw rond haar tegen elkaar geklemde benen en plaste in haar broek. In haar skipak, in haar maillot, terwijl de rest van het klasje naar haar keek en Eric, de skileraar, zei we moeten weer eens op Alice wachten.

Wat een opluchting, dacht ze elke keer als ze het lekker warme vocht langs haar verkleumde benen voelde lopen.

Het zou echt een opluchting zijn, dacht Alice, als ze niet allemaal naar me stonden te kijken.

Ze gaan het een keer merken.

Ik laat een keer een gele plek in de sneeuw achter.

Dan lachen ze me allemaal uit, dacht Alice.

Een van de ouders liep naar Eric toe en vroeg of het die dag nou niet te veel mistte om naar boven te gaan. Alice spitste hoopvol haar oren, maar Eric toverde zijn perfecte glimlach tevoorschijn.

'Het mist alleen hier,' zei hij. 'Boven is het strakblauw. Kom, we gaan naar boven.'

Alice zat samen met Giuliana, de dochter van een van haar vaders collega's, in de stoeltjeslift. Ze praatten niet onderweg. Ze vonden elkaar niet aardig en ook niet onaardig. Ze hadden niets gemeen, behalve dat ze allebei op dat moment niet daar wilden zijn.

Het enige geluid was de wind die tegen de top van de Fraiteve zwiepte, ritmisch onderbroken door het getik van de staalkabel waar Alice en Giuliana aan hingen, met hun kin diep in de kraag van hun jack om zich aan hun eigen adem te warmen.

Het is gewoon de kou, je hoeft niet echt, zei Alice almaar bij zichzelf.

Maar hoe dichter ze bij de top kwamen, hoe meer de speld in haar buik in haar vlees boorde. Nee, er was meer aan de hand. Misschien was het deze keer nog iets ergers.

Nee, het is gewoon de kou, het kan niet dat je nu alweer moet. Je bent net geweest, kom op.

Er borrelde een bel zure melk omhoog, helemaal tot in haar strot. Walgend slikte Alice hem weg. Ze moest echt nodig, ze moest ontzettend nodig.

Nog twee stops voor we bij de berghut zijn, dacht ze. Zo lang kan ik het niet ophouden.

Giuliana klapte de veiligheidsbeugel omhoog en ze schoven allebei met hun achterwerk wat naar voren om af te kunnen stappen. Toen haar ski's de grond raakten, zette Alice zich met haar hand af om uit het stoeltje te wippen.

Er was niet meer dan twee meter zicht, hoezo strakblauw. Alles wit, alleen maar wit, boven, onder en opzij. Het was alsof je in een laken was gewikkeld. Het was precies het tegenovergestelde van het donker, maar Alice was er even bang voor.

Ze gleed naar de rand van de piste om een bergje verse sneeuw te zoeken waar ze de boel kon laten lopen. Haar darmen maakten net zo'n geluid als de afwasmachine die net wordt aangezet. Ze keek om. Ze zag Giuliana niet meer, dus kon Giuliana haar ook niet zien. Ze krabbelde een paar meter de helling op, haar ski's in een V, zoals het moest van haar vader sinds hij het in zijn hoofd had gezet om haar te leren skiën. Vierendertig keer per dag de kinderpiste op en af. Stapje voor stapje tegen de helling op naar boven en naar beneden in de ploeg, want het was geldverspilling om voor één enkele piste een skipas te kopen, en bovendien trainde ze zo ook haar benen.

Alice maakte haar ski's los en deed nog een paar stappen. Ze zakte met haar skischoenen tot halverwege haar kuiten in de sneeuw.

Eindelijk zat ze. Ze hield haar adem niet meer in en ontspande haar spieren. Een aangename siddering voer door haar hele lichaam en eindigde in haar tenen.

Het kwam vast door de melk, ja, het kwam zeker door de melk. Het kwam vast doordat ze op meer dan tweeduizend meter in de sneeuw zat en half bevroren billen had. Dit was haar nog nooit overkomen, tenminste niet zolang ze zich kon herinneren. Nooit, niet één keer.

Ze deed het in haar broek. Niet alleen plas. Nee. Alice poepte in haar broek, om precies negen uur op een ochtend in januari. Ze poepte in haar onderbroek en merkte het niet eens. In elk geval niet tot ze Eric hoorde roepen, ergens in die muur van mist.

Ze sprong overeind en op dat moment voelde ze iets

zwaars in het kruis van haar broek. Onwillekeurig greep ze naar haar billen, maar door haar want voelde ze niets. Dat hoefde ook niet, ze wist toch al wat er was gebeurd.

Wat moet ik nou doen? vroeg ze zich af.

Eric riep haar opnieuw. Alice reageerde niet. Zolang ze daarboven bleef, zou de mist haar aan het zicht onttrekken. Ze kon de broek van haar skipak naar beneden doen en zich zo goed en zo kwaad als het ging met sneeuw afvegen, of ze kon naar Eric gaan en in zijn oor fluisteren wat er was gebeurd. Ze kon ook zeggen dat ze terug moest naar het dorp omdat haar knie pijn deed. Of zich nergens wat van aantrekken, gewoon gaan skiën en ervoor zorgen dat ze steeds de laatste in de rij was.

Maar ze bleef zitten, veilig in de mist en zonder een vin te verroeren.

Eric riep haar voor de derde keer. Harder nu.

'Ze is vast al naar de skilift gegaan, die sukkel,' reageerde een jongetje in haar plaats.

Alice hoorde ze door elkaar roepen. Eentje zei laten we gaan en een ander ik krijg het koud van dat stilstaan. Ze konden pal onder haar staan, een paar meter van haar vandaan, maar voor hetzelfde geld nog bij het eindpunt van de stoeltjeslift. Geluiden zijn verraderlijk, ze weerkaatsen tegen de bergen, worden gedempt door de sneeuw.

'Dat stomme kind... Ik ga kijken,' zei Eric.

Alice voelde de gore derrie langs haar dijen naar beneden lopen en telde tot tien om te voorkomen dat ze ging kotsen. Bij tien aangekomen begon ze opnieuw en telde door tot twintig. Er was nu helemaal niets meer te horen.

Ze pakte haar ski's en droeg ze onder haar arm naar de piste. Het duurde even voor ze doorhad hoe ze ze moest neerleggen om dwars op de berg te staan. Met zo'n mist heb je geen idee welke kant je op staat.

Ze gespte haar skischoenen vast en klikte ze in de bindingen. Daarna deed ze haar skibril af en spuugde erin, want hij was beslagen.

Ze kon best alleen naar beneden skiën. Het kon haar niets schelen dat Eric haar op de Fraiteve aan het zoeken was. Ze wilde die vieze poepmaillot geen minuut langer dan nodig aan haar lijf hebben. Ze dacht na over de route. Ze was nog nooit alleen afgedaald, maar ach, ze hadden alleen maar de stoeltjeslift genomen en ze had die piste wel honderd keer gedaan.

Ze ging in de ploeg staan, dat was veiliger, en met haar benen wijd leek het ook alsof ze van onderen minder onder de derrie zat. Net de dag ervoor had Eric tegen haar gezegd als ik je nog één keer een bocht zie maken in de ploeg, dan bind ik je enkels bij elkaar, verdomd als 't niet waar is.

Eric mocht haar niet, dat wist ze wel zeker. Hij vond haar een schijtebroek. En al met al gaven de feiten hem gelijk. Eric mocht haar vader ook niet, want die vuurde aan het eind van de les altijd miljoenen vragen op hem af. Hoe doet onze Alice het, gaan we al vooruit, hebben we al een kampioene, beginnen de wedstrijden al en ga zo maar door. Eric staarde dan altijd naar een punt achter Alices vader en antwoordde ja, nee of liet een langgerekt hmmm... horen.

Alice zag het hele tafereel op haar mistige bril aan zich voorbijtrekken, terwijl ze heel langzaam afdaalde. Ze kon niet verder zien dan de punten van haar ski's. Pas toen ze op verse sneeuw terechtkwam, begreep ze dat het tijd was om bochtjes te gaan maken.

Om zich minder alleen te voelen begon ze een liedje te neuriën. Nu en dan wreef ze met haar want onder haar neus om het snot weg te vegen.

Gewicht naar achteren, afzetten met je skistok en draaien. Hang in je schoenen. Nu je gewicht naar voren, begrepen? Ge-wicht-naar-vo-ren, hoorde ze Eric en haar vader om beurten dreunen.

Haar vader zou woest zijn. Ze moest een leugen bedenken. Een goed verhaal zonder hiaten of tegenstrijdigheden. Ze peinsde er niet over om hem te vertellen wat er echt gebeurd was. De mist, natuurlijk, het kwam door de mist. Ze skiede achter de anderen aan op de piste van de reuzenslalom, en toen was haar skipas opeens van haar jack gewaaid. Nee, toch maar niet, je skipas kon er niet zomaar afvliegen. Je moest wel hartstikke gek zijn om hem te verliezen. Dan maar haar das. Haar das was er afgevlogen en zij was een eindje teruggegaan om hem te zoeken en de anderen hadden niet op haar gewacht. Zij had ze wel honderd keer geroepen, maar geen reactie, ze waren verdwenen in de mist en toen was ze naar beneden geskied om ze te zoeken.

En waarom ben je toen niet weer naar boven gegaan? zou haar vader vragen.

Ja, waarom niet? Bij nader inzien was het toch beter als ze haar skipas verloor. Ze was niet weer naar boven gegaan omdat ze geen skipas meer had, en van de man van de skilift mocht ze niet meer omhoog.

Alice glimlachte, ze was tevreden met haar verhaal. Er was geen speld tussen te krijgen. Ze voelde zich niet eens meer zo vies. Dat spul droop niet meer langs haar benen.

Waarschijnlijk is het bevroren, dacht ze.

De rest van de dag zou ze lekker voor de tv hangen. Ze zou gaan douchen en schone kleren aantrekken en haar voeten in haar harige sloffen steken. Ze zou het de hele dag lekker warm hebben gehad, als ze tenminste even had opgekeken van haar ski's, net lang genoeg om de oranje strook met *Piste gesloten* te zien. Ja, haar vader zei het keer op keer, je moet leren kijken waar je naartoe gaat. En als ze er maar aan had gedacht dat je op verse sneeuw je gewicht niet naar voren moest plaatsen, en als Eric een paar dagen eerder haar bindingen maar beter had afgesteld en als haar vader maar had doorgedramd met zijn Alice weegt maar achtentwintig kilo, zitten ze niet te strak zo?

Ze maakte niet eens zo'n enorme duik. Een paar meter maar, net genoeg om haar maag omhoog te voelen komen en de grond onder haar voeten te voelen verdwijnen. En daar lag Alice al plat op haar neus, haar ski's in de lucht, recht omhoog in de sneeuw; en dat kon haar kuitbeen niet hebben.

Het deed niet eens zo veel pijn. Ze voelde eerlijk gezegd bijna niets. Alleen de sneeuw die onder haar das en in haar helm was gekropen en een branderig gevoel gaf op haar huid.

Het eerste wat ze bewoog, waren haar armen. Toen ze kleiner was en het had gesneeuwd als ze wakker werd, pakte haar vader haar dik in en ging met haar naar beneden. Ze liepen naar het midden van de binnenplaats, telden hand in hand een twee drie en lieten zich tegelijkertijd met hun volle gewicht naar achteren vallen. Dan zei haar vader nu moet je de engel doen en dan bewoog Alice haar armen op en neer. En als ze daarna opstond en naar haar afdruk in de verse sneeuw keek, leek die sprekend op het silhouet van een engel met gespreide vleugels.

Alice deed de engel in de sneeuw, zomaar, zonder enige aanleiding, alleen om zichzelf te bewijzen dat ze nog leefde. Ze wist haar hoofd opzij te draaien en weer te gaan ademen, al leek het alsof de lucht die ze inademde niet helemaal precies kwam waar hij wezen moest. Ze had het vreemde gevoel dat ze niet wist hoe haar benen lagen. Het uiterst vreemde gevoel dat ze er niet meer waren, haar benen.

Ze probeerde op te staan, maar dat ging niet.

Zonder die mist zou iemand haar van bovenaf waarschijnlijk hebben gezien. Een groene vlek op de bodem van een kloof, vlak bij de plek waar in de lente weer een beekje zou stromen en bij het eerste warme weer bosaardbeitjes groeiden, die als je lang genoeg wachtte zo zoet werden als snoepjes en waar je met een dag plukken een heel mandje mee kon vullen.

Alice riep om hulp, maar haar ijle stemmetje ging verloren in de mist. Ze probeerde opnieuw op te staan, of zich op z'n minst om te draaien, maar het lukte van geen kant.

Haar vader had haar verteld dat mensen die doodvriezen het vlak voordat ze het loodje leggen ontzettend warm krijgen en zich dan vanzelf uitkleden, en dat daarom bijna alle mensen die doodgaan van de kou worden gevonden met alleen hun onderbroek aan. Die van haar was nog vies ook.

Ze begon nu ook het gevoel in haar vingers te verliezen. Ze deed een van haar wanten uit, blies erin en stak toen haar gebalde vuist erin om hem op te warmen. Ze deed met haar andere hand hetzelfde. Ze herhaalde die belachelijke actie twee, drie keer.

Wat je nekt, zijn je ledematen, zei haar vader altijd. Tenen, vingers, neus, oren. Het hart probeert uit alle macht het bloed voor zichzelf te houden en laat de rest bevriezen.

Alice stelde zich voor hoe haar vingers blauw werden en daarna, langzaam, ook haar armen en benen. Ze dacht aan haar hart dat steeds harder pompte en probeerde alle warmte die over was vast te houden. Ze zou zo stijf worden dat als er een wolf langskwam, hij haar arm zou verbrijzelen louter door eroverheen te lopen.

Ze zijn me vast aan het zoeken.

Zouden er echt wolven zijn?

Ik voel mijn vingers niet meer.

Had ik maar geen melk gedronken.

Gewicht naar voren, dacht ze.

Welnee, wolven houden een winterslaap.

Eric is vast woedend.

Ik wil niet aan die wedstrijden meedoen.

Klets geen onzin, je weet best dat wolven geen winterslaap houden.

Haar gedachten werden steeds onlogischer en draaiden steeds meer in kringetjes rond. Langzaam zakte de zon achter de Chaberton, alsof er niets aan de hand was. De schaduw van de bergen viel over Alice en de mist werd helemaal zwart.

De wet van Archimedes

(1984)

2

Toen de tweeling nog klein was en Michela weer eens wat uithaalde, zoals met haar loopstoeltje van de trap af racen of een doperwt in haar neus stoppen, zodat je dan weer met haar naar de eerste hulp moest om hem er met een speciaal pincet uit te laten halen, keek hun vader altijd naar Mattia, de eerste die het licht zag, en zei dat mama een te kleine baarmoeder had voor hen allebei.

'Joost mag weten wat jullie daar in die buik hebben uitgespookt,' zei hij altijd. 'Misschien heb je je zusje wel ernstige schade toegebracht met je getrappel.'

En dan lachte hij, hoewel er niets te lachen viel. Hij tilde Michela hoog in de lucht en drukte zijn baard tegen haar zachte wangetjes.

Mattia keek omhoog. Hij lachte ook en liet zijn vaders woorden door osmose binnensijpelen zonder ze echt te begrijpen. Hij liet ze onder in zijn maag een depot vormen, een dikke, kleverige laag, als het bezinksel van lang gerijpte wijn.

Zijn vaders lach veranderde in een strakke glimlach toen Michela met zevenentwintig maanden nog geen woord fatsoenlijk kon zeggen. Nog geen mama of papa of bah of woef. Haar ongearticuleerde kreetjes kwamen uit een dusdanig eenzaam en verlaten oord dat hun vader elke keer huiverde.

Toen Michela vijfenhalf was, zette een logopediste met dikke brillenglazen een houten doos voor haar neus met vier verschillend gevormde gaten erin – een ster, een cirkel, een vierkant en een driehoek – plus de bijpassende gekleurde blokjes die je in de uitsparingen moest stoppen.

Michela zette grote ogen op.

'Waar moet de ster, Michela?' vroeg de logopediste.

Michela richtte haar blik op het spelletje en raakte niets aan. De vrouw stopte de ster in haar handje.

'Waar moet die, Michela?' vroeg ze.

Michela keek overal en nergens. Ze stak een van de vijf gele punten in haar mond en begon erop te bijten. De logopediste haalde haar handje voor haar mond weg en stelde de vraag voor de derde keer.

'Michela, doe wat die mevrouw zegt, verdorie,' blafte haar vader, die gewoon niet kon blijven zitten waar ze gezegd hadden dat hij moest zitten.

'Alstublieft, meneer Balossino,' zei de mevrouw sussend. 'Je moet kinderen de tijd gunnen.'

Michela nam de tijd. Een volle minuut. Toen slaakte ze een hartverscheurende kreet die zowel vreugde als wanhoop kon betekenen, en propte de ster gedecideerd in het gat van het vierkant.

Mocht Mattia er op eigen houtje nog niet achter zijn gekomen dat er iets raars met zijn zusje was, dan maakten zijn klasgenoten het hem wel duidelijk, bijvoorbeeld Simona Volterra, die toen de juf in de eerste zei Simona, jij zit deze maand naast Michela, haar armen over elkaar sloeg en protesteerde ik wil niet naast dat kind zitten.

Mattia had het gekibbel van Simona en de juf even aangezien en toen gezegd ik ga wel naast Michela zitten, juf. Iedereen leek opgelucht: 'dat kind', Simona, de juf. Iedereen, behalve Mattia.

De tweeling zat op de eerste rij. Michela kleurde de hele

dag plaatjes: ze kraste heel secuur buiten de lijnen en gebruikte volstrekt willekeurige kleuren. De huid van de kinderen blauw, de lucht rood, de bomen allemaal geel. Ze hield haar potlood vast als een vleeshamer en drukte zo hard dat het papier een op de drie keer scheurde.

Naast haar leerde Mattia lezen en schrijven. Hij leerde de vier rekenkundige bewerkingen en kon als eerste van de klas een staartdeling maken. Zijn hoofd leek een perfect raderwerk, wat net zo raadselachtig was als de gebrekkige werking van het hare.

Soms begon Michela op haar stoel te wiebelen en wild met haar armen te slaan, als een nachtvlinder in de val. Dan werden haar ogen donker en bleef de juf, die banger was dan zij, alleen maar naar haar kijken in de flauwe hoop dat dat debiele kind op een keer inderdaad weg zou vliegen. Sommige kinderen op de rijen achter haar grinnikten en andere deden dan sst.

Dan stond Mattia op van zijn stoel, die hij iets optilde om niet over de vloer te krassen, en ging achter Michela staan, die haar hoofd heen en weer bewoog en inmiddels zo snel met haar armen klapperde dat hij bang was dat ze los zouden schieten.

Mattia pakte haar handen vast en legde haar armen zachtjes over elkaar tegen haar borst.

‘Zo, nu heb je geen vleugels meer,’ zei hij in haar oor.

Het duurde dan nog een paar seconden voordat Michela ophield met trillen. Ze bleef zitten staren naar iets wat er niet was en ging dan weer doodgemoedereerd door met haar tekeningen te mishandelen. Mattia ging weer op zijn plaats zitten, met gebogen hoofd en rode oren van schaamte, en de juf ging verder met de les.

In de derde klas was de tweeling nog steeds nooit uitgenodigd voor een verjaardagspartijtje van een klasgenoot.

Dat was hun moeder opgevallen en zij had gedacht dat op te lossen door zelf een partijtje te geven voor de verjaardag van de tweeling. Meneer Balossino had het idee tijdens het eten afgeschoten met de woorden alsjeblieft Adele, het is allemaal al pijnlijk genoeg. Mattia had een zucht van verlichting geslaakt en Michela had voor de tiende keer haar vork laten vallen. Ze hadden het er niet meer over gehad.

En toen, op een ochtend in januari, kwam Riccardo Pelotti, die met dat rooie haar en die bavianenlippen, naar Mattia's tafeltje toe.

'Hé, m'n moeder heeft gezegd dat jij ook op mijn partijtje mag komen,' zei hij in één adem, terwijl hij naar het schoolbord keek.

'En zij ook,' zei hij erachteraan en wees naar Michela, die nauwgezet het tafelblad gladstreek alsof het een laken was.

Mattia's gezicht begon te tintelen van opwinding. Hij zei dankjewel, maar Riccardo had zijn taak volbracht en was al weg.

De moeder van de tweeling kreeg het meteen op haar heupen en nam ze allebei mee naar Benetton om ze in het nieuw te steken. Ze liepen drie speelgoedwinkels af, maar Adele bleef twijfelen.

'Wat vindt Riccardo leuk? Is dit soms iets voor hem?' vroeg ze aan Mattia met een puzzel van vijftienhonderd stukjes in haar hand.

'Hoe moet ik dat nou weten?' antwoordde haar zoon.

'Het is toch je vriendje? Je weet vast wel welke spelletjes hij leuk vindt.'

Mattia bedacht dat Riccardo geen vriendje van hem was en dat hij dat niet aan zijn moeder zou kunnen uitleggen. Dus haalde hij zijn schouders op.

Uiteindelijk koos Adele voor het ruimteschip van lego, de grootste en duurste doos van de afdeling.

'Dat is veel te duur, mam,' protesteerde haar zoon.

'Ach, welnee. Bovendien, jullie zijn met z'n tweeën. Je wilt toch niet voor gek staan?'

Mattia wist donders goed dat ze sowieso voor gek zouden staan, met of zonder lego. Dat kon niet anders met Michela. Hij wist donders goed dat Riccardo ze alleen maar voor zijn partijtje had uitgenodigd omdat het moest van zijn ouders. Michela zou de hele tijd aan hem hangen, ze zou sinas op haar kleren morsen en daarna zou ze gaan dreinen, wat ze altijd deed als ze moe was.

Voor het eerst bedacht Mattia dat het misschien beter was om thuis te blijven.

Of nee, hij bedacht dat het beter was als Michela thuisbleef.

'Mam,' begon hij aarzelend.

Adele zocht de portemonnee in haar tas.

'Ja?'

Mattia haalde diep adem.

'Moet Michela echt mee naar dat partijtje?'

Adele bleef stokstijf staan en keek haar zoon recht in de ogen. De caissière sloeg het tafereel onverschillig gade, met haar hand open op de band in afwachting van het geld. Michela gooide intussen de pakjes snoep op de display door elkaar.

Mattia's wangen werden warm, voorbereid op de draai om zijn oren die niet kwam.

'Natuurlijk gaat ze mee,' zei zijn moeder alleen maar, en daarmee was de kous af.

Ze konden best alleen naar het huis van Riccardo. Het was maar tien minuutjes lopen. Om precies drie uur stuurde Adele de tweeling op pad.

'Vooruit, anders komen jullie te laat. Vergeet niet zijn ouders te bedanken,' zei ze.

Toen keek ze naar Mattia.

'Pas goed op je zusje. Je weet dat ze geen troep mag eten.'

Mattia knikte. Adele kuste ze allebei op hun wangen, Michela iets langer. Ze deed de diadeem goed in haar haar en zei veel plezier.

Onderweg naar Riccardo's huis werden Mattia's gedachten ritmisch begeleid door het gerammel van de legostukjes die van de ene naar de andere kant van de doos rolden, als een woelige zee. Michela probeerde Mattia een paar meter achter hem struikelend bij te houden. Ze sleepte met haar voeten over de brij van dode bladeren die aan het asfalt plakte. Het was windstil en koud.

Ze laat vast alle chips op de grond vallen, dacht Mattia.

Ze pakt de bal en wil hem aan niemand meer afgeven.

Hij draaide zich om naar zijn tweelingzus en zei: 'Loop eens door.' Ze was midden op de stoep op haar hurken gaan zitten en martelde met haar vinger een worm van wel een halve meter lang.

Michela keek naar haar broer alsof ze hem na heel lange tijd weer terugzag. Ze glimlachte naar hem en rende met de worm tussen duim en wijsvinger op hem af.

'Getverdemme. Gooi weg!' beet Mattia haar toe, terwijl hij terugdeinsde.

Michela keek nog even naar de worm en leek zich af te vragen hoe hij tussen haar vingers was beland. Toen liet ze hem vallen en trok een kreupel sprintje om haar broer, die al een eindje door was gelopen, in te halen.

Ze pakt de bal en wil hem aan niemand meer afgeven, net als op school, dacht Mattia.

Hij keek naar zijn tweelingzusje dat precies dezelfde ogen had als hij, precies dezelfde neus, precies dezelfde kleur haar en een waardeloos stel hersens, en voor het eerst voelde hij onvervalste haat. Hij pakte haar hand vast om over te steken, want de auto's reden daar hard. En terwijl ze overstaken, kwam hij op een idee.

Hij liet de hand van zijn zus in het wollen wantje los, maar bedacht toen dat hij dat niet kon maken.

Toen ze daarna langs het park liepen, kreeg hij weer een ander idee en besloot dat niemand er ooit achter zou komen.

Het is maar voor een paar uurtjes, dacht hij. Alleen voor deze keer.

Hij veranderde abrupt van richting en trok Michela mee het park in. Het gras was nog nat van de nachtvorst. Michela dribbelde achter hem aan; haar splinternieuwe, wit suède laarsjes kwamen onder de modder.

Er was niemand in het park. Met die kou zou je je wel drie keer bedenken voor je een wandelingetje ging maken. De tweeling kwam bij een plek waar een paar bomen stonden en waar drie tafels en een barbecue waren neergezet. In de eerste klas hadden ze uitgerekend daar een keer geluncht, op een ochtend dat de juf ze mee naar buiten had genomen om dode blaadjes te rapen, waarmee ze daarna van die lelijke kerststukjes moesten maken om aan hun opa en oma te geven.

'Michi, luister goed naar me,' zei Mattia. 'Luister je?'

Bij Michela moest je altijd opletten of dat nauwe communicatiekanaal van haar openstond. Mattia wachtte op een knikje van zijn zus.

'Goed. Moet je horen, ik moet even ergens heen, oké? Maar ik blijf niet lang weg, een halfuurtje maar,' legde hij uit.

Er was geen reden om haar de waarheid te vertellen. Voor Michela was er weinig verschil tussen een halfuur en een hele dag. De therapeute had gezegd dat zij in haar besef van ruimte en tijd in een voorbewust stadium was blijven steken.

'Jij blijft hier zitten en je wacht op me,' zei hij tegen zijn zus.

Michela staarde haar broer ernstig aan en antwoordde niet, omdat ze dat niet kon. Ze gaf er geen blijk van dat ze het echt had begrepen, maar haar ogen lichtten even op, en voor Mattia stonden die ogen de rest van zijn leven gelijk aan angst.

Hij verwijderde zich een paar stappen van zijn zusje: achteruitlopend, zodat hij haar kon blijven aankijken en zeker wist dat ze niet achter hem aankwam. Alleen kreeften lopen zo, had zijn moeder hem een keer toegebeten, en ze botsen altijd ergens tegenop.

Hij was nu een meter of vijftien bij haar vandaan en Michela keek al niet meer naar hem. Ze ging helemaal op in haar pogingen om een knoop van haar wollen jasje te trekken.

Mattia draaide zich om en begon te rennen, het tasje met het cadeau in zijn hand geklemd. In de doos rammelden ruim tweehonderd plastic blokjes tegen elkaar. Het leek of ze iets tegen hem wilden zeggen.

'Hallo, Mattia,' zei de moeder van Riccardo Pelotti toen ze de deur voor hem opendeed. 'Waar is je zusje?'

'Ze had koorts,' loog Mattia. 'Een beetje.'

'O, wat jammer,' zei de mevrouw, die het helemaal niet erg leek te vinden. Ze stapte opzij om hem binnen te laten.

'Ricky, je vriendje Mattia is er. Kom hem even gedag zeggen,' schreeuwde ze de gang in.

Daar kwam Riccardo Pelotti met zijn vervelende kop over de vloer aangegleden. Hij keek even naar Mattia en zocht naar sporen van het debieltje. Toen zei hij opgelucht hoi.

Mattia hield de plastic tas met zijn cadeau onder de neus van mevrouw Pelotti.

‘Waar moet ik dit laten?’

‘Wat is ’t?’ vroeg Riccardo achterdochtig.

‘Lego.’

‘O.’

Riccardo pakte de plastic tas en verdween de gang weer in.

‘Ga maar achter ’m aan,’ zei mevrouw Pelotti en gaf Mattia een duwtje. ‘Het partijtje is daar.’

De woonkamer van huize Pelotti was versierd met slingers en ballonnen. Op een tafel met een rood papieren tafelkleed stonden schalen popcorn en chips, een bakblik met een in vierkantjes gesneden focaccia en een rij nog niet geopende flesjes prik in allerlei kleuren. Er waren al een paar klasgenoten van Mattia. Ze stonden midden in de kamer de tafel in de gaten te houden.

Mattia deed een paar stappen naar de anderen toe en bleef op zo’n twee meter afstand staan, als een satelliet die niet te veel plaats in de hemel wil innemen. Niemand lette op hem.

Toen de kamer vol kinderen was, liet een jongen van een jaar of twintig met een rode plastic neus en een clownshoedje ze blindemannetje spelen en ezeltje-prik, dat spelletje waarbij je geblinddoekt wordt en een staart moet prikken op een ezel die op een vel papier is getekend. Mattia won de eerste prijs, een extra handje snoep, maar alleen omdat hij onder de blinddoek door kon kijken. Iedereen schreeuwde boe en je hebt vals gespeeld toen hij beschaamd de snoepjes in zijn zak stak.

Daarna – het was al donker buiten – deed de als clown verklede jongen het licht uit, liet iedereen in een kringetje zitten en begon een griezelverhaal te vertellen. Hij hield een brandende zaklantaarn onder zijn kin.

Mattia vond het verhaal helemaal niet eng, maar dat verlichte gezicht wel. Het van onderaf komende licht kleurde het gezicht knalrood en wierp er griezelige schaduwen op. Mattia keek naar buiten om niet naar de clown te hoeven kijken en dacht ineens aan Michela. Ze was nooit helemaal uit zijn gedachten geweest, maar voor het eerst zag hij voor zich hoe ze in haar eentje tussen de bomen op hem zat te wachten, terwijl ze met haar witte wantjes over haar gezicht wreef om een beetje warmer te worden.

Hij stond op, net op het moment dat de moeder van Riccardo de donkere kamer binnenkwam met een taart met brandende kaarsjes. Iedereen begon te klappen, een beetje voor het verhaal en een beetje voor de taart.

'Ik moet weg,' zei hij tegen haar, nog voor ze de taart op tafel kon zetten.

'Nu meteen? Er is taart.'

'Ja, nu. Ik moet weg.'

De moeder van Riccardo keek hem over de kaarsjes heen aan. Ook haar gezicht was, op die manier verlicht, vol dreigende schaduwen. De andere kinderen zwegen.

'Nou, oké dan,' zei de vrouw aarzelend. 'Ricky, laat je vriendje even uit.'

'Maar ik moet de kaarsjes uitblazen,' sputterde de jarige.

'Doe wat ik zeg,' bitste de moeder zonder haar blik van Mattia af te wenden.

'Wat ben jij een sukkel, Mattia!'

Er begon iemand te lachen. Mattia liep achter Riccardo aan naar de voordeur, trok zijn jack onder een stapel jacks vandaan, zei dankjewel en dag. De jongen antwoordde niet, deed de deur achter hem dicht en rende terug naar zijn taart.

Op de binnenplaats van het gebouw waar Riccardo woonde, draaide Mattia zich een ogenblik om naar het verlichte raam. De kreten van zijn klasgenoten drongen door de kieren van de ramen en bereikten gedempt zijn oren, net als het geruststellende gegons van de televisie in de zitkamer als mama Michela en hem naar bed stuurde. Het hekje klapte met een metalige klik achter hem dicht en hij zette het op een lopen.

Hij rende het park in en na een stap of tien kwam het licht van de straatlantaarns niet ver genoeg meer om het grindpad te onderscheiden. De kale takken van de bomen waar hij Michela had achtergelaten waren nog slechts donkere krassen in een zwarte lucht. Toen hij ze van verre zag, wist Mattia op onverklaarbare wijze ineens heel zeker dat zijn zusje er niet meer was.

Hij bleef staan, een paar meter van de bank waarop Michela een paar uur eerder nog zat en helemaal opging in het slopen van haar jasje. Hij bleef stokstijf staan luisteren, totdat zijn adem weer normaal was, alsof zijn zus van het ene op het andere moment achter een boom vandaan kon komen, kiekeboe zou roepen en daarna met haar armen fladderend op hem af zou trekkebenen.

Mattia riep Michi en schrok van zijn eigen stem. Hij herhaalde haar naam zachter. Hij liep naar de houten tafels en legde zijn hand op de plek waar Michela had gezeten. Die was koud, net als de rest.

Ze heeft er vast genoeg van gekregen en is naar huis gegaan, dacht hij.

Maar ze weet de weg niet eens. Bovendien kan ze niet alleen oversteken.

Mattia keek naar het park, dat in het donker voor hem verdween. Hij wist niet eens waar het ophield. Hij bedacht dat hij niet door wilde lopen en dat hij geen andere keus had.

Hij liep op zijn tenen om te voorkomen dat de bladeren onder zijn schoenzolen knisperden, draaide zijn hoofd naar links en naar rechts in de hoop Michela achter een boom naar een kever of wat dan ook te zien zitten loeren.

Hij liep door het hekje van de speelplaats. Hij probeerde zich de kleuren te herinneren van de glijbaan in het zondagmiddaglicht, als mama Michela haar zin gaf en haar er een paar keer af liet glijden, ook al was ze al te groot voor de glijbaan.

Hij liep langs de heg tot aan de openbare toiletten, maar durfde niet naar binnen te gaan. Hij zag het pad weer: op die plaats in het park was het niet veel meer dan een smalle strook aarde die was platgetrapt door alle wandelende gezinnetjes. Hij volgde het wel tien minuten, totdat hij niet meer wist waar hij was. Toen moest hij huilen en hoesten tegelijk.

'Je bent echt een enorme sukkel, Michi,' zei hij zachtjes. 'Een stomme debiel. Mama heeft je wel duizend keer gezegd dat je moet blijven zitten waar je zit als je verdwaald bent... Maar jij begrijpt nooit iets... Helemaal geen bal.'

Hij liep een flauwe helling op en stond toen voor de rivier die het park in tweeën deelde. Zijn vader had hem al heel vaak gezegd hoe die heette, maar Mattia kon er niet meer opkomen. Het water weerkaatste een sprankje licht, hij zou niet weten waar vandaan. Het flikkerde in zijn vochtige ogen.

Hij liep naar de oever van de rivier en voelde dat Michela in de buurt moest zijn. Ze hield van water. Mama vertelde altijd dat Michi, als zij ze vroeger alle twee tegelijk in bad stopte, als een gek tekeerging omdat ze er niet uit wilde, zelfs als het water al koud was. Op een zondag had papa ze meegenomen naar de oever, misschien wel precies op die plek, en ze geleerd hoe ze platte steentjes over het wateroppervlak konden laten ketsen. Terwijl hij Mattia uitlegde dat hij zijn pols beter moest gebruiken, want die zorgde ervoor dat het steentje draaide, was Michela naar voren gebogen en vóór papa haar bij haar arm had kunnen grijpen al tot haar middel in het water geglibberd. Hij had haar een klap gegeven en zij was gaan dreinen, en toen waren ze met z'n drieën zwijgend en mokkend naar huis gelopen.

Het beeld van Michela die met een takje in haar spiegelbeeld in het water zat te poeren en er daarna als een zak aardappels in gleed, schoot als een stroomstoot door Mattia's hoofd.

Hij ging een halve meter van de oever zitten, moe. Hij draaide zich om om achter zich te kijken en zag het donker dat nog uren zou duren.

Hij staarde naar het zwarte, glimmende oppervlak van de rivier. Hij probeerde opnieuw op de naam van de rivier te komen, maar ook dit keer lukte het niet. Hij stak zijn handen in de koude aarde. Aan de oever was de aarde zachter van het vocht. Hij vond er een stukje van een fles, het puntige restant van een nachtelijk feestje. Toen hij het de eerste keer in zijn hand stak, voelde hij geen pijn. Misschien merkte hij het niet eens. Toen begon hij het, zonder zijn ogen van het water af te wenden, rond te draaien, zodat het dieper zijn vlees in zou dringen. Hij verwachtte dat Michela van het ene op het andere moment boven kon komen drijven en vroeg zich intussen af waarom sommige dingen wel drijven en andere niet.

Op de huid en net eronder

(1991)

3

De afschuwelijke witte aardewerken vaas, versierd met een ingewikkeld vlechtwerk van gouden bloemen, die sinds jaar en dag in een hoek van de badkamer stond, was al vijf generaties lang in het bezit van de familie Della Rocca, maar eigenlijk vond niemand hem mooi. Alice had meer dan eens de neiging gehad om hem op de grond te smijten en de minuscule, onschatbaar waardevolle scherfjes samen met de pakken van de tomatenpuree, de gebruikte maandverbanden (niet van haar natuurlijk) en de lege doordrukstrips van haar vaders angstremmers in de vuilcontainer tegenover de villa te gooien.

Alice streek erover met haar vinger en bedacht hoe koud, glad en schoon hij was. Soledad, de Ecuadoriaanse huishoudster, was in de loop der jaren steeds secuurder geworden, want in huize Della Rocca werd op de details gelet. Toen ze voor het eerst haar opwachting maakte, was Alice net zes en had ze haar vanachter haar moeders rok argwanend opgenomen. Soledad had zich naar haar overgebogen en haar verwonderd aangekeken. Wat heb je mooi haar, had ze gezegd, mag ik het aanraken? Alice had op haar tong gebeten om niet nee te zeggen, en Soledad had een kastanjebruine lok tussen haar vingers genomen alsof het een lap zijde was en hem toen weer terug laten vallen. Ze kon niet geloven dat iemand zulk fijn haar kon hebben.

Alice hield haar adem in terwijl ze haar hemdje uittrok. Onwillekeurig kneep ze even haar ogen dicht.

Toen ze ze weer opendeed, zag ze zichzelf in de grote spiegel boven de wastafel en was op een prettige manier teleurgesteld. Ze rolde het elastiek van haar slip een stukje naar beneden zodat hij nog net over haar litteken heen viel en strak genoeg zat om tussen de boord en haar buik een kleine ruimte over te laten waardoor haar onderbroek een soort brug vormde tussen haar heupbeenderen. Haar ringvinger paste er nog niet tussen, maar haar pink wel en dat ze haar pink ertussen kon steken, maakte haar gek van blijdschap.

Dat is het, dacht ze, daar moet het net bovenuit komen.

Een blauw roosje, net als Viola had.

Ze bekeek zichzelf van de zijkant, haar rechterkant, haar goeie kant zoals ze altijd bij zichzelf zei. Ze deed al haar haar naar voren en vond dat ze er zo uitzag als een halve wilde. Ze probeerde een staartje te maken en daarna een hoge paardenstaart, zo een als Viola, die iedereen altijd leuk vond.

Maar dat was ook geen gezicht.

Ze liet haar haar op haar schouders vallen en zette het met een routinegebaar vast achter haar oren. Ze steunde met haar handen op de wastafel en bewoog haar gezicht zo snel tot vlak voor de spiegel dat haar ogen één groot, griezelig cyclopenoog werden. Met haar warme adem blies ze een kring op het glas waardoor een deel van haar gezicht verdween.

Ze snapte echt niet waar Viola en haar vriendinnen die blikken vandaan haalden waardoor de ene na de andere jongen voor de bijl ging. Van die meedogenloze, verleidelijke blikken die met een enkele, nauwelijks zichtbare beweging van een wenkbrauw beslisten of je eraan ging of gespaard bleef.

Alice probeerde voor de spiegel uitdagende poses uit, maar alles wat ze zag was een houterig meisje dat zonder enige gratie met haar schouders schokte en bewoog alsof ze verdoofd was.

Ze was ervan overtuigd dat haar wangen het grote probleem waren: te bol en te rood. Daardoor kwamen haar ogen in de verdrukking, terwijl zij juist wilde dat ze uit hun kassen knalden en zich, elke keer als er jongens in zicht kwamen, als puntige scherven in hun buik boorden. Ze wilde dat haar blik niemand spaarde, dat hij een onuitwisbare indruk achterliet.

Maar nee, alleen haar buik, kont en tieten werden steeds magerder, terwijl haar wangen hetzelfde bleven, twee ronde kinderwangetjes.

Er werd op de deur van de badkamer geklopt.

'Ali, we gaan eten,' klonk de onuitstaanbare stem van haar vader door de matglazen deur.

Alice antwoordde niet en zoog haar wangen naar binnen om te kijken hoeveel beter ze er zo uit zou zien.

'Ali, ben je daar?' riep haar vader.

Met getuite mond gaf Alice haar spiegelbeeld een kus. Zachtjes ging ze met haar tong over de tong op de koude spiegel. Ze sloot haar ogen en net als bij een echte kus bewoog ze haar hoofd heen en weer, alleen veel te gelijkmatig om echt te lijken. De kus waarnaar ze echt verlangde, had ze nog op geen enkele mond gevonden.

Davide Poirino was de eerste die zijn tong had gebruikt, in de derde van de middenschool, omdat hij een weddenschap had verloren. Hij had hem drie keer werktuigelijk om Alices tong laten draaien, met de klok mee, en toen had hij zich naar zijn vrienden omgedraaid en gevraagd oké? Die waren in lachen uitgebarsten en een van hen had gezegd je hebt die mankepoot gekust, maar Alice was toch blij, want ze had voor het eerst gekust en Davide was best een lekker ding.

Daarna waren er nog anderen geweest. Haar neef Walter op de verjaardag van oma, en een vriend van Davide van wie ze de naam niet eens wist en die haar heimelijk had gevraagd of hij het alsjeblieft ook eens mocht proberen. In een verborgen hoekje van het schoolplein hadden ze een paar minuten met hun lippen tegen elkaar gedrukt gezeten zonder dat een van tweeën een vin durfde te verroeren. Toen ze elkaar weer loslieten, had hij dankjewel gezegd en was met opgeheven hoofd en de soepele tred van een volwassen man weggelopen.

Nu lag ze achter. Haar klasgenotes hadden het over standjes, zuigzoenen en hoe je je vingers moest gebruiken, en bespraken of het lekkerder was met of zonder condoom, terwijl Alice alleen maar een flauwe herinnering had aan een droge kus die in de derde klas op haar lippen was gestempeld.

'Ali, hoor je me?' riep haar vader nu harder.

'Jaha, ik hoor je heus wel,' antwoordde Alice kribbig, maar zo zacht dat het aan de andere kant van de deur nauwelijks hoorbaar was.

'Het eten is klaar,' zei haar vader nog eens.

'Ja dat weet ik nu wel,' zei Alice. En toen zachter erachteraan zeikerd.

Soledad wist dat Alice haar eten weggooide. In het begin zei ze, als Alice eten op haar bord had laten liggen, *mi amorcito*, eet je bord leeg, in mijn land gaan de kinderen dood van de honger.

Op een avond had Alice haar recht in de ogen gekeken, woedend.

'Ook al eet ik me helemaal de ziekte,' had ze gezegd, 'dan gaan de kinderen in jouw land heus niet opeens niet meer dood van de honger.'

Dus zei Soledad niets meer en schepte in plaats daarvan steeds minder eten op haar bord. Het maakte toch niets uit. Alice was in staat het eten met haar ogen te wegen en feilloos haar driehonderd calorieën voor het avondeten eruit te halen. De rest liet ze op de een of andere manier verdwijnen.

Ze at met haar rechterhand op haar servet. Het wijnglas, dat ze zich liet inschenken maar waar ze nooit uit dronk, zette ze samen met het glas water als een glazen barricade voor haar bord. En ook het zoutvaatje en het oliekannetje stelde ze tijdens het eten strategisch op. Ze wachtte tot haar ouders allebei hun aandacht bij het vermoeiende kauwwerk hadden en even niet opletten. Op dat moment schoof ze het al in piepkleine stukjes gesneden voedsel voorzichtig van haar bord in haar servet.

Ze liet onder het avondeten altijd minstens drie volle servetten in de zakken van haar joggingpak verdwijnen. Voordat ze haar tanden poetste, leegde ze haar zakken in de wc en keek toe hoe al die stukjes voedsel kolkend in de afvoer verdwenen. Ze streek dan voldaan over haar buik, die zo leeg en schoon aanvoelde als een kristallen vaas.

'Verdorie, Sol, nou heb je alweer room in de saus gedaan,' klaagde haar moeder tegen de huishoudster. 'Hoe vaak moet ik je nog zeggen dat mijn maag dat niet verdraagt?'

Alices moeder duwde walgend haar bord van zich af.

Alice was aan tafel verschenen met een handdoek als een tulband om haar hoofd gewikkeld: ze deed of ze een douche had genomen om te rechtvaardigen dat ze zo lang in de badkamer was geweest.

Ze had er lang over nagedacht of ze het hun zou vragen of niet. Maar ze zou het sowieso doen. Ze wilde het te graag.

'Ik wil een tatoeage op mijn buik laten zetten,' gooide ze eruit.

Haar vader haalde het glas waaruit hij aan het drinken was van zijn lippen.

'Pardon?'

'Je hebt het wel gehoord,' reageerde Alice, die hem al op voorhand een uitdagende blik toewierp. 'Ik wil een tatoeage laten zetten.'

Alices vader wreef met zijn servet over zijn mond en ogen, alsof hij een onaangenaam beeld dat voor zijn geestesoog was verschenen wilde wegvegen. Toen vouwde hij het weer keurig op en legde het op zijn schoot. Vervolgens pakte hij zijn vork en probeerde al zijn irritante zelfbeheersing tentoon te spreiden.

'Ik snap niet waar jij die idiote ideeën vandaan haalt,' zei hij.

'Wat voor tatoeage wil je dan? Laat maar eens horen,' kwam haar moeder tussenbeide met een gezicht als een onweerswolk, wat ongetwijfeld meer te wijten was aan de room in de saus dan aan de wens van haar dochter.

'Een roos. Een kleintje. Viola heeft er ook een.'

'En wie mag Viola dan wel wezen?' vroeg haar vader op een net iets te ironische toon.

Alice schudde haar hoofd, keek naar het midden van de tafel en voelde zich piepklein.

'Viola is een meisje uit haar klas,' antwoordde Fernanda met zichtbare moeite. 'Toe nou toch, ze heeft het wel duizend keer over haar gehad. Het is wel duidelijk dat jij er niet bij bent met je hoofd.'

Meneer Della Rocca keek zijn vrouw neerbuigend aan, alsof hij zeggen wilde wie heeft jou wat gevraagd.

'Neem me niet kwalijk, maar ik ben geloof ik niet zo geïnteresseerd in wat Alices klasgenotes op hun lijf laten tekenen,' verklaarde hij tot slot. 'In elk geval laat jij geen tatoeage zetten.'

Alice schoof de zoveelste vork met spaghetti in haar servet.

'Je kunt me toch niet tegenhouden,' waagde ze het te zeggen, terwijl ze naar het lege midden van de tafel bleef staren. Er begon iets van onzekerheid in haar stem door te klinken.

'Wil je dat even herhalen?' vroeg haar vader zonder dat er iets aan het volume en de kalmte van zijn stem veranderde.

'Wil je dat even herhalen?' zei hij nog langzamer en nadrukkelijker.

'Ik zei dat je me toch niet kunt tegenhouden,' zei Alice terwijl ze haar ogen opsloeg, maar ze kon de doordringende, ijzige blik van haar vader niet langer dan een halve seconde doorstaan.

'Meen je dat nou? Want voorzover ik weet ben je vijftien en heb je je, volgens een heel simpele berekening, nog drie jaar aan de beslissingen van je ouders te houden,' oreerde de advocaat. 'Als die periode voorbij is, ben je vrij om je huid te verfraaien, om het zo maar eens uit te drukken, met bloemen, doodshoofden of wat dan ook.'

De advocaat glimlachte naar zijn bord en stak een hap keurig om zijn vork gedraaide spaghetti in zijn mond.

Er viel een lange stilte. Alice liet de rand van haar servet tussen haar duim en wijsvinger door glijden. Haar moeder, die ontevreden was over het avondeten, knaagde aan een soepstengel en liet haar blik door de eetkamer dwalen. Haar vader deed alsof hij met smaak zat te eten. Hij kauwde met roterende kaakbewegingen en bij elke hap hield hij even zijn ogen dicht, in extase.

Alice besloot nog meer zout in de wonde te strooien: ze had een gloeiende hekel aan hem en als ze hem zo zag zitten eten werd zelfs haar goede been stijf.

'Het kan je niets schelen dat niemand mij leuk vindt,' zei ze, 'dat niemand mij ooit leuk zal vinden.'

Haar vader keek haar vragend aan en ging toen door met eten alsof niemand iets gezegd had.

'Het kan je niets schelen dat je mij voor altijd de vernieling in hebt geholpen,' ging Alice door.

Meneer Della Rocca's vork bleef ergens halverwege zijn mond en de tafel hangen. Hij keek zijn dochter een paar tellen verbijsterd aan.

'Ik weet niet waar je het over hebt,' zei hij met licht trillende stem.

'Dat weet je donders goed,' zei Alice. 'Je weet best dat het jouw schuld is dat ik voor altijd zo ben.'

Alices vader legde zijn vork op de rand van zijn bord. Hij vouwde zijn hand over zijn ogen alsof hij diep nadacht. Toen stond hij op en verliet de kamer. Zijn zware stappen weerklonken op het glimmende marmer in de gang.

Fernanda zei Alice toch, zonder medelijden of verwijt; ze schudde alleen berustend haar hoofd. Toen volgde ze haar man naar de andere kamer.

Alice bleef nog bijna twee minuten naar haar volle bord zitten turen terwijl Soledad muisstil de tafel afruimde. Toen stopte ze het volle servet in haar zak en sloot zich op in de badkamer.

4

Pietro Balossino had zijn pogingen om het duistere universum van zijn zoon te doorgronden allang opgegeven. Als zijn blik per ongeluk op Mattia's door littekens ontsierde armen viel, dacht hij terug aan de slapeloze nachten waarin hij het huis had uitgekamd op zoek naar scherpe voorwerpen die waren blijven slingeren, nachten waarin Adele, stijf van de kalmeringsmiddelen, met open mond op de bank lag te slapen omdat ze het bed niet meer met hem wilde delen. Nachten waarin de toekomst pas tegen de ochtend leek aan te breken en hij aan de hand van het aantal slagen van de kerkklokken in de verte de uren telde, een voor een.

De overtuiging dat hij zijn zoon op een ochtend met zijn gezicht naar beneden op een met bloed doordrenkt kussen zou aantreffen, had zich zo in hem vastgezet dat hij langzamerhand was gaan redeneren alsof Mattia er al niet meer was, ook nu, terwijl hij naast hem in de auto zat.

Hij bracht hem naar zijn nieuwe school. Buiten regende het, maar de regen was zo fijn dat hij geen geluid maakte.

Een paar weken eerder had de rectrix van het gymnasium Adele en hem op haar werkkamer ontboden om *een kwestie onder hun aandacht te brengen*, zoals ze in Mattia's agenda had geschreven. Toen ze bij haar zaten, had ze om de hete brij heen gedraaid en langdurig uitgeweid over het gevoelige karakter van de jongen, zijn buitengewone intelligentie en het feit dat hij voor alle vakken steevast gemiddeld een negen stond.

Meneer Balossino had erop gestaan dat zijn zoon bij het gesprek aanwezig zou zijn, om redenen van correctheid waar ongetwijfeld alleen hij waarde aan hechtte. Mattia was naast zijn ouders gaan zitten en had alleen maar naar zijn knieën zitten staren. Door zijn vuisten dicht te knijpen was hij erin geslaagd zijn linkerhand heel oppervlakkig aan het bloeden te krijgen. Twee dagen eerder had Adele in een moment van onachtzaamheid alleen de nagels van zijn rechterhand gecontroleerd.

Mattia luisterde naar de woorden van de rectrix alsof het niet echt over hem ging, en hij dacht terug aan die keer in de vijfde klas van de basisschool toen juffrouw Rita hem, nadat hij vijf dagen lang geen boe of bah had gezegd, midden in het klaslokaal had neergezet met de andere kinderen in een halve kring om hem heen. De juf was begonnen met te zeggen dat Mattia duidelijk een probleem had waar hij met niemand over wilde praten. Dat Mattia een heel intelligent kind was, misschien wel te intelligent voor zijn leeftijd. Vervolgens had ze zijn klasgenootjes gevraagd om hem te steunen, om hem te helpen hen in vertouwen te nemen, om hem te laten zien dat ze zijn vrienden waren. Mattia keek naar zijn voeten en toen de juf had gevraagd of hij iets wilde zeggen, had hij eindelijk zijn mond opengedaan en gevraagd of hij terug mocht naar zijn plaats.

Toen ze klaar was met haar loftuitingen kwam de rectrix terzake, en wat meneer Balossino begreep, maar pas een paar uur later, was dat alle docenten van Mattia uiting hadden gegeven aan een vreemd onbehagen, een bijna ongrijpbaar gevoel van ontoereikendheid tegenover deze uitzonderlijk begaafde jongen, die met geen van zijn leeftijdgenoten contact leek te willen hebben.

De rectrix had even gepauzeerd. Ze had achterovergeleund in haar comfortabele stoel en een dossier opengeslagen waarin ze niets hoefde te lezen. Daarna had ze het dichtgeslagen, alsof ze opeens weer wist dat er nog anderen in de kamer waren. In zorgvuldig gekozen bewoordingen had ze het echtpaar Balossino de gedachte voorgelegd dat dit gymnasium hun zoon misschien niet datgene kon bieden wat hij nodig had.

Toen Mattia's vader hem onder het eten had gevraagd of hij naar een andere school wilde, had hij alleen zijn schouders opgehaald en toen zijn aandacht gericht op de verblindende weerschijn van het tl-licht in het mes waarmee hij eigenlijk zijn vlees moest snijden.

'De regen valt niet echt schuin,' zei Mattia die uit het autoraampje zat te kijken en zijn vader uit zijn overpeinzingen haalde.

'Wat?' vroeg Pietro, en hij schudde onwillekeurig zijn hoofd.

'Er staat geen wind buiten. Anders zouden de bladeren aan de bomen ook bewegen,' ging Mattia verder.

Zijn vader deed zijn best om zijn gedachtegang te volgen. In werkelijkheid interesseerde het hem niets en vermoedde hij dat dit weer een van zijn zoons eigenaardigheden was.

'En dus?' vroeg hij.

'De druppels vallen schuin op het raampje, maar dat komt alleen doordat wij bewegen. Als je de hoek ten opzichte van de verticale lijn meet, zou je de snelheid van de val kunnen berekenen.'

Mattia volgde met zijn vinger de baan van een druppel. Hij boog voorover naar de voorruit en blies ertegen. Toen trok hij met zijn wijsvinger een lijn in de condens.

'Niet op de ruiten ademen, er blijven allemaal vlekken achter,' wees zijn vader hem terecht.

Mattia leek hem niet te horen.

'Als we buiten de auto niets zagen, als we niet wisten dat we in beweging zijn, dan zouden we nooit kunnen uitmaken of het aan de druppels ligt of aan ons,' zei Mattia.

'Of wat waaraan ligt?' vroeg zijn vader hoogst verbaasd en enigszins geïrriteerd.

'Dat ze zo schuin naar beneden komen.'

Pietro Balossino knikte ernstig zonder er iets van te begrijpen. Ze waren er. Hij zette de auto in zijn vrij en trok de handrem aan. Mattia opende het portier en een vlaag frisse lucht waaide de auto in.

'Ik kom je om één uur halen,' zei Pietro.

Mattia knikte. Meneer Balossino schoof wat naar voren om hem een kus te geven, maar de autogordel hield hem tegen. Hij leunde weer tegen de rugleuning en keek hoe zijn zoon uitstapte en het portier achter zich dichtsloeg.

De nieuwe school stond in een fraaie villawijk in de heuvels. De school was tijdens het fascisme gebouwd en bleef ondanks recente verbouwingen te midden van al die luxevilla's een klap in je gezicht. Een wit blok beton met vier horizontale rijen ramen op gelijke afstand van elkaar, en twee groene ijzeren brandtrappen.

Mattia liep de twee trappen naar de ingang op en bleef apart van de groepjes kinderen die op de eerste bel wachtten staan, ook al werd zijn hoofd buiten het afdak nat.

Eenmaal binnen zocht hij het bord met de plattegrond van de klaslokalen, zodat hij de conciërges niet om hulp hoefde te vragen.

Klas 2F was helemaal achter in de gang op de eerste verdieping. Mattia haalde diep adem en ging naar binnen. Hij bleef tegen de achterwand van het lokaal staan wachten, met zijn duimen achter de riemen van zijn rugzak en in zijn ogen een blik alsof hij in die wand wilde verdwijnen.

Terwijl ze op hun plaats gingen zitten, wierpen de nieuwe gezichten om de beurt een bezorgde blik op hem. Niemand glimlachte. Sommige kinderen fluisterden elkaar iets in het oor en Mattia wist zeker dat het over hem ging.

Hij hield in het oog welke plaatsen vrij waren gebleven en toen ook de stoel naast een meisje met roodgelakte nagels bezet was, voelde hij zich opgelucht. De lerares kwam de klas binnen en Mattia schoof op de enige leeg gebleven plaats, naast het raam.

'Ben jij de nieuwe?' vroeg de jongen naast hem, die eruitzag alsof hij net zo alleen was als hij.

Mattia knikte zonder hem aan te kijken.

'Ik ben Denis,' stelde de ander zich voor en hij stak zijn hand uit.

Mattia schudde hem slapjes en zei hoi.

'Welkom,' zei Denis.

5

Viola Bai werd door haar klasgenotes even hartstochtelijk gevreesd als bewonderd, want ze was zo mooi dat je er nerveus van werd en wist op haar vijftiende meer over het leven dan andere meisjes van haar leeftijd, althans, dat suggereerde ze. Op maandagmorgen, in de pauze, verzamelden de meisjes zich om haar tafel en luisterden gretig naar het verslag van haar weekend. Meestal was dat een slimme bewerking van wat Serena, Viola's acht jaar oudere zus, haar de dag ervoor had verteld. Viola deelde zichzelf daarin de hoofdrol toe en dikte de verhalen nog eens aan met ranzige details die ze vaak ter plekke verzon en die haar vriendinnen geheimzinnig en beangstigend in de oren klonken. Ze vertelde over de een of andere disco zonder dat ze er ooit een voet binnen had gezet, maar wist de psychedelische verlichting die ze er hadden tot in de kleinste kleinigheden te beschrijven, of uitgebreid te vertellen over de uitdagende glimlach die de barman haar had toegeworpen toen hij een cuba libre voor haar inschonk.

Meestal belandde ze met de barman in bed, of anders in de opslagruimte van het café, tussen de biervaten en de wodkakratten, waar hij haar van achteren nam en met zijn hand haar mond dichthield zodat ze niet zou gillen.

Viola Bai wist hoe je een verhaal moest vertellen. Ze wist dat het geweld in de precisie van de details school. Ze had een perfecte timing: net als de barman aan de rits van haar designerjeans zat te frunniken, ging de bel. Haar trouwe publiek droop dan af met rode wangen van jaloezie en verontwaardiging. Viola moest beloven dat ze aan het eind van het volgende uur verder zou vertellen, maar ze was te uitgeslapen om dat ook echt te doen. Uiteindelijk deed ze de hele gebeurtenis af met een grijns om haar perfecte lippen, alsof het geen naam mocht hebben wat haar was overkomen. Het was gewoon een van die dingetjes die zich in haar fenomenale leven voordeden, en ze was intussen alweer lichtjaren verder.

Ze had wel seks gehad en ook enkele van de drugs uitgeprobeerd waarvan ze zo vaak en gretig de namen opsomde, maar ze was maar met één jongen geweest en bovendien maar één keer. Het was aan zee gebeurd, met een vriend van haar zus, die die avond te veel gerookt en gedronken had om erbij stil te staan dat een meisje van dertien voor bepaalde dingen nog wat te jong was. Hij had haar even snel geneukt, op straat, achter een vuilcontainer. Terwijl ze met gebogen hoofd terugliepen naar de rest van het gezelschap, had Viola zijn hand gepakt, maar hij had hem losgetrokken en gevraagd wat doe je nou? Haar wangen tintelden en de warmte die nog tussen haar benen gloeide, gaf haar een eenzaam gevoel. De dagen erna had de jongen geen woord meer tegen haar gezegd en Viola had haar zus in vertrouwen genomen. Die had gelachen om haar naïviteit en gezegd word wakker, wat had je dan verwacht?

Viola's trouwe publiek bestond uit Giada Savarino, Federica Mazzoldi en Giulia Mirandi. Zij vormden samen een hechte, meedogenloze kliek, de vier bitches zoals sommige jongens op school ze noemden. Viola had ze een voor een uitgekozen en van elk van hen een klein offer gevraagd, want je moest haar vriendschap verdienen. Alleen zij besliste of je erbij hoorde of niet, en haar beslissingen waren duister en tegelijk glashelder.

Alice observeerde Viola ongemerkt. Vanaf haar eigen plek, twee rijen verder, nam ze halve zinnen en flarden van verhalen in zich op. En 's avonds, alleen op haar kamer, genoot ze nog na.

Vóór die woensdagochtend had Viola nog nooit het woord tot haar gericht. Het was een soort initiatie en die werd volgens de regelen van de kunst uitgevoerd. Niemand van de meisjes kwam er ooit echt achter of Viola improviseerde of dat ze die kwelling al lang had bedacht. Maar ze waren het er allemaal over eens dat het een geniale vondst was.

Alice had een hekel aan de kleedkamer. Haar klasgenotes met hun perfecte figuurtjes bleven zo lang mogelijk in hun slip en bh rondlopen om de anderen goed jaloers te maken. Ze namen onnatuurlijke poses aan, al hun spieren aangetrokken, buik in en tieten vooruit. Ze stonden te puffen voor de gebarsten spiegel die een van de muren in beslag nam. Ze zeiden moet je zien terwijl ze met hun handen de breedte opmaten van hun heupen die hoe dan ook niet beter geproportioneerd of verleidelijker hadden kunnen zijn.

Op woensdag vertrok Alice van huis met haar sportbroekje al aan onder haar spijkerbroek om zich niet te hoeven uitkleden. De anderen gluurden geniepig naar haar en maakten zich een voorstelling van de ravage die ze vast en zeker onder die kleren verborg. Ze trok met de rug naar hen toe haar T-shirt uit, zodat niemand haar buik kon zien.

Alice deed haar gymschoenen aan, zette haar andere schoenen evenwijdig aan elkaar tegen de muur en vouwde haar spijkerbroek op. De kleren van haar klasgenotes hingen half over de houten banken en hun schoenen slingerden ondersteboven over de vloer omdat ze ze allemaal gewoon uitschopten.

'Alice, hou jij van lekker eten?' vroeg Viola.

Het duurde even voor het tot Alice doordrong dat Viola het echt tegen haar had. Ze was ervan overtuigd dat ze lucht voor haar was. Ze trok haar schoenveters aan, maar de knoop onder haar vingers ging los.

'Ik?' vroeg ze terwijl ze ongemakkelijk om zich heen keek.

'Ik dacht niet dat er nog meer Alices waren,' schamperde Viola, en keek ook om zich heen.

De anderen giechelden.

'Nee. Ik ben niet zo'n eter.'

Viola stond op van de bank en liep op haar af. Alice voelde haar prachtige ogen, die voor de helft onzichtbaar waren door de schaduw van haar pony, op zich gericht.

'Maar snoepjes vind je wel lekker, toch?' fleemde Viola.

'Nou ja... gaat wel.'

Alice beet op haar lip en was meteen kwaad op zichzelf omdat ze zo achterlijk onzeker deed. Ze stond met haar knokige rug tegen de muur gedrukt. Er voer een siddering door haar goede been. Zoals altijd reageerde het andere niet.

'Hoezo, gaat wel? Iedereen houdt van snoepjes. Ja toch, meiden?' Viola richtte zich zonder zich om te draaien tot haar drie vriendinnen.

'Jaha, iedereen,' papegaaiden ze. Alice zag een vreemde spanning in de ogen van Federica Mazzoldi, die haar van het andere eind van de kleedkamer aanstaarde.

'Ja, eigenlijk vind ik ze wel lekker,' corrigeerde ze zichzelf. Ze begon bang te worden, maar zonder nog te weten waarvoor.

In de eerste hadden de vier bitches Alessandra Mirano vastgegrepen – dat meisje dat daarna was blijven zitten en uiteindelijk naar de school voor schoonheidsspecialistes was gegaan – en haar de kleedkamer van de jongens in gesleept. Ze hadden haar daar opgesloten en twee jongens hadden voor haar neus hun ding tevoorschijn gehaald. Alice had vanaf de gang de aanmoedigingskreten gehoord en daar doorheen het onbedaarlijke gelach van de vier treiterkoppen.

'Natuurlijk, dat wist ik wel. Wil je er een?' vroeg Viola.

Alice dacht na.

Als ik ja zeg, kunnen ze me van alles te eten geven.

Als ik nee zeg, wordt Viola vast boos en brengen ze mij ook naar de kleedkamer van de jongens.

Ze bleef stompzinnig staan zwijgen.

'Nou? Zo'n moeilijke vraag is het niet,' zei Viola pesterig. Ze pakte een handvol vruchtengums uit haar zak.

'Jullie daar, welke willen jullie?' vroeg ze.

Giulia Mirandi liep naar Viola toe en keek in haar hand. Viola keek geen moment weg van Alice, die haar lichaam onder die blik als krantenpapier in het haardvuur voelde verschrompelen.

'Er is sinaasappel, framboos, bosbes, aardbei en perzik,' zei Giulia. Ze wierp een steelse, bezorgde blik op Alice zonder dat Viola het kon zien.

'Voor mij framboos,' zei Federica.

'Voor mij perzik,' zei Giada.

Giulia gooide de snoepjes naar hen toe en haalde haar eigen sinaasappelgum uit het papiertje. Ze stopte hem in haar mond en deed toen een stap naar achteren om het toneel weer vrij te maken voor Viola.

'Er is nog bosbes en aardbei. Nou, wil je er een of niet?'

Misschien wil ze me alleen maar een snoepje geven, dacht Alice.

Misschien willen ze alleen maar zien of ik eet of niet.

Het is maar een snoepje.

'Ik wil het liefst aardbei,' zei ze zacht.

'Nou zeg, die wilde ik zelf ook het liefst,' reageerde Viola met slecht gespeelde teleurstelling. 'Maar aan jou sta ik hem graag af.'

Ze pakte de aardbeiengum uit en liet het papiertje op de grond vallen. Alice stak haar hand uit om hem aan te pakken.

'Even wachten,' zei Viola. 'Niet zo gulzig.'

Met het snoepje tussen duim en wijsvinger ging ze op haar hurken zitten en haalde het over de smerige vloer van het kleedhok. Vervolgens liep ze met gebogen knieën langs de hele muur links van Alice en streek er langzaam mee over de plint, waar het vuil was samengeklonterd in dotten stof en plukken haar.

Giada en Federica deden het in hun broek van het lachen. Giulia beet zenuwachtig op haar lip. De andere meisjes, die begrepen hadden hoe laat het was, waren weggegaan en hadden de deur achter zich dichtgetrokken.

Bij het eind van de muur aangekomen liep Viola naar de wasbak waar de meisjes na de gym hun oksels en gezicht opfristen. Ze haalde het snoepje door de wittige prut die aan de binnenkant van de afvoer zat.

Ze kwam weer voor Alice staan en hield het ranzige geval onder haar neus.

'Zo,' zei ze, 'met aardbeismaak, zoals je wilde.'

Ze lachte niet. Ze keek ernstig en vastberaden, als iemand die iets moet doen wat pijnlijk is, maar noodzakelijk.

Alice schudde nee. Ze drukte zich nog dichter tegen de muur.

'Wat nou?' zei Viola. 'Wil je hem niet meer?'

'Ja zeg,' bemoeide Federica zich ermee, 'je wilde 'm zo graag, nou eet je 'm op ook.'

Alice slikte.

'En als ik hem niet opeet?' vroeg ze dapper.

'Als je hem niet opeet, zijn de gevolgen voor jou,' antwoordde Viola raadselachtig.

'Welke gevolgen?'

'Dat zou je wel willen weten, maar dat zeggen we niet.'

Ze brengen me naar de jongens, dacht Alice. Of ze kleden me uit en geven mijn kleren niet meer terug.

Trillend, maar zo dat het bijna niet te zien was, stak ze haar hand uit naar die van Viola, die het smerige snoepje in Alices handpalm liet vallen. Ze bracht het langzaam naar haar mond.

De anderen verstomden en leken te denken dat doet ze nooit. Viola vertrok geen spier.

Alice legde de gum op haar tong en voelde de haren die eraan vastgeplakt zaten al haar speeksel opzuigen. Ze kauwde maar twee keer, en toen knerste er iets tussen haar tanden.

Niet overgeven, dacht ze. Je mag niet overgeven.

Ze onderdrukte een zure gulp maagsappen en slikte het snoepje door. Ze voelde het met moeite door haar slokdarm naar beneden zakken, als een steen.

De tl-buis aan het plafond maakte een zoemend geluid en de stemmen van de jongens en meisjes in de gymzaal bereikten haar als een mengelmoes van gegil en gelach. De lucht in het souterrain was drukkend en de ramen waren te klein om hem te laten circuleren.

Viola staarde Alice doodernstig aan. Ze knikte. Zonder te glimlachen gaf ze haar een teken met haar hoofd waarmee ze bedoelde kom op, we gaan. Toen draaide ze zich om en liep de kleedkamer uit. In het voorbijgaan keurde ze de andere drie geen blik waardig.

6

Over Denis viel iets belangrijks te weten. Eigenlijk het enige aan hem wat werkelijk de moeite van het weten waard was, vond Denis, en daarom had hij het nooit aan iemand verteld.

Zijn geheim had een vreselijke naam die als een dekzeil over al zijn gedachten lag en ze dreigde te verstikken. Het was er altijd, het hing als een molensteen om zijn nek en vroeg of laat zou hij er iets mee moeten.

Toen zijn pianoleraar op zijn tiende zijn vingers langs de hele toonladder van d majeur had geleid en daarbij met zijn warme handpalm op de rug van Denis' hand had gedrukt, was zijn adem in zijn keel blijven steken. Hij had zich iets voorovergebogen om de bolling die zich plotseling in zijn joggingbroek aftekende aan het oog te onttrekken. Zijn leven lang zou hij aan dat moment terugdenken als aan de ware liefde en zou hij elke uithoek van zijn bestaan aftasten op zoek naar dezelfde klamme warmte van dat contact.

Elke keer dat herinneringen als deze zijn gedachten zo in beslag namen dat het zweet in zijn nek en handen stond, sloot Denis zich op in de wc, ging achterstevoren op de pot zitten en trok zich als een bezetene af. Het genot duurde maar een ogenblik en verspreidde zich niet verder dan een paar centimeter rondom zijn penis. Maar het schuldgevoel plensde als een stortbad vuil water over hem heen. Het sijpelde onder zijn huid en kroop tussen zijn ingewanden, waardoor alles langzaam verrotte, zoals binnendringend vocht de muren van oude huizen aanvreet.

Tijdens de biologieles in het practicumlokaal in het souterrain keek Denis hoe Mattia een stuk biefstuk ontleedde en de witte van de rode vezels scheidde. Hij had zin om zijn handen te strelen. Hij wilde ontdekken of dat storende stolsel van verlangen dat in zijn hoofd zat echt als boter zou smelten als hij zijn klasgenoot, op wie hij verliefd was, gewoon zou aanraken.

Ze zaten naast elkaar. Ze hadden allebei hun onderarmen op de labtafel. Een hele rij transparante kolven, trechters en reageerbuisjes scheidde hen van de rest van de klas en brak de lichtstralen, zodat alles wat zich achter die lijn bevond van vorm veranderde.

Mattia was verdiept in zijn werk en keek al minstens een kwartier niet op. Hij hield niet van biologie, maar voerde deze opdracht even consciëntieus uit als de opdrachten van andere vakken. Organisch materiaal, zo kwetsbaar en zo vol onvolmaaktheden, vond hij iets onbegrijpelijks. De geur van leven die dat weke stuk vlees maar bleef uitwasemen, riep alleen maar lichte afkeer bij hem op.

Hij trok met een pincet een dunne witte draad los en legde die op het prepareerglaasje. Hij bracht zijn ogen dichter bij de microscoop en stelde hem scherp. Hij tekende elk detail op in zijn ruitjesschrift en maakte een schets van het uitvergrote beeld.

Denis zuchtte diep. Toen vatte hij, alsof hij een salto achterover ging maken, moed om iets te zeggen.

'Matti, heb jij een geheim?' vroeg hij aan zijn vriend.

Het leek of Mattia hem niet had gehoord, maar het mesje waarmee hij nog een stukje spier aan het uitsnijden was, glipte uit zijn hand en stuitte op de metalen snijplaat. Hij pakte het met een traag gebaar weer op.

Denis wachtte enkele seconden. Mattia verroerde geen vin en hield het mes een paar centimeter boven het stuk vlees.

'Mij kun je het wel vertellen, je geheim,' ging Denis door. Nu hij zover was gegaan, nu hij een stap in de fascinerende binnenwereld van zijn vriend had gezet, gloeide zijn gezicht van spanning, en hij peinsde er niet over zijn greep te laten verslappen.

'Ik heb er ook een, hoor,' zei hij.

Mattia sneed in één haal de spier doormidden, alsof hij iets wilde doden wat al dood was.

'Ik heb helemaal geen geheim,' zei hij zachtjes.

'Als jij mij het jouwe vertelt, vertel ik jou het mijne,' hield Denis vol. Hij schoof zijn kruk dichter naar Mattia toe en die verstijfde zichtbaar. Hij keek uitdrukkingsloos naar de reep vlees.

'We moeten de proef afmaken,' zei hij toonloos, 'anders kunnen we de vragenlijst niet invullen.'

'Die lijst interesseert me niks,' zei Denis. 'Vertel nou wat je met je handen hebt gedaan.'

Mattia haalde drie keer adem. Er zweefden vederlichte ethanolmoleculen door de lucht en een paar daarvan drongen zijn neusgaten binnen. Hij voelde ze aangenaam prikkelend langs zijn neustussenschot omhoogkruipen tot tussen zijn ogen.

'Wil je echt weten wat ik met mijn handen heb gedaan?' vroeg hij, terwijl hij zich naar Denis toe draaide maar zijn ogen gericht hield op de potten formaline die achter zijn rug stonden opgesteld, tientallen potten met foetussen en geamputeerde ledematen van allerlei dieren.

Denis knikte opgewonden.

'Nou, kijk dan maar,' zei Mattia.

Hij klemde alle vijf zijn vingers om het mes. Toen stak hij het in de holte tussen zijn wijs- en middelvinger en trok het naar beneden tot aan zijn pols.

7

Die donderdag had Viola haar buiten het hek opgewacht. Alice liep haar al met gebogen hoofd voorbij, toen Viola haar aan een mouw had getrokken om haar staande te houden. Ze had haar bij haar naam genoemd en Alice was opgeschrokken. Ze moest meteen weer aan het snoepje denken en was duizelig geworden van misselijkheid. Als de vier bitches hun pijlen op je hadden gericht, lieten ze je niet meer los. Dat mens van wiskunde wil me overhoren, had Viola gezegd. Ik heb er niks aan gedaan, ik wil er niet heen. Alice had haar niet-begrijpend aangekeken. Viola keek niet vijandig, maar ze vertrouwde het niet. Ze had geprobeerd zich uit de voeten te maken. Laten we een eindje gaan lopen, had Viola toen gezegd. Jij en ik? Ja, jij en ik. Alice had doodsbang om zich heen gekeken. Vooruit, schiet op, had Viola gesist, ze mogen ons hier niet zien staan. Maar... had Alice zwakjes tegengeworpen. Viola had haar geen kans gegeven. Ze had harder aan haar mouw getrokken en zij was half struikelend achter haar aangehobbeld naar de bushalte.

Ze waren naast elkaar gaan zitten. Alice zat tegen het raampje aan gedrukt om Viola ruimte te geven en verwachtte dat er elk moment iets kon gebeuren, iets verschrikkelijks. Maar Viola was opgetogen. Ze had een lippenstift uit haar tas gepakt en haar lippen gestift. Wil jij ook had ze toen gevraagd. Alice had haar hoofd geschud. De school verdween in de verte achter hen. Mijn vader vermoordt me, had ze gefluisterd. Haar benen trilden. Viola had een zucht geslaakt. Welnee joh, laat je verzuimschrift eens zien. Ze had de handtekening van Alices vader bestudeerd en gezegd die is hartstikke makkelijk, die zet ik zo voor je. Toen had ze haar eigen schrift laten zien. Ze wees naar de handtekeningen die ze had nagemaakt, elke keer als ze geen zin had gehad om naar een les te gaan. Trouwens, morgen hebben we het eerste uur Follini, had ze gezegd, die ziet toch niks.

Viola was over school begonnen, dat ze wiskunde helemaal niet belangrijk vond want ze ging later toch rechten doen. Het kostte Alice moeite om naar haar te luisteren. Ze dacht aan de dag ervoor, aan de kleedkamer, en wist niet wat ze van die onverwachte confidentie moest denken.

Ze waren uitgestapt op het plein en onder de galerij gaan lopen. Viola was een kledingwinkel met helverlichte etalages binnengestapt waar Alice nog nooit een voet had gezet. Ze gedroeg zich alsof ze al eeuwen vriendinnen waren. Ze drong erop aan dat ze kleren gingen passen en zij had ze allemaal uitgekozen. Ze had Alices maat gevraagd en die had zich geschaamd om vierendertig te zeggen. De winkelmeisjes bekeken hen argwanend, maar daar trok Viola zich niets van aan. Ze hadden zich in hetzelfde pashokje omgekleed en Alice had haar eigen lichaam heimelijk met dat van haar vriendin vergeleken. Uiteindelijk hadden ze niets gekocht.

Ze waren een café in gelopen en Viola had twee koffie besteld zonder aan Alice te vragen wat ze wilde. Alice wist niet hoe ze het had, ze begreep er niets van, maar een ongekend en onverwacht geluk nam bezit van haar. Ze was haar vader en de school langzamerhand vergeten. Ze zat in een café met Viola Bai en de tijd leek van hen alleen.

Viola had drie sigaretten gerookt en had erop gestaan dat Alice er ook eentje zou proberen. Elke keer als haar nieuwe vriendin als een beginneling begon te hoesten, lachte ze haar perfecte tanden bloot. Ze had Alice een kort verhoor afgenomen, over de jongens die ze niet had gehad en de zoenen die ze niet had gegeven. Alice had geantwoord door naar de grond te kijken. Wil je me wijsmaken dat je nooit een vriendje hebt gehad? Echt helemaal nooit? Alice had haar hoofd geschud. Dat kan niet. Dat is een drama, had Viola er nog een schepje bovenop gedaan. Daar moeten we absoluut iets aan doen. Je wilt toch zeker niet tot aan je dood maagd blijven!

Dus waren ze de volgende dag in de kleine pauze op school een jongen voor Alice gaan zoeken. Viola had Giada en de anderen afgepoeierd met de woorden wij hebben iets te doen, en de meisjes hadden haar hand in hand met haar nieuwe vriendin de klas zien uitlopen.

Ze had alles al bekokstoofd. Het zou op haar verjaardagsfeest gebeuren, volgende week zaterdag. Ze moesten alleen de goede jongen nog vinden. Ze liepen door de gang en ze wees allerlei jongens aan en zei kijk, die heeft geen slechte kont, die kan er vast wat van.

Alice grijnsde nerveus en kon geen keuze maken. Ze zag angstwekkend duidelijk het moment voor zich dat een jongen zijn handen onder haar T-shirt zou steken. En dat hij er dan achter kwam dat er onder die wijde kleren van haar niet anders zat dan vet en slap vel.

Ze stonden nu tegen de leuning van de brandtrap op de tweede verdieping en keken naar de jongens die op de binnenplaats voetbalden, met een gele bal die te hard opgeblazen leek.

'En Trivero?' vroeg Viola.

'Ik weet niet wie dat is.'

'Dat meen je niet. Hij zit in de vijfde. Hij ging altijd roeien met mijn zus. Ze zeggen interessante dingen over hem.'

'Wat zeggen ze dan?'

Viola gaf met haar handen een flinke lengte aan en lachte toen uitbundig, genietend van het verpletterende effect van haar toespeling. Alice voelde haar gezicht knalrood worden van schaamte en tegelijk wist ze zeker dat haar eenzaamheid voorgoed voorbij was.

Ze liepen naar de begane grond en kwamen langs de automaten met snacks en frisdrank. Er stond een rommelige rij leerlingen. Sommigen rammelden met de muntjes in de zak van hun spijkerbroek.

'Nou moet je maar eens kiezen,' zei Viola.

Alice draaide om haar as. Ze keek verloren om zich heen.

'Die daar lijkt me wel aardig,' zei ze, en wees naar twee jongens die apart stonden, naast het raam. Ze stonden naast elkaar maar praatten niet en keken elkaar niet aan.

'Welke dan?' vroeg Viola. 'Die met dat verband of die andere?'

'Die met dat verband.'

Viola staarde haar aan. Haar fonkelende ogen waren wijd open gesperd, het leken wel oceanen.

'Je bent gek,' zei ze. 'Weet je wat die gedaan heeft?'

Alice schudde nee.

'Die heeft een mes in zijn hand gestoken, expres. Hier op school.'

Alice haalde haar schouders op.

'Ik vind hem interessant,' zei ze.

'Interessant? 't Is een psychopaat. Met zo'n type beland je in stukken gehakt in een vriezer.'

Alice glimlachte, maar bleef naar de jongen met de verbonden hand kijken. De manier waarop hij zijn hoofd liet hangen had iets waardoor ze de neiging kreeg om naar hem toe te lopen, zijn kin op te tillen en tegen hem te zeggen kijk me aan, hier ben ik.

'Weet je het echt zeker?' vroeg Viola.
'Ja,' zei Alice.
Viola haalde haar schouders op.
'Nou, eropaf dan,' zei ze.
Ze pakte Alice bij haar hand en trok haar mee naar de twee jongens bij het raam.

8

Mattia keek door de matglazen ruiten van de centrale hal. Het was een lichte dag, begin maart: een voorbode van de lente. De harde wind die 's nachts de lucht had schoongeveegd leek ook de tijd voort te jagen. Mattia telde de daken van de huizen die hij vanaf dat punt kon zien en probeerde zo te schatten hoe ver de horizon was.

Naast hem stond Denis hem heimelijk op te nemen. Hij probeerde zijn gedachten te raden. Ze hadden niet gepraat over wat er in het practicumlokaal was gebeurd. Ze zeiden weinig, maar waren veel samen, ieder geconcentreerd op zijn eigen afgrond: ze hielden elkaar stevig vast en waakten over elkaar zonder veel woorden nodig te hebben.

'Hoi,' hoorde Mattia zeggen, iets te dichtbij.

In de ruit zag hij de weerspiegeling van twee meisjes die achter hem stonden, hand in hand. Hij draaide zich om. Denis keek hem vragend aan. De twee meisjes leken ergens op te wachten.

'Hoi,' zei Mattia zachtjes. Hij keek naar de grond om de priemende ogen van een van de twee te ontwijken.

'Ik ben Viola en dat is Alice,' zei uitgerekend dat meisje. 'We zitten in 2B.'

Mattia knikte. Denis stond hen aan te gapen. Geen van beiden zei iets.

'Nou?' zei Viola uitdagend. 'Zeggen jullie nog wie je bent?'

Mattia zei zachtjes zijn naam, alsof hij ook zichzelf weer

moest vertellen hoe hij heette. Hij gaf Viola een slappe hand, die zonder verband, en Viola drukte hem krachtig. Het andere meisje raakte hem nauwelijks aan en keek glimlachend een andere kant op.

Na hem stelde Denis zich voor, al even onhandig.

'We wilden jullie uitnodigen voor mijn verjaardagsfeestje, zaterdag over een week,' zei Viola.

Denis zocht opnieuw de blik van Mattia, maar die staarde alleen maar naar de verlegen glimlach van Alice. Hij bedacht dat haar lippen zo bleek en dun waren dat haar mond met een scherp chirurgisch mesje leek te zijn uitgesneden.

'Waarom?' vroeg hij.

Viola keek hem nijdig aan en draaide zich toen naar Alice toe met een gezicht van zie je wel dat hij gek is.

'Hoe bedoel je waarom? Omdat we zin hebben om jullie uit te nodigen natuurlijk.'

'Nee dank je,' zei Mattia. 'Ik kan niet.'

Denis zei meteen opgelucht ik ook niet.

Viola keurde hem geen blik waardig en richtte zich uitsluitend tot de jongen met het verband.

'O nee? Goh, wat zou jij zaterdagavond nou allemaal te doen hebben?' zei ze kattig. 'Moet je gamen met je vriendje? Of was je van plan je aderen nog een keer door te snijden?'

Viola voelde een rilling van afschuw en opwinding bij het uitspreken van die laatste woorden. Alice kneep in haar hand om haar duidelijk te maken dat ze moest ophouden.

Mattia bedacht dat hij het aantal daken was vergeten en dat hij niet genoeg tijd had om ze voor de bel opnieuw te tellen.

'Ik hou niet van feestjes,' legde hij uit.

Viola produceerde een geforceerd lachje, met een paar hoge, snerpende hi hi hi's achter elkaar.

'Je bent echt een mafkees,' sneerde ze. 'Iedereen houdt van feestjes.'

Ze tikte twee keer met haar wijsvinger tegen haar rechterslaap.

Alice had Viola's hand losgelaten en liet die van haar nu onwillekeurig op haar buik rusten.

'Ik hou er niet van,' herhaalde Mattia nors.

Viola keek hem uitdagend aan en hij weerstond haar blik onbewogen. Alice had een stap achteruit gedaan. Viola opende haar mond om iets terug te zeggen, maar net op tijd ging de bel. Mattia draaide zich om en liep resoluut naar de trap, alsof het gesprek voor hem afgelopen was. Denis liep achter hem aan, meegezogen in zijn kielzog.

9

Sinds ze bij de Della Rocca's in dienst was, had Soledad Galienas maar één keer een steek laten vallen. Dat was vier jaar geleden gebeurd, op een avond dat het regende en de Della Rocca's bij vrienden aten.

In Soledads klerenkast was alles zwart, met inbegrip van haar ondergoed. Ze had al zo vaak verteld dat haar man bij een ongeluk op zijn werk om het leven was gekomen dat ze er soms zelf in geloofde. Ze zag voor zich hoe hij twintig meter boven de grond op een steiger stond met een sigaret tussen zijn lippen, terwijl hij een laag specie aanbracht waar hij weer een rij bakstenen op zou leggen. Ze zag hem struikelen over een stuk gereedschap dat daar was blijven liggen of misschien over een opgerolde kabel, de kabel waarmee hij zichzelf had moeten verzekeren, maar die hij aan de kant had gegooid omdat een veiligheidskabel iets voor watjes was. Ze zag voor zich hoe hij op de steigerplanken wankelde en toen zonder een schreeuw naar beneden tuimelde. Ze zoomde uit om haar man te zien vallen: een zwart stipje met maaiende armen tegen het wit van de hemel. En dan eindigde de valse herinnering met een beeld van bovenaf: het te pletter gevallen lichaam van haar man op de stoffige bouwplaats. Levenloos en tweedimensionaal, met zijn ogen nog open en een donkere bloedvlek onder zijn rug die zich van daar steeds verder uitbreidde.

Als ze zo aan hem dacht, voelde ze tussen haar keel en haar neus een aangename siddering van angst, en als ze er lang genoeg bij stilstond, lukte het haar zelfs een paar tranen uit haar ogen te persen, die ze alleen voor zichzelf vergoot.

In werkelijkheid was haar man ervandoor gegaan. Hij had haar zomaar op een ochtend verlaten, waarschijnlijk om een nieuw leven te beginnen met een vrouw die ze niet eens kende. Ze had nooit meer iets van hem gehoord. Toen ze naar Italië was gekomen, had ze verzonnen dat ze weduwe was, om een verleden te hebben waarover je kon vertellen, want over haar echte verleden viel niets te zeggen. De zwarte kleren en de gedachte dat anderen de sporen van een tragedie, van een onstelpbaar verdriet in haar ogen konden zien, gaven haar zekerheid. Ze droeg haar rouwkleding met waardigheid en tot die avond had ze de herinnering aan haar overleden man nooit bezoedeld.

's Zaterdags ging ze naar de mis van zes uur om op tijd terug te zijn voor het avondeten. Ernesto maakte al weken werk van haar. Hij stond haar na de mis voor de kerk op te wachten en bood elke keer weer even hoffelijk aan om haar naar huis te brengen. Soledad trok haar zwarte jas dan strakker om zich heen, maar ten slotte gaf ze toe. Hij vertelde over de tijd dat hij nog bij de post werkte en hoe lang zijn avonden waren nu hij alleen was, over al die jaren dat hij geleefd had en alle spookbeelden waarmee hij in het reine moest zien te komen. Ernesto was ouder dan Soledad en zijn vrouw was echt gestorven, aan kanker van de alvleesklier.

Ze liepen netjes arm in arm. Ernesto had haar die avond zijn paraplu aangeboden en zelf een nat hoofd en een natte jas opgelopen om haar droog te houden. Hij had haar gecomplimenteerd met haar Italiaans, dat elke week beter werd, en Soledad had gelachen en net gedaan of ze verlegen was.

Het was door een onhandige beweging gekomen, een gebrek aan synchroniciteit, dat ze niet als vrienden met twee kuise kusjes op de wangen afscheid hadden genomen, maar dat hun monden elkaar voor de voordeur van huize Della Rocca hadden geraakt. Ernesto had zich verontschuldigd, maar zich toen opnieuw naar haar lippen overgebogen en Soledad had gevoeld hoe al het stof dat zich jarenlang op haar hart had verzameld opwervelde en in haar ogen belandde.

Zij had hem zelf binnengevraagd. Ernesto moest zich een paar uur in haar kamer verstoppen, tot zij voor Alice had gekookt en haar naar bed had gestuurd. Het echtpaar Della Rocca zou vlak daarna weggaan en pas laat terugkomen.

Ernesto had iemand daarboven bedankt dat dit soort dingen op zijn leeftijd nog konden gebeuren. Ze waren naar binnen geslopen. Soledad had haar minnaar als een puber bij de hand genomen en naar haar kamer gebracht. Met een vinger tegen haar lippen had ze hem gemaand zich stil te houden. Daarna had ze in een vloek en een zucht een maaltijd voor Alice klaargemaakt, toegekeken hoe zij veel te langzaam at en gezegd je ziet er moe uit, je kunt beter naar bed gaan. Alice had geprotesteerd en gezegd dat ze tv wilde kijken, en Soledad had het goedgevonden, alleen om haar zoet te houden, maar dan wel op zolder. Alice was naar boven gegaan, sloffend en wel. Nu haar vader er niet was, kon ze dat rustig doen.

Soledad was teruggegaan naar haar minnaar. Ze hadden een hele tijd zitten kussen, stijfjes naast elkaar, zonder te weten waar ze hun handen moesten laten, stuntelig en onwennig. Toen had Ernesto de moed opgebracht om haar naar zich toe te trekken.

Terwijl hij zat te hannesen met die stomme sluiting van haar bh, zachtjes mompelend dat het hem speet dat hij zo onhandig deed, had zij zich weer jong en mooi en onbeschroomd gevoeld. Ze had haar ogen dichtgedaan en toen ze ze weer opendeed, had ze Alice op de drempel van haar kamer zien staan.

'*Coño*,' liet ze zich ontvallen. '*¿Qué haces aquí?*'

Ze was van Ernesto weggeschoven en had met haar arm haar borsten bedekt. Alice hield haar hoofd schuin en keek naar hen, niet verbaasd, alsof ze dieren waren in een dierentuin.

'Ik kan niet slapen,' had ze gezegd.

Gek genoeg dacht Soledad toevallig aan dat moment toen ze zich omdraaide en Alice in de deuropening van de studeerkamer zag staan. Soledad was de boekenkast aan het afstoffen. Ze pakte de zware delen van een encyclopedie van de advocaat, met hun groene omslag en hun gouden rug, per stapeltje van drie uit de kast. Ze ondersteunde ze met haar linkerarm, die nu al pijn deed, terwijl ze met rechts een stofdoek over de mahoniehouten planken haalde, tot in de verste hoekjes, want de advocaat had een keer geklaagd dat ze altijd om de dingen heen stofte.

Alice kwam al jaren niet meer in de studeerkamer van haar vader. Een onzichtbare barrière van vijandigheid hield haar aan de drempel gekluisterd. Ze wist zeker dat als ze ook maar een teen op de regelmatige, hypnotiserende geometrie van het parket zou zetten, het hout onder haar gewicht zou openbarsten en ze in een donkere afgrond zou storten.

De hele kamer was doortrokken van de intense geur van haar vader. Hij was in de papieren getrokken die in ordelijke stapeltjes op zijn bureau lagen, en ook de dikke beige gordijnen waren ervan doordrenkt. Toen ze nog klein was, kwam Alice altijd op haar tenen haar vader roepen als het eten op tafel stond. Ze aarzelde altijd even voordat ze iets zei, gefascineerd door de houding waarin haar vader over het bureau gebogen zat, terwijl hij vanachter zijn bril met het zilveren montuur zijn ingewikkelde dossiers bestudeerde. Als de advocaat zijn dochter opmerkte, keek hij langzaam op en fronste zijn voorhoofd, alsof hij zich afvroeg wat ze daar deed. Daarna knikte hij en produceerde iets wat op een glimlach leek. Ik kom eraan, zei hij dan.

Alice wist zeker dat ze die drie woorden nog steeds tegen het behang van de studeerkamer hoorde echoën, voor altijd tussen die vier muren en in haar hoofd gevangen.

'*Hola, mi amorcito*,' zei Soledad. Ze bleef haar zo noemen, ook al leek het meisje dat nu voor haar stond, dun als een potloodstreep, niet veel meer op het slaperige kind dat ze elke ochtend aankleedde en daarna naar school bracht.

'Hoi,' antwoordde Alice.

Soledad keek haar een paar seconden aan en wachtte of ze iets zou zeggen, maar Alice wendde nerveus haar blik af. Soledad ging verder met haar boekenkast.

'Sol,' zei Alice ten slotte.

'Ja?'

'Ik moet je iets vragen.'

Soledad legde de boeken op het bureau en liep naar Alice toe.

'Zeg het maar, *mi amorcito*.'

'Wil je iets voor me doen?'

'Natuurlijk. Zeg het maar.'

Alice rolde het elastiek van haar broek om haar wijsvinger.

'Zaterdag moet ik naar een feest. Bij mijn vriendin Viola thuis.'

'O, wat leuk,' zei Soledad met een lach.

'Ik wil een taart meenemen. En die wil ik zelf bakken. Kun je me daarmee helpen?'

'Natuurlijk, schatje. Wat voor taart?'
''k Weet niet. Een taart. Of tiramisù. Of die taart van jou, met kaneel.'
'Die van m'n moeder,' zei Soledad met een zweem van trots. 'Ik laat je wel zien hoe 't moet.'
Alice keek vragend naar haar op.
'Gaan we dan zaterdag samen boodschappen doen, ook al is het je vrije dag?'
'Natuurlijk, schatje,' zei Soledad. Even voelde ze zich belangrijk. In die onzekerheid herkende ze het meisje dat ze had grootgebracht.
'Kun je me dan ook nog ergens anders naartoe brengen?' vroeg Alice schuchter.
'Waar naartoe dan?'
Alice aarzelde even.
'Naar een tattooshop,' zei ze snel.
'Liefje toch,' verzuchtte Soledad enigszins teleurgesteld, 'dat vindt je vader niet goed, dat weet je.'
'We zeggen het niet. Hij komt er nooit achter,' jengelde Alice.
Soledad schudde haar hoofd.
'Ah, toe nou, Sol, alsjeblieft,' smeekte ze. 'Als ik alleen ga, doen ze 't niet. Je hebt toestemming van je ouders nodig.'
'Wat kan ik dan doen?'
'Je doet net alsof je mijn moeder bent. Je hoeft alleen maar iets te ondertekenen, je hoeft niets te zeggen.'
'Het kan echt niet, liefje, het kan echt niet. Je vader ontslaat me.'
Alice werd ineens doodernstig. Ze keek Soledad recht in de ogen.
'Het is ons geheim, Sol.' Ze wachtte even. 'Wij tweeën hebben toch eigenlijk al een geheim?'

Soledad keek haar verbaasd aan. Ze begreep het niet meteen.

'Ik kan heel goed een geheim bewaren,' ging Alice langzaam verder. Ze voelde zich net zo sterk en onverschrokken als Viola. 'Anders hadden ze je nu allang ontslagen.'

Soledad voelde een brok in haar keel.

'Maar...' zei ze.

'Doe je 't?' drong Alice aan.

Soledad keek naar de grond.

'Goed dan,' zei ze zachtjes. Toen draaide ze Alice de rug toe en zette de boeken terug in de kast, terwijl er twee dikke tranen in haar ogen opwelden.

10

Mattia was met opzet zo geruisloos in al zijn bewegingen. Hij wist dat de chaos in de wereld alleen maar kon toenemen, dat het achtergrondgeluid zo zou aanzwellen dat het elk coherent signaal overstemde, maar hij was ervan overtuigd dat hij door al zijn bewegingen af te meten minder schuldig zou zijn aan die geleidelijke desintegratie.

Hij had zich aangewend om eerst zijn voorvoet neer te zetten en dan zijn hiel, en daarbij zijn gewicht steeds op de buitenkant van zijn voetzool te plaatsen om zo weinig mogelijk contact met de grond te maken. Hij had die techniek jaren geleden ontwikkeld, als hij 's nachts opstond en muisstil het huis doorzocht, omdat de huid van zijn handen zo droog was geworden dat hij alleen door er met een mes in te snijden, kon voelen dat die ledematen nog van hem waren. Allengs was die bizarre, behoedzame tred zijn normale manier van lopen geworden.

Het gebeurde vaak dat zijn ouders hem opeens, als een uit de vloer opdoemend hologram, voor hun neus zagen staan, met die gefronste blik en die altijd gesloten mond van hem. Op een keer had zijn moeder van schrik een bord laten vallen. Mattia had zich gebukt om de scherven op te rapen en de verleiding van die scherpe randen nauwelijks kunnen weerstaan. Zijn moeder had hem met het schaamrood op de kaken bedankt en toen hij weg was, was ze op de grond gezakt en daar een kwartier lang roerloos blijven zitten, totaal uit het veld geslagen.

Mattia draaide de sleutel in het slot van de huisdeur. Hij had ontdekt dat hij door aan de deurknop te trekken en tegelijkertijd zijn handpalm tegen het sleutelgat te drukken ervoor kon zorgen dat je de metalen klik van het slot bijna niet hoorde. En met een verband om lukte het nog beter.

Hij glipte de hal binnen, stak de sleutel van binnenuit weer in het slot en herhaalde de hele operatie nog een keer, alsof hij een inbreker was in zijn eigen huis.

Zijn vader was al thuis, vroeger dan normaal. Toen hij hem zijn stem hoorde verheffen, bleef hij abrupt staan, niet wetend of hij door de zitkamer moest lopen en het gesprek van zijn ouders moest onderbreken, of weer naar buiten moest gaan om op de binnenplaats te wachten tot het licht in de kamer uitging en dan pas weer binnenkomen.

'...want ik vind het niet juist,' besloot zijn vader op verwijtende toon.

'Natuurlijk,' bracht Adele ertegen in, 'jij doet liever of je neus bloedt, jij blijft liever doen alsof er niets mis is.'

'Wat is er dan mis?'

Er viel een pauze. Mattia kon zich precies voorstellen hoe zijn moeder haar hoofd schudde en haar mondhoek optrok, alsof ze zeggen wilde met jou valt toch niet te praten.

'Wat er mis is?' zei ze met de nadruk op elk woord. 'Ik snap niet...'

Mattia bleef één stap verwijderd van de streep licht die vanuit de zitkamer de hal in viel. Met zijn ogen volgde hij de schaduwlijn vanaf de vloer over de muren en daarna over het plafond. Hij concludeerde dat die lijnen een trapezium vormden en dat dat gewoon weer zo'n perspectivisch bedrog was.

Zijn moeder hield vaak midden in een zin op, alsof ze opeens niet meer wist waar ze heen wilde. Die afgebroken zinnen zweefden voor zijn ogen als zeepbellen in de lucht, en elke keer fantaseerde Mattia dat hij er met zijn vinger in prikte zodat ze uit elkaar spatten.

'Wat er mis is? Hij heeft voor de neus van al zijn klasgenoten een mes in zijn hand gezet. En wat er mis is, is dat wij zeker meenden te weten dat dat achter de rug was, maar dat we er weer naast zaten,' ging zijn moeder verder.

Toen Mattia doorhad dat ze het over hem hadden, wekte dat geen enkele reactie bij hem op. Hij voelde zich alleen een beetje schuldig, omdat hij een gesprek stond af te luisteren dat niet voor zijn oren bestemd was.

'Dat is nog geen reden om zonder hem erbij met zijn leraren te gaan praten,' zei zijn vader, maar nu op bedeesdere toon. 'Op zijn leeftijd heeft hij het recht om erbij aanwezig te zijn.'

'Verdorie, Pietro,' viel zijn moeder uit. Ze noemde hem nooit bij zijn naam. 'Daar gaat het niet om, snap je dat dan niet? Blijf hem toch niet steeds behandelen alsof hij...'

Ze zweeg abrupt. De stilte bleef in de vorm van elektrostatische lading in de lucht hangen. Licht huiverend trok Mattia zijn schouders naar elkaar toe.

'Alsof hij wat?'

'Alsof hij normaal is,' gooide zijn moeder er ineens uit. Haar stem trilde een beetje en Mattia vroeg zich af of ze huilde. Na die middag huilde ze trouwens vaak. Meestal zonder reden. Soms huilde ze omdat het vlees dat ze had gebraden taai was of omdat de planten op het balkon vol parasieten zaten. Wat de aanleiding ook was, ze was altijd even radeloos. Alsof toch alles voor niks was.

'Zijn leraren zeggen dat hij geen vrienden heeft. Hij praat alleen met die jongen die naast hem zit en trekt de hele dag met hem op. Ik bedoel, jongens van zijn leeftijd gaan 's avonds uit, zitten achter de meisjes aan.'

'Denk jij dat hij...' viel zijn vader haar in de rede. 'Ik bedoel...'

Mattia probeerde de zin af te maken maar kon niet bedenken hoe.

'Nee, dat denk ik niet. Misschien zou ik wel liever hebben dat het alleen dat was,' zei zijn moeder. 'Soms denk ik dat hij een deel van Michela heeft overgenomen.'

Zijn vader slaakte een diepe, luidruchtige zucht.

'Je had beloofd dat je het daar niet meer over zou hebben,' zei hij lichtelijk geïrriteerd.

Mattia dacht aan Michela die in het niets was verdwenen. Hij dacht maar een fractie van een seconde aan haar. Toen was hij alweer afgeleid doordat hij op het gladde, gebogen oppervlak van de paraplubak ineens vaag en sterk verkleind de weerspiegeling van zijn ouders zag. Hij begon met zijn sleutels in zijn linkerelleboog te krassen. Bij elke kras voelde hij het gewricht knakken.

'Weet je wat ik nog het griezeligste vind?' zei Adele. 'Al die hoge cijfers die hij haalt. Altijd negens en tienen, altijd het hoogste. Die cijfers hebben iets engs.'

Mattia hoorde dat zijn moeder haar neus ophaalde. Eén keer, en toen weer, maar nu was het alsof er iets tegen haar neus drukte. Hij stelde zich voor dat het zijn vader was, die midden in de kamer zijn armen om haar heen had geslagen.

'Hij is vijftien,' zei zijn vader. 'Dat is een genadeloze leeftijd.'

Zijn moeder gaf geen antwoord en Mattia hoorde het ritmische gesnik aanzwellen tot een climax en toen langzaam bedaren, waarna het weer stil werd.

Op dat moment liep hij de kamer in. Hij kneep een beetje met zijn ogen toen hij de lichtkegel binnenstapte. Vlak achter zijn ouders bleef hij staan. Ze stonden met hun armen om elkaar heen en keken hem stomverbaasd aan, als twee pubers die betrapt worden terwijl ze staan te tongen. De vraag hoe lang hij daar al stond, was duidelijk af te lezen aan hun verbijsterde gezichten.

Mattia keek naar een punt tussen hen in. Hij zei alleen maar ik heb wel vrienden, zaterdag ga ik naar een feest. Toen liep hij door naar de gang en verdween in zijn kamer.

11

De tatoeëerder had Alice argwanend opgenomen en meteen daarna ook de vrouw met de te donkere huid en de angstige blik, die het meisje had voorgesteld als haar moeder. Hij had het geen moment geloofd maar het was zijn zaak niet. Hij was gewend aan dit soort gedoe en aan de grillen van pubermeisjes. Ze kwamen steeds jonger bij hem: dit typje is vast nog geen zeventien, had hij gedacht. Maar hij kon het zich niet veroorloven om principiële redenen een klus te weigeren. Hij had de vrouw een stoel gewezen, en die was gaan zitten en had geen woord meer uitgebracht. Ze hield haar tas tussen haar handen geklemd alsof ze er elk moment vandoor kon gaan. Ze keek alle kanten op, behalve naar de naald.

Het meisje had geen krimp gegeven. Hij had haar gevraagd doet het pijn, want dat moest hij nu eenmaal vragen, en ze had met haar kaken op elkaar nee nee gezegd.

Daarna had hij haar op het hart gedrukt om het gaasje er minstens drie dagen op te laten zitten en de wond een week lang elke ochtend en avond schoon te maken. Hij had haar een potje vaseline cadeau gedaan en het geld in zijn zak gestoken.

Thuis in de badkamer trok Alice de witte tape waarmee het gaasje zat vastgeplakt omhoog. Haar tatoeage bestond nog maar een paar uur, maar ze had er al zeker tien keer een blik op geworpen. Elke keer dat ze ernaar keek, werd haar opwinding minder, als een glinsterende plas water die verdampt in de augustuszon. Ze zag nu alleen maar hoe rood haar huid rond de tatoeage was. Ze vroeg zich af of haar vel ooit weer zijn natuurlijke kleur terug zou krijgen, en even greep de paniek haar bij de keel. Toen verjoeg ze die idiote gedachte. Ze haatte het dat alles wat ze deed haar zo onherstelbaar leek, zo definitief. In haar hoofd noemde ze dat *de ernst van de gevolgen* en ze wist zeker dat dat een van die onhebbelijkheden was die ze in de loop der jaren van haar vader had overgenomen. Ze verlangde hartgrondig naar de onbevangenheid van haar leeftijdgenoten, hun dwaze gevoel van onsterflijkheid. Ze verlangde intens naar de lichtzinnigheid van haar vijftien jaren, maar bij haar pogingen om die te verwerven voelde ze hoe de tijd waarover ze beschikte in ijltempo vervloog. De ernst van de gevolgen werd daardoor zelfs ondraaglijk: haar gedachten begonnen nog sneller en in steeds kleinere kringetjes rond te draaien.

Op het laatste moment was ze van gedachten veranderd. En dat had ze tegen de jongen, die het zoemende machientje al in werking had gezet en de naald al naar haar buik bracht, ook precies zo gezegd: ik ben van gedachten veranderd. Doodgemoedereerd had hij gevraagd wil je het niet meer? Alice had gezegd jawel, ik wil het nog steeds, maar ik wil geen roos meer. Ik wil een viooltje.

De tatoeëerder had haar bedremmeld aangekeken en toen bekend dat hij niet goed wist hoe dat eruitzag. Ongeveer net als een madeliefje, had Alice uitgelegd, met drie bloemblaadjes boven en twee beneden. En het is violet. De tatoeëerder had oké gezegd en was aan de slag gegaan.

Alice bekeek het blauwpaarse bloemetje dat haar navel omlijstte en vroeg zich af of Viola zou snappen dat het voor haar was, voor hun vriendschap. Ze besloot het niet vóór maandag aan haar te laten zien. Ze wilde het pas showen als de korstjes weg waren en het glimmend afstak tegen haar witte huid. Ze was boos dat ze niet vroeger wakker was geworden, dan zou het die avond al toonbaar zijn geweest. Ze stelde zich voor hoe het zou zijn als ze het stiekem liet zien aan de jongen die ze had uitgenodigd voor het feest. Twee dagen eerder stond Mattia, met die in zichzelf gekeerde blik van hem, opeens voor hun neus. Hij had gezegd Denis en ik komen naar het feest. Voordat Viola de tijd kreeg om een van haar dodelijke commentaren te leveren, was hij alweer aan het eind van de gang, met hangend hoofd, zijn rug naar hen toegekeerd.

Ze wist niet zeker of ze met hem wilde zoenen, maar alles was nu geregeld en als ze zich terugtrok, zou ze afgaan bij Viola.

Ze bepaalde precies het punt waar de rand van haar slipje moest zitten zodat de tatoeage zichtbaar was maar niet het litteken dat direct daaronder begon. Ze trok een spijkerbroek aan, een T-shirt en een jack dat groot genoeg was om alles te bedekken, tatoeage, litteken en haar uitstekende heupbeenderen, en liep toen vanuit de badkamer naar de keuken, waar ze toekeek hoe Soledad haar speciale kaneeltaart maakte.

12

Door lang en diep in te ademen probeerde Denis zijn longen te vullen met de lucht uit Pietro Balossino's auto, een wat zurige zweetlucht die niet zozeer afkomstig leek van mensen, maar eerder van de brandwerende stoelhoezen, en van iets vochtigs dat daar, misschien wel verborgen onder een van de matten, al veel te lang had gelegen. Denis voelde hoe die geuren als een warme lap tegen zijn gezicht plakten.

Hij had de hele nacht wel in die auto over de halfduistere wegen in de heuvels willen rondrijden en kijken hoe de lichten van de tegemoetkomende auto's op het gezicht van zijn vriend schenen en het dan weer in het donker achterlieten om het niet aan te tasten.

Mattia zat voorin, naast zijn vader. Voor Denis – die stiekem het ontbreken van enige uitdrukking op de beide gezichten observeerde – leek het alsof vader en zoon hadden afgesproken om tijdens de hele rit geen woord te wisselen en ervoor te zorgen dat hun blikken elkaar niet kruisten, zelfs niet per ongeluk.

Het viel hem op dat ze op dezelfde manier dingen vasthielden: met gestrekte vingers aan weerszijden, weliswaar in contact met het oppervlak, maar heel losjes, bijna alsof ze bang waren om wat ze in hun handen hadden te vervormen. Meneer Balossino leek het stuur nauwelijks aan te raken. Mattia streek met zijn angstaanjagende handen langs de randen van het cadeau dat zijn moeder voor Viola had gekocht en dat nu op zijn tegen elkaar geklemde benen lag.

'Dus jij zit bij Matti in de klas,' zei meneer Balossino zonder veel animo.

'Ja,' zei Denis met een piepstemmetje dat te lang in zijn keel was blijven steken, leek het wel. 'We zitten naast elkaar.'

Mattia's vader knikte ernstig en verzonk toen met een gerust geweten weer in zijn overpeinzingen. Mattia leek dat gesprekje van niks niet eens op te merken en wendde zijn blik geen moment af van de autoruit: hij probeerde te doorgronden of hij de onderbroken middenstreep op de weg alleen maar waarnam als een doorlopende lijn tengevolge van de vertraagde reactie van zijn ogen, of dat er een gecompliceerder mechanisme in het spel was.

Pietro Balossino stopte ongeveer een meter voor het grote tuinhek van huize Bai en trok de handrem aan, omdat de weg een beetje afliep.

'Die heeft het voor elkaar, die vriendin van jullie,' was zijn commentaar, terwijl hij zich vooroverboog om over het hek te kunnen kijken.

Denis noch Mattia bekende dat ze amper de naam van het meisje wisten.

'Ik kom jullie dus om twaalf uur ophalen, goed?'

'Om elf uur,' haastte Mattia zich te zeggen. 'Doe maar om elf uur.'

'Om elf uur? Het is nu al negen uur. Twee uur is toch niet de moeite?'

'Elf uur,' drong Mattia aan.

Pietro Balossino schudde zijn hoofd en zei toen oké.

Mattia stapte uit en Denis volgde hem met tegenzin. Hij was bang dat Mattia nieuwe vrienden zou maken, leuke, vlot geklede jongens die hem in een oogwenk voor altijd van hem af zouden troggelen. Hij was bang dat hij nooit meer in die auto zou zitten.

Hij groette Mattia's vader beleefd en om een volwassen indruk te maken gaf hij hem zelfs een hand. Pietro Balossino haalde een onhandige acrobatische toer uit om hem de hand te schudden zonder zijn autogordel los te hoeven maken.

De twee vrienden bleven stokstijf voor het hek staan wachten tot de auto gekeerd was, voordat ze besloten aan te bellen.

Alice zat met opgetrokken benen in een hoek van de witte bank. Ze had een glas Sprite in haar hand en gluurde vanuit haar ooghoeken naar Sara Turletti's volumineuze dijen die in een donkere panty waren verpakt. Zo tegen de bank gedrukt werden ze nog enormer, bijna twee keer zo breed. Alice dacht aan de ruimte die zij zelf innam vergeleken met haar klasgenote. Bij het idee dat ze zo dun kon worden dat ze onzichtbaar werd, kneep haar maag op een aangename manier samen.

Toen Mattia en Denis de kamer binnenkwamen, zat ze meteen rechtop. Wanhopig zocht ze Viola met haar blik. Ze zag dat Mattia geen verband meer droeg en ze probeerde te zien of hij een litteken op zijn pols had. Onwillekeurig streek ze met haar wijsvinger over haar eigen litteken. Ze wist het zelfs onder haar kleren te vinden, het was alsof er een regenworm op haar huid lag.

De twee nieuwkomers keken om zich heen alsof ze omsingeld waren door roofdieren, maar in werkelijkheid was er van de stuk of dertig jongens en meisjes in de kamer niemand die op hen lette. Niemand behalve Alice.

Denis volgde Mattia in al zijn bewegingen: hij ging waar hij ging en keek waar hij keek. Mattia liep naar Viola toe, die druk bezig was om aan een groepje meisjes haar fantasieverhalen op te dissen. Hij vroeg zich niet eens af of hij die meisjes wel eens op school had gezien. Hij bleef achter het feestvarken staan met het cadeau stijf tussen zijn handen geklemd ter hoogte van zijn borst. Viola draaide zich om toen ze merkte dat de ogen van haar vriendinnen niet meer op haar onweerstaanbare mond gericht waren, maar op een punt achter haar.

'Zo, daar zijn jullie dan,' zei ze bot.

'Hier,' zei Mattia en duwde haar het cadeau in handen. Toen mompelde hij er gefeliciteerd achteraan.

Hij wilde zich al omkeren toen Viola met haar aanstellerige stemmetje gilde: 'Ali, Ali, kom eens hier. Je vriend is er.'

Denis slikte een brok naalden en speeksel door. Een van Viola's vriendinnetjes giechelde in het oor van een van de andere.

Alice stond op van de bank. Ze probeerde in de paar stappen die haar van het groepje scheidden zo min mogelijk te hinkepinken, maar ze wist zeker dat iedereen er juist op zat te letten.

Ze groette Denis met een vluchtige glimlach en daarna Mattia met haar blik naar de grond en een half gefluisterd hoi. Mattia zei hoi terug en zijn wenkbrauwen schoten omhoog, wat hem in Viola's ogen nog spastischer maakte.

Er volgde een akelig lange stilte die alleen zij kon verbreken.

'Ik heb ontdekt waar mijn zus haar pillen verstopt,' zei ze stralend.

De meisjes riepen opgewonden wauw.

'Willen jullie er een?'

Ze keek daarbij expres naar Mattia, zeker wetend dat hij geen idee had waar het over ging. En daar had ze inderdaad gelijk in.

'Kom mee, meiden, dan gaan we ze halen,' zei ze. 'Jij ook, Ali.'

Ze pakte Alice bij haar arm en de vijf meisjes verdwenen de gang in. Ze vielen bijna over elkaar heen.

Denis was opnieuw alleen met Mattia en zijn hartslag werd weer normaal. Ze liepen samen naar de tafel met drankjes.

'Er is whisky,' merkte Denis half verbaasd, half verontwaardigd op. 'En ook wodka.'

Mattia reageerde niet. Hij pakte een plastic bekertje uit het torentje waarin ze stonden opgestapeld en vulde het tot de rand met cola. Hij probeerde de limiet tot waar de oppervlaktespanning van de vloeistof voorkomt dat het bekertje overloopt, zo dicht mogelijk te benaderen. Toen zette hij het op tafel. Denis schonk zichzelf een whisky in en keek intussen behoedzaam om zich heen in de stille hoop indruk te maken op zijn vriend, die niks in de gaten had.

Twee muren verder, in de kamer van Viola's zus, hadden de meisjes Alice op het bed gepoot om haar te instrueren.

'Je moet hem niet in je mond nemen. Ook niet als hij 't vraagt, hoor,' zei Giada Savarino streng. 'De eerste keer mag je hem hoogstens aftrekken.'

Alice lachte zenuwachtig en wist niet of Giada het meende.

'Je gaat nu naar hem toe en begint een praatje met 'm,' dicteerde Viola, die het allemaal van a tot z had uitgedacht. 'En dan verzin je een smoes om hem mee te krijgen naar mijn kamer, oké?'

'Wat voor smoes dan?'

'Weet ik veel, zomaar iets. Zeg maar dat je last hebt van de muziek en dat je rust aan je hoofd wilt.'

'En zijn vriend dan?' vroeg Alice weer. 'Die zit de hele tijd op zijn lip, hij is niet van hem af te slaan.'

'Laat die maar aan ons over,' zei Viola met haar meest meedogenloze glimlach.

Toen ging ze op het bed van haar zus staan, met haar schoenen op de lichtgroene sprei. Alice dacht aan haar vader, die haar verbood om met haar schoenen aan over het tapijt te lopen. Even vroeg ze zich af wat hij gezegd zou hebben als hij haar daar had gezien, maar ze verjoeg die gedachte meteen.

Viola trok een laatje open van het kastje boven het bed. Ze graaide er met haar hand in rond, want het was te hoog om erin te kijken, en haalde er een met rode stof bekleed doosje waar gouden schrifttekens op stonden.

'Pak aan,' zei ze. Ze stak haar hand naar Alice uit. In haar handpalm lag een vierkant, glimmend blauw pilletje met afgeronde hoeken. In het midden stond een gestileerde vlinder. Alice zag even het smerige snoepje voor zich dat ze uit diezelfde hand had aangenomen en voelde het weer in haar slokdarm zitten.

'Wat is dat?' vroeg ze.

'Neem het nou maar. Dan wordt alles nog leuker.'

Viola knipoogde. Alice dacht even na. Ze keken allemaal naar haar. Ze bedacht dat dit ook weer een test was. Ze pakte de pil uit Viola's hand en legde hem op haar tong.

'Nu ben je klaar,' zei Viola voldaan. 'We gaan.'

De meisjes liepen achter elkaar de kamer uit, allemaal met neergeslagen ogen en een valse grijns op hun gezicht. Federica smeekte Viola geef mij er ook eentje, en Viola zei bot wacht jij je beurt maar af.

Alice ging als laatste de kamer uit. Toen ze haar allemaal de rug hadden toegekeerd, bracht ze haar hand naar haar mond en spuugde de pil uit. Ze stopte hem in haar zak en deed het licht uit.

13

Als vier roofvogels cirkelden Viola, Giada, Federica en Giulia om Denis heen.

'Ga je met ons mee daar naartoe?' vroeg Viola.

'Waarom?'

'Dat leggen we je straks wel uit,' grinnikte Viola.

Denis verstijfde. Hij zocht hulp bij Mattia, maar die was nog steeds verdiept in de trilling van de Coca-Cola tegen de rand van zijn bekertje. Door de harde muziek in de kamer veerde het oppervlak bij elke bass-beat op. Mattia wachtte met een vreemd soort opwinding op het moment dat het bekertje overliep.

'Ik blijf liever hier,' zei Denis.

'Mamma mia, wat ben jij een zeikerd,' zei Viola ongeduldig. 'Vooruit, kom mee, en niet zeuren.'

Ze trok hem aan zijn arm. Denis bood zwakjes weerstand. Toen begon Giada ook te trekken en gaf hij zich over. Terwijl zij hem de keuken in duwden, keek hij nog een keer naar zijn vriend, die nog steeds geen vin verroerde.

Mattia merkte Alice pas op toen ze een hand op de tafel legde: dat verstoorde het evenwicht en een dun laagje vocht stroomde over de rand van het bekertje en vormde aan de onderkant een donkere kring.

Onwillekeurig keek hij op en zijn blik kruiste de hare.

'Hoe gaat 't?' vroeg ze.

Mattia knikte. 'Goed,' zei hij.

'Vind je 't een beetje leuk?'

'Mm...'

'Ik krijg hoofdpijn van die harde muziek.'

Alice wachtte tot Mattia iets zou zeggen. Ze keek naar hem en had de indruk dat hij niet ademde. Zijn ogen waren zacht en verdrietig. Net als de eerste keer wilde ze iets doen om die ogen op haar te richten, ze wilde Mattia's hoofd tussen haar handen nemen en tegen hem zeggen dat alles goed was.

'Ga je mee naar de andere kamer?' vroeg ze dapper.

Mattia liet zijn hoofd voorover vallen, alsof dat precies de woorden waren waar hij op wachtte.

'Oké,' zei hij.

Alice liep voor hem uit de gang in, en hij liep twee stappen achter haar. Onder het lopen keek Mattia zoals altijd naar de grond voor hem. Hij zag dat Alices rechterbeen zich ter hoogte van haar knie soepel boog, zoals alle benen ter wereld, en haar voet de grond raakte zonder geluid te maken. Maar haar linkerbeen bleef stijf. Om het naar voren te zetten moest ze een kleine halve maan naar buiten maken. Haar bekken helde een fractie van een seconde naar één kant over, alsof ze om zou vallen. Ten slotte landde ook de linkervoet op de grond, zwaar als een kruk.

Mattia concentreerde zich op dat gyroscopische ritme en paste zijn voetstappen onwillekeurig aan de hare aan.

Toen ze in Viola's kamer waren, ging Alice pal naast hem staan en deed de deur dicht, met een brutaliteit die haar zelf verbaasde. Daar stonden ze, hij op het kleed en zij er net naast.

Waarom zegt hij niks? vroeg Alice zich af.

Eventjes had ze de neiging om het erbij te laten zitten, de deur open te doen en weg te lopen, zodat ze weer gewoon kon ademen.

Maar wat zeg ik dan tegen Viola? bedacht ze toen.

'Hier is het beter, hè?' zei ze.

'Ja,' knikte Mattia. Zijn armen hingen slap langs zijn lijf, als bij de pop van een buikspreker. Met zijn rechterwijsvinger plukte hij aan een kort, hard stukje huid dat naast de nagel van zijn duim uitstak. Het leek op prikken met een naald en de pijnscheut leidde hem even af van het gebrek aan frisse lucht in de kamer.

Alice ging op Viola's bed zitten, op het uiterste randje. Het matras zakte niet in onder haar gewicht. Ze keek om zich heen, alsof ze iets zocht.

'Kom je hier zitten?' vroeg ze ten slotte aan Mattia.

Hij gehoorzaamde. Hij ging voorzichtig een halve meter van haar af zitten. De muziek in de woonkamer klonk als het zware, moeizame ademen van de muren. Alice gluurde naar Mattia's gebalde vuisten.

'Is je hand genezen?' vroeg ze.

'Bijna,' zei hij.

'Hoe is 't gekomen?'

'Ik heb me gesneden. In het practicumlokaal. Per ongeluk.'

'Mag ik het zien?'

Mattia kneep zijn vuisten nog stijver dicht. Toen opende hij langzaam zijn linkerhand. Een donkere, kaarsrechte streep deelde hem diagonaal doormidden. Eromheen zag Alice kortere en lichtere, bijna witte littekens. Zijn hele handpalm zat er vol mee, de lijnen sneden elkaar als de takken van een kale boom tegen het licht.

'Ik heb er ook eentje,' zei ze.

Mattia maakte weer een vuist en stak zijn hand tussen zijn benen, alsof hij hem wilde verstoppen. Ze stond op. Ze trok haar sweatshirt een stukje omhoog en knoopte haar spijkerbroek los. Hij raakte in paniek. Hij keek zo strak mogelijk naar de grond, maar zag toch Alices handen die haar broek aan één kant omvouwden en een gaasje ontblootten met een randje pleister eromheen en vlak daaronder de rand van een lichtgrijs slipje.

Alice schoof het elastiek van haar onderbroek een paar centimeter opzij en Mattia hield zijn adem in.

'Kijk,' zei ze.

Langs haar uitstekende heupbeen liep een lang litteken. Het was dik en breder dan die van Mattia. Door de lijntjes van de hechtingen die er loodrecht op stonden en het in gelijke stukjes verdeelden, zag het er net zo uit als de littekens die kinderen op hun gezicht tekenen wanneer ze zich voor carnaval als piraat verkleden.

Mattia wist niet wat hij zeggen moest. Alice knoopte haar broek weer dicht en stopte haar shirt erin. Toen ging ze weer zitten, iets dichter bij hem.

De stilte was voor beiden nauwelijks te verdragen. In de lege ruimte tussen hun gezichten kolkte het van verwachtingen en verlegenheid.

'Vind je het leuk op je nieuwe school?' vroeg Alice om iets te zeggen.

'Ja.'

'Ze zeggen dat je een genie bent.'

Mattia zoog zijn wangen naar binnen en zette zijn tanden erin, tot hij proefde hoe de metalen smaak van bloed zijn mond vulde.

'Vind je het echt zo leuk om te leren?'

Mattia knikte.

'Waarom?'

'Dat is het enige wat ik kan,' zei hij zachtjes. Hij zou graag hebben gezegd dat hij leren leuk vond, omdat je het in je eentje kunt doen, omdat alles wat je leert al dood is, koud en uitgekauwd. Hij zou graag hebben gezegd dat de bladzijden in schoolboeken allemaal dezelfde temperatuur hebben, dat ze je de tijd geven om te kiezen, dat ze nooit iemand kwaad doen en dat jij hun ook geen kwaad kan doen. Maar hij zei niets.

'En vind je mij leuk?' flapte Alice eruit. Haar stem klonk een beetje snerpend en haar gezicht voelde gloeiend heet.

''k Weet niet,' zei Mattia snel en keek naar de grond.

'Waarom niet?'

''k Weet niet,' hield hij vol. 'Daar heb ik niet over nagedacht.'

'Daar hoef je niet over na te denken, hoor.'

'Als ik niet nadenk, begrijp ik helemaal nergens wat van.'

'Ik vind jou leuk,' zei Alice. 'Een beetje. Geloof ik.'

Hij knikte. Intussen kneep hij zijn ogen dicht en deed ze weer open, zodat het geometrische patroon van het kleed afwisselend scherp en onscherp werd.

'Wil je me kussen?' vroeg Alice. Ze schaamde zich niet, maar terwijl ze het zei, kneep haar lege maag samen van angst dat hij nee zou zeggen.

Mattia verroerde een paar tellen lang geen vin. Toen schudde hij zijn hoofd, langzaam, van de ene naar de andere kant, en intussen bleef hij naar de kringels op het kleed kijken.

Van de zenuwen legde Alice ineens haar handen om haar heupen en mat de omtrek van haar taille.

'Geeft niet,' zei ze snel, met een andere stem. 'Zeg het tegen niemand alsjeblieft,' voegde ze eraan toe.

Je bent een stomme trut, dacht ze.

Je bent erger dan een lagereschoolkind.

Toen stond ze op. De kamer van Viola leek plotseling een vreemde, vijandige plek. Ze werd dronken van al die kleuren op de muren, van het bureau vol make-upspulletjes, van de spitzen die als een paar voeten aan een galg aan de kastdeur hingen, van de foto van Viola aan zee, languit op het strand en beeldschoon, van de slordig op elkaar gestapelde cd's naast de stereo en van de stapel kleren op de stoel.

'Zullen we weer daar naartoe gaan?' vroeg ze.

Mattia stond op van het bed. Hij keek haar een ogenblik aan en Alice kreeg het gevoel dat hij zich wilde verontschuldigen. Ze deed de deur open en liet de muziek met volle kracht de kamer overspoelen. Ze liep een stukje alleen door de gang. Toen dacht ze aan het gezicht van Viola. Ze liep terug, pakte zonder aan hem te vragen of hij het goed vond Mattia's houterige hand en zo stapten ze samen de lawaaierige woonkamer van huize Bai binnen.

14

De meisjes hadden Denis de hoek naast de koelkast in gedreven, zomaar, om een beetje te dollen. Ze stonden in een rijtje vóór hem, vlak naast elkaar, zodat ze een barrière van opgewonden ogen en losse haren vormden, waardoorheen Denis Mattia in de andere kamer niet meer kon zien.

'*Truth or dare*?' vroeg Viola.

Denis schudde verlegen zijn hoofd, alsof hij wilde zeggen dat hij geen zin had in dat spelletje. Viola sloeg haar ogen ten hemel en deed toen de koelkast open, waarmee ze Denis opzij dwong om ruimte te maken voor de deur. Ze haalde er een fles perzikwodka uit en nam een slok zonder de moeite te nemen een glas te pakken. Toen gaf ze de fles met een samenzweerderige glimlach aan hem.

Hij voelde zich al versuft en een beetje misselijk. De whisky had ergens tussen zijn neus en zijn mond een bittere nasmaak achtergelaten maar iets in Viola's manier van doen weerhield hem ervan zich te verzetten. Hij pakte de fles aan en nam een slok. Toen gaf hij hem aan Giada Savarino, die hem gretig vastgreep en begon te slobberen alsof het sinas was.

'Nou? Truth or dare?' vroeg Viola weer. 'Anders kiezen wij.'

'Ik vind dat geen leuk spelletje,' protesteerde Denis zwakjes.

'Goh... jullie zijn echt enorme sukkels, je vriend en jij,' zei ze. 'Dan kies ik. Truth. Eens even kijken.'

Ze zette haar wijsvinger op haar kin en draaide met haar ogen een kringetje in de lucht, alsof ze nadacht.

'Ik heb 't,' riep ze. 'Je moet zeggen wie van ons vieren je de leukste vindt.'

Denis haalde bangig zijn schouders op.

'Kweenie,' zei hij.

'Hoe bedoel je, kweenie? Je zult er toch wel eentje leuk vinden, of niet soms?'

Denis bedacht dat hij geen van vieren leuk vond en dat hij alleen maar wilde dat ze opdonderden en hem terug lieten gaan naar Mattia. Want hij had nog maar een uur om bij hem te zijn en hem ook 's avonds te zien leven, een tijdstip waarop hij zich normaal gesproken alleen maar kon voorstellen hoe Mattia in zijn kamer lag te slapen, onder lakens waarvan hij de kleur niet eens wist.

Als ik er eentje kies, laten ze me wel met rust, dacht hij meteen daarna.

'Haar.' Hij wees naar Giulia Mirandi, want dat leek de minst erge.

Giulia sloeg een hand voor haar mond, alsof ze net tot koningin van het bal was gekozen. Viola trok haar mondhoek op. De andere twee barstten in hoongelach uit.

'Goed,' zei Viola. 'Dan komt nu dare.'

'Nee, nu is het klaar,' zei Denis.

'Wat ben jij vervelend, zeg. Er staan vier meisjes om je heen en je wilt niet eens een spelletje doen. Terwijl je toch niet elke dag zo'n kans krijgt.'

'Nu is er iemand anders aan de beurt.'

'Nee hoor, ik bepaal dat jij aan de beurt bent. Nu moet je dare doen. Wat vinden jullie?'

De andere knikten bloeddorstig ja ja. De fles was weer in handen van Giada, die met regelmatige tussenpozen haar hoofd achterovergooide en een slok nam, alsof ze alles weg wilde klokken voordat de anderen het doorhadden.

'Zie je wel?' zei Viola.

Denis zei pff.

'Wat moet ik doen?' vroeg hij gelaten.

'Aangezien ik een keurig opgevoede gastvrouw ben, geef ik je iets prettigs te doen,' zei Viola raadselachtig. De andere drie hingen aan haar lippen, ze wilden niets liever dan horen wat de nieuwe kwelling was. 'Je moet Giulia een kus geven.'

Giulia kreeg een kleur. Denis voelde een steek tussen zijn ribben.

'Ben je gek?' zei Giulia geschokt, maar dat was misschien gespeeld.

Viola haalde haar schouders op, ze keek als een stout kind. Denis schudde zijn hoofd, twee, drie keer achter elkaar.

'Je hebt zelf gezegd dat je haar leuk vindt,' zei ze.

'En als ik het niet doe?' vroeg Denis dapper.

Viola werd plotseling ernstig en keek hem recht in de ogen.

'Als je het niet doet, moet je weer truth kiezen,' zei ze. 'Dan zou je ons over je vriendje kunnen vertellen, bijvoorbeeld.'

In haar fonkelende, amandelvormige ogen herkende Denis alles wat hij altijd onzichtbaar had gewaand. Zijn nek verstijfde.

Hij draaide zich naar Giulia Mirandi toe. Met zijn armen langs zijn lijf boog hij zijn hoofd naar het hare. Hij kneep zijn ogen dicht en kuste haar. Hij wilde zijn hoofd terugtrekken, maar Giulia hield het vast met haar hand in zijn nek. Ze wrong haar tong tussen zijn op elkaar geperste lippen.

Denis proefde de smaak van speeksel dat niet het zijne was, en walgde. Terwijl hij zijn eerste kus stond te geven, deed hij precies op tijd zijn ogen open om Mattia de keuken binnen te zien komen, hand in hand met het manke meisje.

15

De anderen zagen als eersten wat Alice en Mattia pas jaren later zouden begrijpen. Ze liepen hand in hand door de woonkamer. Ze glimlachten niet en keken ieder een andere kant op, maar het was alsof hun lichamen door de armen en vingers die elkaar raakten voortdurend in elkaar overvloeiden.

Het scherpe contrast tussen de blonde haren van Alice, die de huid van haar veel te bleke gezicht omkransten, en het donkere haar van Mattia, warrig naar voren vallend zodat zijn zwarte ogen erachter schuilgingen, was in de subtiele boog die hen met elkaar verbond helemaal verdwenen. Er was een gedeelde ruimte tussen hen waarvan de grenzen niet duidelijk waren afgebakend, waarin niets scheen te ontbreken en de lucht roerloos leek, onverstoorbaar.

Alice liep één stap voor hem uit en het lichte getrek aan Mattia herstelde haar cadans en deed de gebrekkigheid van haar ongelukkige been teniet. Hij liet zich meetrekken en zijn voeten maakten geen geluid op de tegels. Zijn littekens gingen schuil in haar hand en vonden er geborgenheid.

Op de drempel van de keuken, op enige afstand van het groepje meisjes en Denis, bleven ze staan. Ze probeerden te begrijpen wat er aan de hand was. Ze hadden iets dromerigs over zich, alsof ze van ver kwamen, een plek die alleen zij kenden.

Denis duwde Giulia hard van zich af en hun monden

plopten los. Hij keek naar Mattia en zocht in zijn gezichtsuitdrukking de sporen van dat wat hem doodsbang maakte. Hij dacht dat Alice en Mattia iets tegen elkaar hadden gezegd, iets wat hij nooit zou mogen weten, en het bloed steeg naar zijn hoofd.

Hij rende de keuken uit en stootte met zijn schouder opzettelijk tegen Mattia aan om dat gehate evenwicht te verstoren. Mattia's ogen ontmoetten een ogenblik de zijne, rood en verwilderd. Om de een of andere reden herinnerde Mattia zich de weerloze ogen van Michela die middag in het park. Die twee blikken zouden zich door de jaren heen in zijn herinnering vermengen tot één onuitwisbare angst.

Hij liet Alices hand los. Het was alsof zijn zenuweinden allemaal in dat punt samenkwamen en toen hij losliet, had hij het gevoel dat er vonken uit zijn arm schoten als uit een openliggende kabel.

'Sorry,' fluisterde hij tegen haar en ging de keuken uit, naar Denis toe.

Alice liep naar Viola, die haar met een ijzige blik opnam.

'Wij...' begon Alice.

'Ik hoef 't niet te weten,' onderbrak Viola haar. Toen ze naar Alice en Mattia keek, had ze teruggedacht aan de jongen aan zee, toen hij weigerde haar hand te pakken, terwijl zij graag hand in hand naar de anderen op het strand was teruggelopen. Ze was jaloers, ze voelde een pijnlijke, stekende afgunst, omdat ze het geluk dat ze zelf wilde hebben net aan een ander had weggegeven. Ze voelde zich bestolen, alsof Alice ook haar deel had afgepakt.

Alice boog voorover om haar iets in het oor te fluisteren, maar zij draaide zich om.

'Wat wil je nou nog?' zei ze.

'Niks,' zei Alice en trok zich geschrokken terug.

Op dat moment klapte Giada voorover, alsof een onzichtbare man haar in haar buik had gestompt. Ze hield zich met haar ene hand aan het aanrecht vast en drukte met de andere op haar buik.

'Wat is er?' vroeg Viola.

'Ik moet overgeven,' piepte ze.

'Getverdemme, ga naar de wc,' schreeuwde de gastvrouw.

Maar het was al te laat. Met een gulp leegde Giada haar maag op de vloer, een rossige, alcoholische brij die op een milkshake van Soledads taart leek.

De anderen deinsden van schrik terug, terwijl Alice Giada bij haar heupen pakte om haar overeind te houden. De lucht vulde zich meteen met een ranzige stank.

'Fijn zo, sukkel,' zei Viola, bijna in tranen. 'Wat een kutfeest.'

Ze liep de keuken uit met haar vuisten gebald langs haar lichaam, alsof ze zich moest inhouden om iets kapot te slaan. Alice keek haar bezorgd na en bekommerde zich toen weer om Giada, die zachtjes stond te snikken.

16

De andere genodigden zaten in groepjes verspreid in de woonkamer. De meeste jongens deinden met hun hoofd op de maat van de muziek, terwijl de meisjes hun blik door de kamer lieten dwalen. Sommigen hadden een glas in hun hand. Een man of zes, zeven danste op *A question of time*. Mattia vroeg zich af hoe ze het voor elkaar kregen om zich zonder blikken of blozen zo onder ieders ogen uit te leven. Toen bedacht hij dat het de normaalste zaak van de wereld was en dat hij het daarom juist niet kon.

Denis was verdwenen. Mattia liep de kamer door en ging in Viola's kamer kijken of hij daar zat. Hij keek ook in de kamer van haar zus en in die van haar ouders. Hij keek in beide badkamers en in een ervan trof hij een jongen en een meisje van school aan. Zij zat op de deksel van de wc en hij stond met gekruiste benen voor haar. Ze keken hem met een treurige, vragende blik aan en Mattia deed snel de deur weer dicht.

Hij ging terug naar de woonkamer en liep het balkon op. De heuvel liep in het donker naar beneden en onderaan zag je de hele stad liggen, allemaal gelijkmatig verdeelde, ronde witte puntjes, zover het oog reikte. Mattia leunde over de reling en speurde tussen de bomen in de tuin van villa Bai, maar hij zag niemand. Hij ging weer naar binnen en begon het Spaans benauwd te krijgen.

In de woonkamer voerde een wenteltrap naar een donkere zolderkamer. Hij liep de eerste treden omhoog en bleef toen staan.

Waar zit-ie? dacht hij.

Toen liep hij door, helemaal naar boven. Door het zwakke licht dat van de benedenverdieping kwam, kon hij Denis' silhouet onderscheiden: hij stond roerloos midden in de kamer.

Mattia riep hem. Zolang ze vrienden waren, had hij misschien drie keer zijn naam uitgesproken. Dat hoefde ook nooit, want Denis was altijd vlak bij hem, als een natuurlijk verlengstuk van zijn ledematen.

'Ga weg,' zei zijn vriend.

Mattia zocht de schakelaar en deed het licht aan. De kamer was enorm groot en rondom stonden hoge boekenkasten. Het enige andere meubelstuk was een groot houten bureau met niets erop. Mattia had de indruk dat er al heel lang niemand op die verdieping van het huis was geweest.

'Het is bijna elf uur, we moeten weg,' zei hij.

Denis reageerde niet. Hij stond met zijn rug naar hem toe midden op een groot tapijt. Mattia liep naar zijn vriend toe. Toen hij voor hem stond, zag hij dat hij had gehuild. Denis ademde zwaar en keek strak voor zich uit. Zijn halfopen lippen trilden een beetje.

Pas na een paar seconden zag Mattia de bureaulamp in gruzelementen aan zijn voeten liggen.

'Wat heb je gedaan?' vroeg hij.

Denis' ademhaling ging over in gereutel.

'Denis, wat heb je gedaan?'

Mattia bracht zichzelf er met moeite toe om de schouder van zijn vriend aan te raken, die reageerde alsof hij door een wesp werd gestoken. Mattia gaf een ruk aan zijn arm.

'Wat heb je gedaan?'

'Ik...' begon Denis en zweeg toen abrupt.

'Ja, wat?'

Denis opende zijn linkerhand en liet Mattia een scherf

van de lamp zien, een groene glasscherf die dof was van het zweet in zijn hand en geen licht doorliet.

'Ik wilde voelen wat jij voelt,' fluisterde hij.

Mattia snapte het niet. Van zijn stuk gebracht deed hij een stap naar achteren. Het begon opeens vreselijk te gloeien in zijn buik, en dat gevoel verspreidde zich naar zijn armen en benen.

'Maar ik kon het niet,' zei Denis.

Hij stond met zijn handpalmen naar boven alsof hij op iets wachtte.

Mattia had hem bijna gevraagd waarom, maar hield zijn mond. Van de benedenverdieping kwam het gedempte geluid van de muziek. De lage tonen drongen door de vloer heen, terwijl de hogere tonen erin gevangen bleven.

Denis haalde zijn neus op. 'Laten we weggaan,' zei hij.

Mattia knikte, maar geen van beiden verzette een voet. Toen draaide Denis zich met een ruk om en liep naar de trap. Mattia liep achter hem aan de woonkamer door en daarna naar buiten, waar de frisse avondlucht hen opwachtte en ze weer vrij konden ademen.

17

Viola besliste of je erbij hoorde of eruit lag. Op zondagochtend had de vader van Giada Savarino haar vader opgebeld en iedereen in huize Bai wakker gemaakt. Het was een lang telefoongesprek en Viola, die nog in pyjama was, had haar oor tegen de deur van haar ouders' slaapkamer gedrukt, maar geen woord van het gesprek opgevangen.

Toen ze het bed had horen piepen, was ze naar haar kamer gerend, onder de dekens gedoken en had gedaan alsof ze sliep. Haar vader had haar wakker gemaakt en gezegd straks mag je alles uitleggen, maar ik zeg je nu alvast dat er in dit huis nooit meer een feest wordt gegeven en dat jij voorlopig alle feesten wel kunt vergeten. Tijdens het middageten had haar moeder een verklaring voor de gebroken lamp gevraagd, en haar zus had het niet voor haar opgenomen, want ze had gemerkt dat Viola aan haar privé-voorraadje had gezeten.

Terneergeslagen en met het nadrukkelijke verbod om te bellen, was ze de hele dag haar kamer niet uit geweest. Ze kon Alice en Mattia en de manier waarop ze elkaars hand vasthielden maar niet uit haar hoofd zetten. Terwijl ze met haar nagels de laatste restjes nagellak wegkrabde, had ze besloten: Alice ligt eruit.

Op maandagochtend haalde Alice, in de badkamer met de deur op slot, definitief het gaasje van haar tatoeage. Ze maakte er een balletje van en gooide het samen met de verkruimelde koekjes die ze aan het ontbijt niet had opgegeten in de wc.

Ze keek in de spiegel naar het viooltje en bedacht dat haar lichaam voor de tweede keer voor altijd was veranderd. De rilling die over haar rug liep, was een aangename mengeling van spijt en opwinding. Ze bedacht dat dat lichaam alleen van haar was, dat ze het als ze daar zin in had ook te gronde kon richten, met onuitwisbare tekens havenen of laten wegkwijnen, als een bloem die door een kind uit pure balorigheid wordt afgerukt en op de grond ligt te verwelken.

Die ochtend zou ze de tatoeage op het meisjestoilet aan Viola en de anderen laten zien. Ze zou ze vertellen dat Mattia en zij elkaar heel lang hadden gekust. Verder hoefde ze niets te verzinnen. Als ze naar details vroegen, kon ze gewoon inspelen op hun fantasieën.

In de klas zette ze haar rugzak op haar stoel en liep toen naar Viola's tafeltje, waar de anderen ook al stonden. Terwijl ze naar hen toe liep, hoorde ze Giulia Mirandi zeggen daar komt ze aan. Ze zei stralend hoi tegen iedereen, maar niemand zei wat terug. Ze boog voorover om Viola twee kussen op haar wang te geven, zoals ze haar zelf had geleerd, maar haar vriendin bleef stokstijf zitten.

Alice richtte zich op en keek beurtelings in vier paar strenge ogen.

'Gisteren zijn we allemaal ziek geweest,' begon Viola.

'O ja?' vroeg Alice oprecht bezorgd. 'Wat hadden jullie?'

'Allemaal vreselijke buikpijn,' zei Giada agressief.

Alice zag weer voor zich hoe Giada op de vloer kotste en zei bijna tja, logisch met wat jullie allemaal gedronken hebben.

'Ik heb nergens last van gehad,' zei ze.

'Nogal wiedes,' schamperde Viola met een blik op de anderen. 'Ik had ook niet anders verwacht.'

Giada en Federica lachten, Giulia sloeg haar ogen neer.

'Wat bedoel je?' vroeg Alice, van de wijs gebracht.

'Je weet best wat ik bedoel,' zei Viola plotseling op een andere toon, terwijl ze Alice met haar schitterende amandelvormige ogen strak aankeek.

'Nee, dat weet ik niet,' verweerde Alice zich.

'Je hebt ons vergiftigd,' beet Giada haar toe.

'Wat? Hoezo vergiftigd?'

Giulia kwam verlegen tussenbeide.

'Kom op, meiden, dat is niet waar.'

'Jawel, ze heeft ons vergiftigd,' zei Giada opnieuw. 'Wie weet wat voor rotzooi ze in die taart heeft gestopt.'

Toen richtte ze het woord weer tot Alice: 'Je wou ons toch allemaal ziek maken? Gefeliciteerd, dat is je gelukt.'

Alice hoorde de woorden uit Giada's mond komen, maar het duurde even voor de betekenis tot haar doordrong. Ze keek naar Giulia, die met haar grote blauwe ogen leek te zeggen sorry, ik kan er niets aan doen. Toen keek ze hulpeloos naar Viola, maar die keek met een lege blik terug.

Giada hield haar hand op haar buik alsof ze nog steeds kramp had.

'Maar ik heb die taart samen met Soledad gemaakt. We hebben alles bij de supermarkt gekocht.'

Niemand reageerde. Ze keken allemaal een andere kant op, alsof ze wachtten tot de gifmengster zou opkrassen.

'Het lag echt niet aan de taart van Sol. Ik heb er zelf ook van gegeten en ik ben niet ziek geworden,' loog Alice.

'Wat ben jij een leugenaarster,' bitste Federica Mazzoldi, die tot dan toe haar mond had gehouden. 'Je hebt er geen kruimel van gegeten. Iedereen weet dat je...'

Ze zweeg abrupt.

'Toe, hou nou op,' smeekte Giulia. Ze keek alsof ze ging huilen.

Alice legde haar hand op haar platte buik. Onder haar huid voelde ze haar hart kloppen.

'Wat weet iedereen?' vroeg ze kalm.

Viola Bai schudde langzaam haar hoofd. Alice staarde zwijgend naar haar ex-vriendin en wachtte op woorden die niet kwamen, maar als rookslierten in de lucht bleven kringelen. Zelfs toen de bel ging, verroerde ze zich niet. Tubaldo, die van natuur- en scheikunde, moest haar twee keer roepen voor ze eindelijk op haar plaats ging zitten.

18

Denis was niet op school. Toen ze hem die zaterdag naar huis brachten, hadden Mattia en hij elkaar niet één keer aangekeken. Denis had op de vragen van Mattia's vader alleen met ja of nee geantwoord en was uit de auto gestapt zonder gedag te zeggen.

Mattia legde zijn hand op de lege stoel naast hem. Nu en dan gingen Denis' woorden in die halfdonkere kamer door zijn hoofd. Maar dan glipten ze weer zo snel weg dat de betekenis ervan hem steeds ontging.

Bij nader inzien kon het hem ook niet schelen of hij ze echt begreep. Hij wilde alleen maar dat Denis daar zat om hem af te schermen tegen alles wat er buiten zijn schoolbank bestond.

De dag ervoor hadden zijn ouders hem gevraagd om op de bank in de woonkamer te komen zitten. Zelf zaten zij op die ertegenover. Zijn vader had gezegd zo, vertel eens over dat feest. Mattia had zijn handen heel hard dichtgeknepen, maar ze daarna keurig gestrekt op zijn knieën gelegd, zodat zijn ouders ze konden zien. Hij had zijn schouders opgehaald en op die bedeesde toon van hem gezegd er valt niks te vertellen. Zijn moeder was zenuwachtig opgesprongen en in de keuken verdwenen. Maar zijn vader was naar hem toe gekomen en had hem twee klopjes op zijn schouder gegeven, alsof hij wist dat hij hem met iets moest troosten. Mattia had teruggedacht aan de tijd dat hij een kind was en zijn vader hem en Michela op de warmste dagen van de zomer om de beurt in het gezicht blies om hun verkoeling te geven. Hij had teruggedacht aan hoe hij het zweet op zijn huid zachtjesaan voelde verdampen en had stekende heimwee gevoeld naar een stukje wereld dat samen met Michela in de rivier was verdronken.

Hij vroeg zich af of zijn klasgenoten alles wisten. Of zijn leraren het misschien ook wisten. Hij voelde hun steelse blikken die zich boven zijn hoofd tot een net hadden geknoopt.

Hij opende op goed geluk zijn geschiedenisboek en begon de rij jaartallen op die en de volgende bladzijden uit zijn hoofd te leren. De reeks jaartallen, die zonder enige logische samenhang onder elkaar waren gezet, vormde in zijn hoofd een almaar langer wordende streep. Hij volgde die streep, waardoor de gedachte aan Denis in de halfdonkere kamer langzaam naar de achtergrond verdween, en vergat de leegte die nu zijn plaats innam.

19

In de pauze glipte Alice de EHBO-kamer op de eerste verdieping binnen, een smal wit kamertje met als enig meubilair een ziekenhuisbedje en een hangkastje met spiegel waar eerstehulpbenodigdheden in zaten. Ze was maar één keer in die kamer beland, de keer dat ze tijdens gym bijna was flauwgevallen omdat ze in de veertig uur ervoor alleen maar twee volkorencrackers en een caloriearme reep had gegeten. Die dag had de gymleraar, met zijn groene Diadora-joggingpak en een fluitje om zijn nek dat hij nooit gebruikte, tegen haar gezegd denk maar eens goed na over waar je mee bezig bent, denk er maar eens heel goed over na. Toen was hij weggegaan en had haar alleen gelaten in dat tl-licht, met het hele uur niets om naar te kijken of te doen.

Het eerstehulpkastje stond open. Alice pakte een pluk watten zo groot als een pruim en het flesje gedenatureerde alcohol. Ze deed het deurtje weer dicht en keek of ze ergens iets zwaars zag. Er stond alleen een prullenbak van hard plastic, vaal roodbruin van kleur. Ze bad dat niemand van buiten het lawaai zou horen en sloeg met de bodem van de prullenbak de spiegel op het kastje kapot.

Toen pakte ze, voorzichtig dat ze zich niet sneed, een grote driehoekige scherf. Ze zag in de spiegelzijde haar rechteroog voorbijkomen en was trots dat ze niet had gehuild, niet één traan. Ze stopte alles in de zak midden op haar wijde sweatshirt en ging terug naar de klas.

De rest van de ochtend verkeerde ze in een staat van verdoving. Ze draaide zich geen enkele keer om naar Viola en de anderen en hoorde geen woord van de les over het toneelwerk van Aeschylus.

Terwijl ze als laatste de klas uit liep, pakte Giulia Mirandi ongemerkt haar hand.

'Sorry,' fluisterde ze in haar oor. Toen gaf ze haar een zoen op haar wang en rende de andere meisjes achterna, die al op de gang waren.

Alice wachtte op Mattia in de hal van de school onder aan de met linoleum beklede trap, waarover zich in een run op de uitgang een hele meute leerlingen naar beneden stortte. Ze hield met één hand de trapleuning vast. Het koude metaal kalmeerde haar.

Mattia kwam de trap af met die halve meter lege ruimte om zich heen waar niemand zich in waagde, behalve Denis. Zijn zwarte haren vielen in wilde lokken over zijn voorhoofd tot bijna op zijn ogen. Hij keek waar hij zijn voeten neerzette en liep enigszins achteroverhellend de trap af. Alice riep hem een eerste keer, maar hij draaide zich niet om. Ze riep nog harder Mattia en toen keek hij op. Hij zei verlegen hoi en wilde toen doorlopen naar de glazen deuren van de uitgang.

Alice drong zich door de leerlingen heen om bij hem te komen. Ze pakte hem bij zijn arm en Mattia deinsde terug.

'Je moet met me meekomen,' zei ze.

'Waar naartoe?'

'Je moet me met iets helpen.'

Mattia keek zenuwachtig om zich heen om te zien of er ergens gevaar dreigde.

'Mijn vader staat buiten te wachten,' zei hij.

'Je vader wacht wel. Je moet me helpen. Nu,' zei Alice.

Mattia slaakte een diepe zucht. Toen zei hij oké, waarom wist hij op dat moment niet.

'Kom mee.'

Alice pakte hem bij zijn hand, net als op Viola's feest, maar deze keer sloten Mattia's vingers zich spontaan om de hare.

Ze maakten zich los uit de kluwen leerlingen. Alice liep hard door, alsof ze voor iemand op de vlucht was. Ze doken de lege gang op de eerste verdieping in. De open deuren naar de verlaten lokalen hadden iets desolaats.

Ze gingen de meisjestoiletten binnen. Mattia aarzelde. Hij wilde zeggen ik mag hier niet komen, maar liet zich toch meeslepen. Toen Alice hem een wc-hokje in trok en de deur op slot deed, stonden ze zo dicht op elkaar dat zijn benen begonnen te trillen. Rond het hurktoilet lag maar een smalle strook tegels en hun vier voeten konden er nauwelijks staan. Op de grond slingerden stukken toiletpapier die half aan de vloer zaten vastgeplakt.

Nu gaat ze me kussen, dacht hij.

Je hoeft haar alleen maar terug te kussen, dacht hij verder. Dat kan niet moeilijk zijn, iedereen kan het.

Alice trok de ritssluiting van haar glimmende jack naar beneden en begon zich vervolgens uit te kleden, precies zoals ze bij Viola thuis had gedaan. Ze trok haar T-shirt over haar hoofd en liet dezelfde spijkerbroek die ze toen aanhad tot halverwege haar billen zakken. Ze keek niet naar Mattia, het leek alsof ze daar alleen was.

Op de plek waar zaterdagavond een wit verbandgaasje zat, zat nu een getatoeëerd viooltje. Mattia wilde wat gaan zeggen, maar zweeg en wendde zijn blik af. Er bewoog iets tussen zijn benen en hij probeerde aan iets anders te denken. Hij las een paar opschriften op de muur zonder de betekenis te vatten. Hij zag dat er niet één evenwijdig liep aan de lijn van de tegels. Ze vormden bijna allemaal dezelfde hoek met de plint langs de muur en Mattia kwam tot de conclusie dat het een hoek van tussen de dertig en vijfenveertig graden was.

'Pak aan,' zei Alice.

Ze stopte een stuk glas in zijn hand, dat aan de ene kant spiegelde en aan de andere kant zwart was en zo puntig als een dolk. Mattia begreep er niets van. Precies zoals ze het zich de eerste keer dat ze elkaar tegenkwamen had voorgesteld, tilde ze zijn kin naar haar op.

'Je moet hem weghalen. Ik kan het niet in mijn eentje,' zei ze.

Mattia keek naar het stuk spiegel en toen naar Alices rechterhand die naar de tatoeage op haar buik wees.

Voor hij kon protesteren zei ze: 'Ik weet dat je het kan. Ik wil hem nooit meer zien. Alsjeblieft, doe het voor mij.'

Mattia liet de punt in zijn hand ronddraaien en er voer een siddering door zijn arm.

'Maar...' zei hij.

'Doe het voor mij,' viel Alice hem in de rede. Met haar hand op zijn lippen wilde ze hem het zwijgen opleggen, maar ze trok hem meteen weer terug.

Doe het voor mij, dacht Mattia. Die drie woorden boorden zich in zijn oor en brachten hem ertoe om voor Alice neer te hurken.

Hij raakte met zijn hielen de muur achter hem en wist niet hoe hij moest gaan zitten. Hij streek onzeker over de huid rond de tatoeage om die gladder te trekken. Hij was nog nooit met zijn gezicht zo dicht bij het lichaam van een meisje geweest. Hij ademde onwillekeurig diep in om erachter te komen hoe het rook.

Hij bewoog het stuk glas naar haar buik. Met vaste hand maakte hij een sneetje zo lang als een vingertop. Alice beefde en slaakte een kreet.

Mattia deinsde terug en verborg de scherf achter zijn rug alsof hij niet wilde weten dat hij het had gedaan.

'Ik kan het niet,' zei hij.

Hij keek omhoog. Alice huilde geluidloos. Ze hield haar ogen dichtgeknepen van de pijn.

'Ja, maar ik wil hem niet meer zien,' jammerde ze.

Het was duidelijk dat ze niet meer durfde en hij voelde zich opgelucht. Hij stond op en vroeg zich af of hij niet beter weg kon gaan.

Alice veegde met haar hand een druppel bloed weg die over haar buik liep. Ze knoopte haar spijkerbroek dicht, terwijl Mattia iets geruststellends zocht om tegen haar te zeggen.

'Het went wel. Straks zie je hem niet eens meer,' zei hij.

'Hoezo? Hij zit 'r voor altijd, pal onder mijn ogen.'

'Precies,' zei Mattia, 'daarom zie je hem straks ook niet meer.'

De andere kamer

(1995)

20

Mattia had gelijk: de dagen waren de een na de ander als een oplosmiddel over Alices huid gespoeld en hadden telkens een flinterdun laagje pigment van haar tatoeage en van hun beider herinneringen meegenomen. De contouren waren er nog, net als de omstandigheden, zwart en scherp omlijnd, maar de kleuren waren doorgelopen en vervaagd tot een fletse, uniforme tint. Ze waren neutraal geworden en hadden geen betekenis meer.

De middelbareschooljaren waren een open wond geweest die voor Mattia en Alice zo diep leek dat hij nooit meer zou kunnen helen. Ze waren er met ingehouden adem doorgekomen: hij door de wereld af te wijzen, zij door zich door de wereld afgewezen te voelen, en ze hadden gemerkt dat dat niet veel verschil maakte. Ze hadden een gebrekkige, asymmetrische vriendschap opgebouwd die bestond uit lange perioden van afwezigheid en veel stilte, een lege, schone ruimte waarin beiden konden ademen, wanneer de schoolmuren zo op hen afkwamen dat het gevoel van verstikking niet meer te negeren viel.

Na verloop van tijd was de wond van hun adolescentie geheeld. De wondranden waren onmerkbaar maar gestaag naar elkaar toe gegroeid. Elke keer als er weer iets pijnlijks gebeurde, ging het korstje eraf, maar het kwam hardnekkig terug, steeds dikker en donkerder. Ten slotte had een nieuwe, gladde en elastische huidlaag de afwezige huid vervangen. Het rode litteken was wit geworden en viel uiteindelijk niet meer op tussen alle andere.

Nu lagen ze op Alices bed. Zij met haar hoofd naar de ene en hij naar de andere kant, hun benen op een onnatuurlijke manier gebogen zodat hun lichamen elkaar nergens zouden raken. Alice bedacht dat ze zich zou kunnen omdraaien, waardoor haar tenen onder Mattia's rug terechtkwamen, en dan net doen alsof ze het niet merkte. Ze wist zeker dat hij onmiddellijk op zou schuiven en besloot zichzelf die kleine teleurstelling te besparen.

Geen van beiden had voorgesteld muziek op te zetten. Ze waren niets anders van plan dan gewoon daar te liggen afwachten tot de zondagmiddag vanzelf voorbij zou zijn en het weer tijd werd om iets noodzakelijks te doen, zoals eten, slapen en aan een nieuwe week beginnen. Het gele septemberlicht stroomde door het raam naar binnen en voerde af en toe straatgeluiden mee.

Alice ging op het bed staan, zodat het matras onder Mattia's hoofd een klein beetje ging wiebelen. Ze zette haar twee vuisten in haar zij en bekeek hem van bovenaf, haar haren vielen naar voren en verborgen de strenge uitdrukking op haar gezicht.

'Blijf zo liggen,' zei ze. 'Verroer je niet.'

Toen stapte ze over hem heen en sprong met haar goede been van het bed, het andere achter zich aan slepend als iets wat per ongeluk aan haar was blijven hangen. Mattia boog zijn kin naar zijn borst om haar bewegingen in de kamer te volgen. Hij zag dat ze een vierkante doos opendeed die midden op het bureau stond en die hij tot dat moment niet had opgemerkt.

Alice draaide zich om, met één oog dicht en het andere verborgen achter een oude camera. Mattia wilde overeind komen.

'Liggen,' commandeerde ze. 'Verroer je niet, zei ik toch.'

Toen drukte ze af. Uit de polaroidcamera kwam een dunne, witte tong tevoorschijn en Alice wapperde ermee om de kleur op te laten komen.

'Waar heb je die vandaan?' vroeg Mattia.

'Uit de kelder. Hij was van mijn vader. Hij heeft 'm ooit gekocht en 'm nooit gebruikt.'

Mattia kwam overeind en ging op het bed zitten. Alice liet de foto op het kleed vallen en maakte er nog een van hem.

'Hé, hou 's op,' protesteerde hij. 'Ik zie er stom uit op foto's.'

'Jij ziet er altijd stom uit.'

Ze drukte nog een keer af.

'Misschien wil ik wel fotograaf worden,' zei Alice. 'Ja, ik weet 't zeker.'

'En de universiteit dan?'

Alice haalde haar schouders op.

'Daar hecht alleen mijn vader waarde aan,' zei ze. 'Laat hij zelf maar gaan studeren.'

'Wil je ermee kappen?'

'Misschien.'

'Je kunt niet zomaar op een ochtend je ogen opendoen, beslissen dat je fotograaf wilt worden en een heel jaar werk weggooien. Zo werkt dat niet,' stelde Mattia vast.

'O ja, ik was even vergeten dat jij net zo bent als hij,' zei Alice ironisch. 'Jullie weten altijd precies wat je moet doen. Jij wist op je vijfde al dat je wiskunde wilde doen. Jullie zijn saai. Oud en saai.'

Toen draaide ze zich naar het raam en schoot lukraak een foto. Die liet ze ook op het kleed vallen, naast de andere. Ze ging erop staan en trapte alsof ze druiven aan het stampen was.

Mattia dacht na over een opmerking om het goed te maken, maar er schoot hem niets te binnen. Hij boog voorover om de eerste foto onder Alices voeten weg te halen. De contouren van zijn armen, die hij kruiselings achter zijn hoofd hield, kwamen langzaam uit het wit tevoorschijn. Hij vroeg zich af welke wonderbaarlijke reactie daar op dat glanzende oppervlak gaande was en nam zich voor dat thuis meteen op te zoeken in de encyclopedie.

'Ik wil je nog iets laten zien,' zei Alice.

Als een klein kind dat geen zin meer heeft in haar speeltje omdat ze iets leukers ziet, gooide ze de camera op het bed en liep de kamer uit.

Ze bleef wel tien minuten weg. Mattia begon de titels te lezen van de boeken die schots en scheef op de plank boven haar bureau stonden. Het waren nog steeds dezelfde. Hij zette de beginletters van alle titels achter elkaar maar dat leverde geen zinnig woord op. Hij bedacht dat hij graag een logische ordening in die reeks had herkend. Zelf zou hij ze waarschijnlijk hebben gesorteerd op de kleur van hun rug, misschien wel volgens het elektromagnetische spectrum, van rood naar paars; of naar grootte, van hoog naar laag.

'Tadaaaa!' rukte Alices stem hem uit zijn overpeinzingen.

Mattia draaide zich om en zag haar in de deuropening staan met haar handen tegen de deurposten, alsof ze bang was te vallen. Ze had een trouwjurk aangetrokken, een jurk die ooit verblindend wit moest zijn geweest, maar die op den duur aan de randen was vergeeld, alsof hij langzaam door een ziekte werd verteerd. Door al die jaren in een doos was hij stijf en bros geworden. Het lijfje viel glad over de niet bestaande boezem van Alice. Het was geen diep decolleté, maar wel zo diep dat één schouderbandje een paar centimeter van haar schouder gleed. Zoals Alice er nu bij stond, leken haar sleutelbeenderen nog geprononceerder: ze onderbraken de vloeiende halslijn en markeerden een klein, leeg kommetje, als het bekken van een opgedroogd meer. Mattia vroeg zich af hoe het zou zijn om, met gesloten ogen, de contouren met zijn vingertoppen te volgen. Het kant onder aan de mouwen was verkreukeld en bleef op haar linkerarm een beetje hoger zitten. De lange sleep verdween in de gang, buiten Mattia's gezichtsveld. Alice had nog steeds haar rode sloffen aan, die onder de wijde rok vandaan piepten en een merkwaardige dissonant vormden.

'Nou? Je hoort iets te zeggen,' zei ze zonder hem aan te kijken. Ze streek met haar hand de bovenste laag tule van de rok glad. Het voelde niet lekker, synthetisch.

'Van wie is die?' vroeg Mattia.

'Van mij, hè?'

'Nee, serieus.'

'Wat dacht je? Van mijn moeder natuurlijk.'

Mattia knikte en stelde zich Fernanda voor in die jurk. Hij zag haar voor zich met de gezichtsuitdrukking waarmee ze altijd naar hem keek als hij, voordat hij naar huis ging, even langs de woonkamer liep waar zij voor de televisie zat: een uitdrukking van tederheid en diep medelijden, waarmee je doorgaans naar een zieke kijkt die je in het ziekenhuis bezoekt. Een belachelijke uitdrukking, omdat zij zelf de zieke was en haar ziekte stukje bij beetje haar hele lichaam verwoestte.

'Doe niet zo sloom, vooruit, maak een foto van me.'

Mattia pakte de polaroidcamera van het bed. Hij draaide het toestel om en om in zijn handen om te kijken waar hij moest drukken. Alice wiebelde van de ene kant van de deuropening naar de andere, alsof ze werd bewogen door een briesje dat alleen zij voelde. Toen Mattia de camera voor zijn oog hield, rechtte ze haar rug en trok een ernstig, bijna uitdagend gezicht.

'Klaar,' zei Mattia.

'En nu eentje samen.'

Hij schudde zijn hoofd.

'Hè, doe toch niet altijd zo moeilijk. Ik wil je nu 's voor één keer in nette kleren zien. En niet in dat voddige sweatshirt dat je al een maand aanhebt.'

Mattia keek omlaag. De manchetten van zijn blauwe trui leken door de motten aangevreten. Hij had de gewoonte om er met zijn duimnagel overheen te wrijven, om zijn vingers iets te doen te geven en niet de holte tussen zijn wijs- en middelvinger open te krabben.

'Trouwens, je wilt mijn trouwdag toch niet verpesten, hè?' pruilde Alice.

Ze deed maar alsof, dat besefte ze best. Het was gewoon een spelletje om de tijd te verdrijven, een toneelstukje, niets bijzonders. En toch, toen ze de kastdeur opendeed en zichzelf in de spiegel aan de binnenkant zo zag staan naast Mattia, in die witte jurk, stokte haar adem in haar keel van paniek.

'Dit ziet er niet uit,' zei ze haastig. 'Kom mee.'

Mattia liep gedwee achter haar aan. Als Alice zo deed, begonnen zijn benen altijd te jeuken en kreeg hij ontzettende zin om weg te gaan. Er was iets in haar manier van doen, in de onbesuisdheid waarmee zijn vriendin haar kinderlijke grillen botvierde, dat hij onuitstaanbaar vond. Hij had het gevoel alsof ze hem aan een stoel had vastgebonden en tientallen mensen had opgetrommeld om hun haar nieuwe aanwinst te showen, alsof hij haar schoothondje was of zo. Meestal hield hij zijn mond en maakte met zijn lichaamstaal duidelijk dat het hem niet beviel, en dan kreeg Alice op een gegeven moment genoeg van zijn apathie en hield op. En dan zei ze je geeft me altijd het gevoel dat ik stom ben.

Mattia liep achter de sleep van zijn vriendin aan naar de kamer van haar ouders. Daar was hij nooit binnen geweest. De rolluiken zaten bijna helemaal dicht en het licht viel in zulke strakke evenwijdige strepen op de houten vloer dat ze erop getekend leken. De lucht was er bedompter en benauwder dan in de rest van het huis. Tegen de muur stonden een tweepersoonsbed, dat veel hoger was dan dat van Mattia's ouders, en twee precies dezelfde nachtkastjes.

Alice deed de kast open en ging met haar vinger langs alle pakken van haar vader, die elk in zijn eigen plastic hoes keurig op een rijtje hingen. Ze haalde er een zwart pak uit en gooide het op het bed.

'Doe aan,' commandeerde ze Mattia.

'Ben je gek? Dat merkt je vader, hoor.'

'Mijn vader merkt helemaal niks.'

Even bleef Alice in gedachten verzonken, alsof ze nadacht over wat ze zojuist had gezegd, of dwars door de muur van donkere pakken naar iets keek.

'Nu ga ik een overhemd en een das voor je uitzoeken,' zei ze toen.

Mattia bleef staan waar hij stond en wist niet wat hij moest doen. Ze merkte het.

'Nou, komt er nog wat van? Je schaamt je toch niet om je hier te verkleden?'

Haar lege maag keerde zich om terwijl ze dat zei. Ze had even het gevoel dat ze niet eerlijk was. Wat ze zei was een subtiele vorm van chantage.

Mattia zuchtte. Toen ging hij op bed zitten en begon zijn veters los te maken.

Alice bleef met haar rug naar hem toe staan en deed alsof ze een overhemd voor hem uitzocht dat ze allang had uitgezocht. Toen ze het gerinkel van zijn metalen gesp hoorde, telde ze tot drie en draaide zich om. Mattia trok net zijn spijkerbroek uit. Hij droeg een flodderige, grijze boxershort, niet zo'n strakke als zij had verwacht.

Alice bedacht dat ze hem al tientallen keren in korte broek had gezien en dat dat niet zo veel anders was dan in onderbroek, maar toch voelde ze dat ze een beetje stond te trillen onder die vier witte lagen van de trouwjurk. Hij trok zijn T-shirt omlaag om zich te bedekken en deed toen snel de nette broek aan. De stof was soepel en licht. De haartjes van zijn benen werden elektrisch geladen en gingen recht overeind staan, als die van een kat.

Alice liep naar hem toe en gaf hem het overhemd. Hij pakte het zonder op te kijken aan. Hij had er genoeg van, hij was dat stomme toneelstukje totaal zat. Hij schaamde zich om zijn dunne armen te laten zien, de paar verdwaalde haren op zijn borst en rond zijn navel. Alice vond dat hij zoals altijd vreselijk zijn best deed om er een gênante vertoning van te maken. Toen bedacht ze dat dat volgens hem natuurlijk haar schuld was, en haar keel kneep dicht. Ze had er geen zin in, maar draaide zich toch om en liet Mattia zijn T-shirt uittrekken zonder dat ze keek.

'En nu?' riep Mattia haar er weer bij.

Ze draaide zich om. Haar adem stokte toen ze hem in de kleren van haar vader zag staan. Het jasje was hem iets te groot, hij vulde de schouders niet helemaal op, maar ondanks dat vond ze hem er prachtig uitzien.

'Nu nog een das,' zei ze een ogenblik later.

Mattia pakte de bordeauxkleurige das van Alice aan en wreef onwillekeurig met zijn duim over de glimmende stof. Er ging een rilling over zijn arm en langs zijn rug. Hij voelde dat zijn handpalm zo droog was als zand. Hij hield hem meteen tegen zijn mond en blies erop om hem met de condens van zijn adem te bevochtigen. Hij kon de verleiding niet weerstaan om in een vingerkootje te bijten en probeerde dat verborgen te houden voor Alice, die het toch zag.

'Ik kan geen knoop maken,' zei hij treuzelend.

'Goh, wat ben jij een sukkel, zeg.'

Alice wist allang dat hij dat niet kon, en ze kon niet wachten om hem te laten zien dat zij het wel kon. Haar vader had het haar geleerd toen ze klein was. Hij legde 's ochtends zijn das op haar bed en voor hij de deur uit ging, liep hij dan langs haar kamer en vroeg is mijn das klaar? Dan rende Alice op hem af met de geknoopte das. Haar vader boog zijn hoofd met zijn handen achter zijn rug, alsof hij voor de koningin boog. Dan legde zij de das om zijn hals, hij trok hem aan en schoof hem recht. *Parfait* zei hij ten slotte. Op een ochtend na het ongeluk had Alices vader zijn das weer net zo op haar bed aangetroffen als hij hem er had neergelegd. Sinds die keer had hij altijd zelf zijn das geknoopt, zodat er net als aan zo veel andere dingen ook aan dat kleine ritueel een einde was gekomen.

Alice maakte een knoop en wapperde daarbij met haar broodmagere vingers meer dan nodig was. Mattia volgde haar bewegingen en vond ze erg ingewikkeld. Hij liet toe dat zij hem om zijn hals deed.

'Wauw, je ziet er bijna uit als een heer. Wil je jezelf in de spiegel zien?'

'Nee,' zei Mattia. Hij wilde alleen maar weg, met kleren en al.

'Foto,' zei Alice en klapte in haar handen.

Mattia liep weer achter haar aan naar haar kamer. Zij pakte het fototoestel.

'Hij heeft geen zelfontspanner,' zei ze. 'We moeten het op de gok doen.'

Ze trok Mattia bij zijn middel naar zich toe. Hij verstijfde en zij drukte af. De foto gleed er piepend uit.

Alice liet zich op bed vallen, precies zoals een bruid na een lange feestdag, en waaierde zich met de foto koelte toe.

Hij bleef stokstijf staan en was alleen maar bezig met hoe die kleren die niet van hem waren aan zijn lijf voelden. Hij had de aangename sensatie dat hij erin verdween. Plotseling veranderde het licht in de kamer. Het werd van geel egaal blauw, want ook het laatste sprankje zonlicht was achter het huis tegenover hen verdwenen.

'Mag ik me nu weer omkleden?'

Hij zei het expres zo, om haar duidelijk te maken dat hij nu lang genoeg aan het spelletje had meegedaan. Alice leek diep in gedachten verzonken. Ze trok haar wenkbrauwen ietsje op.

'Nog één ding,' zei ze. Ze stond weer op. 'De bruidegom draagt de bruid over de drempel.'

'Dus?'

'Je moet me optillen en me daarheen dragen.' Alice wees naar de gang. 'Daarna ben je vrij.'

Mattia schudde zijn hoofd. Ze liep naar hem toe en stak als een klein kind haar armen naar hem uit.

'Zet hem op, mijn held,' zei ze plagerig.

Mattia liet zijn schouders nog verder zakken, verslagen. Hij boog onhandig voorover om haar op te tillen. Hij had nog nooit iemand zo gedragen. Hij legde een arm onder haar knieën en een achter haar rug, tilde haar op en verbaasde zich erover hoe licht ze was.

Hij strompelde naar de gang. Hij voelde Alices adem door de dunne stof van zijn overhemd, veel te dichtbij voor hem, en hoorde de sleep over de vloer ruisen. Toen ze de drempel overstapten, bleef hij als aan de grond genageld staan. Hij hoorde iets scheuren, lang en hard.

'Verdomme,' zei hij.

Hij zette Alice meteen op de grond. De rok was aan het

scharnier van de deur blijven hangen. De scheur was wel twintig centimeter lang en leek op een grijnzende mond. Ze bleven er enigszins lamgeslagen naar staan kijken.

Mattia wachtte tot Alice iets zou zeggen, overstuur zou raken, boos op hem zou worden. Hij voelde dat hij zich moest verontschuldigen, maar in feite had ze die onzin zelf gewild. Ze had het over zichzelf afgeroepen.

Alice keek uitdrukkingsloos naar de scheur.

'Wat maakt 't uit,' zei ze ten slotte. 'Niemand heeft 'm meer nodig.'

In en uit het water

(1998)

21

Priemgetallen zijn alleen deelbaar door 1 en door zichzelf. Ze staan op hun plaats in de oneindige rij natuurlijke getallen, zoals allemaal tussen twee ingeklemd, maar verder uit elkaar dan de andere. Het zijn argwanende, eenzame getallen en daarom vond Mattia ze prachtig. Soms dacht hij dat ze per ongeluk in die rij waren terechtgekomen, dat ze erin vastzaten als pareltjes in een parelsnoer. Maar op andere momenten vermoedde hij dat ook zij misschien net zo hadden willen zijn als de andere, gewone getallen, maar dat ze daar om de een of andere reden niet toe in staat waren. Die tweede overweging overviel hem vooral 's avonds, in de chaotische kluwen van beelden vlak voor je in slaap valt, als de geest te zwak is om jezelf iets wijs te maken.

Tijdens college in het eerste jaar had Mattia geleerd dat er onder de priemgetallen nog specialere getallen waren. Die noemden wiskundigen tweelingpriemgetallen: dat zijn paren van priemgetallen die vlak bij elkaar staan, zo goed als naast elkaar zelfs, want ertussenin staat altijd een even getal dat ze belet elkaar echt te raken. Getallen zoals 11 en 13, 17 en 19, 41 en 43. Als je het geduld hebt om door te tellen, kom je erachter dat die paren steeds zeldzamer worden. Je stuit op steeds geïsoleerdere priemgetallen, verdwaald in die stille, ritmische, louter uit getallen bestaande ruimte, en je krijgt het angstige voorgevoel dat de paren die je tot dan toe hebt gevonden op toeval berusten, dat elk getal in wezen voorbestemd is alleen te blijven. En dan, net als je op het punt staat het op te geven, als je geen zin meer hebt om te tellen, stuit je op nog twee tweelingpriemgetallen die zich aan elkaar vastklampen. Wiskundigen zijn het erover eens dat er, hoe lang je ook doorgaat, altijd weer twee zullen zijn, al kan niemand zeggen waar, zolang ze nog niet zijn ontdekt.

Mattia dacht dat Alice en hij zo waren, twee tweelingpriemgetallen, alleen en verloren, vlak bij elkaar, maar niet dicht genoeg om elkaar echt te raken. Hij had dat nooit tegen haar gezegd. Als hij zich voorstelde hoe hij dat aan haar ging opbiechten, verdampte het dunne laagje zweet op zijn handen helemaal en was hij zeker tien minuten niet in staat welk onderwerp dan ook aan te snijden.

Op een winterdag was hij thuisgekomen nadat hij een hele middag bij haar was geweest en niets anders had gedaan dan van de ene televisiezender naar de andere zappen. De woorden en beelden waren Mattia ontgaan. De rechtervoet van Alice die op het salontafeltje lag, drong als de kop van een slang van links zijn gezichtsveld binnen. Alice kromde en strekte met hypnotiserende regelmaat haar tenen. Door die almaar herhaalde beweging was er iets hards en onrustbarends in zijn maag ontstaan. Hij had zijn uiterste best gedaan om zijn blik zo lang mogelijk op hetzelfde punt gericht te houden, zodat er binnen die beelduitsnede niets zou veranderen.

Thuis had hij een stapeltje lege velletjes uit zijn ringband gehaald, dik genoeg om zijn pen er soepel overheen te bewegen zonder dat hij over het harde tafelblad kraste. Hij had ze precies op elkaar gelegd door eerst de onder- en bovenkant aan te schuiven en toen de zijkanten. Van de pennen die op tafel lagen, had hij die uitgekozen waar de meeste inkt in zat, hij had de dop eraf geschroefd en er aan de andere kant bovenop gedrukt om hem niet kwijt te raken. Toen was hij, zonder dat hij de ruitjes hoefde te tellen, precies in het midden van het vel papier beginnen te schrijven.

2760889966649. Hij had de dop weer op de pen gedaan en hem naast het vel papier gelegd. Tweeduizendzevenhonderdzestigmiljardachthonderdnegenentachtigmiljoennegenhonderdzesenzestigduizendzeshonderdnegenenveertig had hij hardop gelezen. En toen zachtjes nog een keer, alsof hij zich die tongbreker eigen wilde maken. Hij besloot dat dat zijn getal zou worden. Hij wist zeker dat niemand ter wereld, niemand in de hele wereldgeschiedenis, zich ooit met dat getal had beziggehouden. Waarschijnlijk had ook nog nooit iemand het, tot dan toe, op een vel papier geschreven, laat staan hardop uitgesproken.

Na een korte aarzeling had hij twee regels lager 2760889966651 geschreven. Dit is haar getal, had hij gedacht. De getallen hadden in zijn hoofd de donkerblauwige kleur van Alices voet aangenomen, die scherp afstak tegen het felblauwe televisielicht.

Het zouden wel eens twee tweelingpriemgetallen kunnen zijn, had Mattia overwogen. Als dat zo is...

Bij die gedachte was hij plotseling blijven steken en op zoek gegaan naar de delers van deze twee getallen. Voor 3 was het makkelijk: je hoefde de cijfers maar bij elkaar op te tellen en te kijken of de som een veelvoud van 3 was. De 5 viel meteen al af. Misschien was er ook een regel voor de 7, maar die herinnerde Mattia zich niet meer, dus was hij een staartdeling gaan maken. Door 11, door 13 en zo verder, de berekeningen werden steeds ingewikkelder. Toen hij het met 37 probeerde, werd hij voor het eerst door slaap overvallen en was zijn pen van de bladzijde gegleden. Bij 47 aangekomen was hij gestopt. Het kolkende gevoel in zijn maag dat hij bij Alice thuis had gehad was nu weg, het was in zijn spieren weggevloeid als geuren in de lucht en hij kon het niet meer waarnemen. Alleen hij was nog in de kamer, samen met een slordige stapel velletjes vol onbruikbare delingen. De klok wees kwart over drie in de ochtend.

Mattia had het eerste van de velletjes weer gepakt, dat met de getallen precies in het midden, en had zich een imbeciel gevoeld. Hij had het doormidden gescheurd en daarna nog eens, net zolang tot de randen niet scherp genoeg meer waren om ze als een mes onder de nagel van zijn linker ringvinger door te halen.

Gedurende de vier jaar op de universiteit had de wiskunde hem naar de meest afgelegen en fascinerende hoeken van het menselijke denken gevoerd. Mattia schreef de bewijzen van alle stellingen die hij tijdens zijn studie tegenkwam met een rituele precisie steeds weer uit. Ook op zomermiddagen hield hij de rolluiken naar beneden en werkte hij bij kunstlicht. Hij haalde alles wat zijn blik kon afleiden van zijn bureau om zich echt alleen te voelen met het vel papier. Hij schreef achter elkaar door. Als hij merkte dat hij te lang twijfelde over een bewijsstap of een fout maakte in het uitwerken van een term achter het gelijkteken, gooide hij het vel papier op de grond en begon van voren af aan. Onder aan die met symbolen, letters en getallen vol gekriebelde vellen schreef hij de afkorting Q.E.D., en dan had hij een ogenblik het gevoel dat hij in een klein stukje wereld ordening had gebracht. Daarna leunde hij tegen de rugleuning van zijn stoel en vouwde zijn handen zonder ze over elkaar heen te laten glijden.

Langzaamaan verloor hij het contact met de pagina; de symbolen die tot een ogenblik ervoor uit de bewegingen van zijn pols waren voortgevloeid, leken nu ver weg, bevroren op een plek die voor hem verboden terrein was. Zijn hoofd, in het duister van de kamer gehuld, stroomde weer vol met sombere, lawaaiige gedachten en meestal pakte Mattia dan een boek, sloeg het zomaar ergens open en begon weer te studeren.

Complexe analyse, projectieve meetkunde en tensorrekening hadden hem niet van zijn aanvankelijke passie voor getallen af weten te brengen. Mattia hield van tellen, bij 1 beginnen en dan verder volgens ingewikkelde reeksen die hij vaak ter plekke verzon. Hij liet zich door de getallen leiden, hij had het gevoel dat hij ze kende, één voor één. Vandaar dat hij, toen het moment was aangebroken om een onderwerp voor zijn afstudeerscriptie te kiezen, zich zonder enige aarzeling naar de kamer van professor Niccoli begaf, de hoogleraar in discrete analyse, bij wie hij nooit een examen had afgelegd en die hij alleen van naam kende.

De werkkamer van Francesco Niccoli bevond zich op de derde verdieping van het negentiende-eeuwse gebouw waarin de subfaculteit wiskunde was gevestigd. Het was een kleine, geordende, geurloze kamer met als dominante kleur wit. Wit waren de wanden, de boekenkasten, het formicabureau en de enorme computer die erop stond. Mattia tikte zachtjes op de deur, en daarbinnen wist Niccoli niet zeker of er bij hem werd aangeklopt of bij de kamer naast hem. Hij zei binnen en hoopte dat hij niet voor gek stond.

Mattia deed de deur open en stapte de kamer in.

'Goedemorgen,' zei hij.

'Goedemorgen,' antwoordde Niccoli.

Mattia's blik werd gevangen door een achter de professor hangende foto waarop hij, veel jonger en zonder baard, stond afgebeeld met een zilveren plaatje in zijn hand terwijl hij de hand schudde van een onbekende die er belangrijk uitzag. Mattia kneep met zijn ogen, maar kon niet lezen wat er op het plaatje stond.

'Ja?' vroeg Niccoli kortaf en bekeek hem met opgetrokken wenkbrauwen.

'Ik wil graag een scriptie schrijven over de nulpunten van de zetafunctie van Riemann,' zei Mattia en richtte zijn blik op de rechterschouder van de professor, waar een wolkje roos lag dat eruitzag als een kleine sterrenhemel.

Niccoli trok een grimas die veel weg had van een ironische grijns.

'Neem me niet kwalijk, maar wie bent u?' vroeg hij met onverholen ironie en hij legde zijn handen achter zijn hoofd als om even van een leuk moment te gaan genieten.

'Ik ben Mattia Balossino. Ik ben klaar met mijn examens en wil graag nog dit jaar afstuderen.'

'Hebt u uw tentamenboekje bij u?'

Mattia knikte. Hij liet zijn rugzak van zijn schouders glijden, ging op zijn hurken zitten en grabbelde erin. Niccoli stak zijn hand uit om het boekje aan te pakken, maar Mattia legde het liever op de rand van zijn bureau.

Sinds een paar maanden moest de professor de dingen verder van zich afhouden om ze scherp te kunnen zien. Hij zag al snel de hele rij tienen en tienplussen. Geen onvolkomenheid, geen hapering of slecht afgelopen examen, omdat er bijvoorbeeld een verkering was uitgegaan.

Hij deed het boekje weer dicht en nam Mattia nu aandachtiger op. Hij was onopvallend gekleed en had de houding van iemand die niet weet hoe hij zijn eigen lichaam moet bewonen. De professor bedacht dat het er weer zo eentje was die succesvol is in zijn studie, omdat hij er in het leven niets van bakt. Zodra ze het keurig gebaande pad van de universiteit verlaten, blijken die types altijd losers te zijn, zei hij bij zichzelf.

'Denkt u niet dat ík u een onderwerp zou moeten voorstellen?' vroeg hij langzaam.

Mattia haalde zijn schouders op. Zijn zwarte ogen draaiden van rechts naar links, langs de hoek van het bureau.

'Ik ben geïnteresseerd in priemgetallen. Ik wil mijn scriptie doen over de zetafunctie van Riemann,' antwoordde hij.

Niccoli zuchtte. Toen stond hij op en liep naar de witte kast. Terwijl hij met zijn wijsvinger langs de boektitels ging, pufte hij ritmisch. Hij pakte een paar geprinte velletjes die in een hoek aan elkaar geniet waren.

'Goed, goed,' zei hij en gaf ze aan Mattia. 'U kunt terugkomen als u de berekeningen in dit artikel nauwkeurig hebt doorgerekend. Allemaal.'

Mattia pakte het stapeltje aan en stopte het zonder de titel te lezen in zijn rugzak, die tegen zijn been stond, open en ingezakt. Hij stamelde dank u wel, liep de kamer uit en trok de deur achter zich dicht.

Niccoli ging weer op zijn plaats zitten en bedacht hoe hij zich tijdens het eten bij zijn vrouw zou beklagen over wat voor gedoe hij nu ineens weer had.

22

Voor Alices vader was die hele fotografie de gril van een verveeld kind. Maar toch had hij haar voor haar drieëntwintigste verjaardag een Canon-spiegelreflexcamera gegeven, met tas en statief en al, en zij had hem met een stralende, als een ijzige windvlaag zo ongrijpbare glimlach bedankt. Hij had ook een fotocursus van de gemeente voor haar betaald, die zes maanden duurde en waarvan ze geen les had gemist. De afspraak was duidelijk, zij het geheel onuitgesproken: de universiteit kwam op de eerste plaats.

Toen Fernanda's toestand van het ene op het andere moment verslechterde, alsof er een streep was getrokken tussen licht en donker, werden ze alle drie meegesleept in een neerwaartse spiraal van nieuwe verplichtingen, die eindigde in een onafwendbaar gevoel van apathie en wederzijdse onverschilligheid. Alice had geen voet meer binnen de universiteit gezet en haar vader had net gedaan alsof hij het niet merkte. Wroeging, die al heel lang geleden de kop had opgestoken, weerhield hem ervan om tegenover haar zijn gezag te laten gelden, weerhield hem er zelfs bijna van om met haar te praten. Soms dacht hij dat er maar heel weinig voor nodig zou zijn, dat hij alleen maar op een avond haar kamer hoefde binnen te gaan en te zeggen... Ja, wat? Zijn vrouw was uit het leven aan het verdwijnen als een vochtkring uit een trui, en daarmee werd het lijntje dat hem nog met zijn dochter verbond ook steeds slapper. Het sleepte al over de grond, waardoor zij de vrijheid kreeg om haar eigen beslissingen te nemen.

Alice hield meer van de handeling van het fotograferen dan van het resultaat. Ze hield ervan de klep aan de achterkant van de camera open te maken, het nieuwe filmpje iets verder uit het hulsje te trekken om de strook te kunnen vastzetten in de spoel, en dan te bedenken dat die lege film snel iets zou worden zonder nog te weten wat. Ze hield ervan eerst een paar keer te knippen om door te spoelen, te richten, scherp te stellen, met haar bovenlijf naar voren en naar achteren te bewegen, te bepalen welke stukjes werkelijkheid op de foto kwamen en welke niet, welke ze zou vergroten, vervormen.

Elke keer als ze een foto maakte en een klik hoorde, gevolgd door dat lichte geruis, dacht ze terug aan toen ze klein was en in de tuin van hun huis in de bergen sprinkhanen ving in het kommetje van haar handen. Ze bedacht dat ze met foto's maken hetzelfde deed: nu ving ze de tijd en legde hem halverwege zijn sprong naar het volgende moment vast op film.

Op de cursus had ze geleerd dat je de schouderband van je toestel twee keer om je pols moest wikkelen. Dan moesten ze je hele arm afrukken als ze je camera wilden stelen. Op de gang van het Maria Ausiliatrice-ziekenhuis, waar haar moeder lag, liep Alice dat risico niet, maar ze was intussen gewend om haar Canon op die manier te dragen.

Om niet tegen iemand op te botsen liep ze vlak langs de tweekleurige wand. Zo nu en dan schampte ze er met haar rechterschouder tegenaan. Het middagbezoekuur was net begonnen en er stroomden massa's mensen door de gangen.

De deuren van de kamers, van aluminium en fineer, stonden open. Elke afdeling had zijn eigen geur. Oncologie rook naar ontsmettingsmiddel en in alcohol gedrenkt verbandgaas.

De kamer van haar moeder was de op een na laatste, en ze liep naar binnen. Haar moeder lag in een slaap die niet de hare was, en de apparaten waaraan ze gekoppeld lag, maakten geen geluid. Het licht was schaars en slaapverwekkend. Op de vensterbank stond een vaas met rode bloemen: die had Soledad de dag ervoor meegebracht.

Alice legde haar handen en haar camera op de rand van het bed, waar de lakens die in het midden, waar haar moeder lag, opbolden, weer plat lagen.

Ze kwam elke dag niets doen. De verpleegsters deden alles al. Haar rol was het om tegen haar moeder te praten, nam ze aan. Dat doen heel veel mensen, alsof zieken kunnen horen wat je denkt, alsof ze kunnen weten wie er naast hen staat en in gedachten een gesprek met ze voert. Alsof een ziekte een ander communicatiekanaal tussen de mensen opent.

Alice geloofde daar niet in en ze voelde zich eenzaam en alleen in die kamer. Meestal bleef ze zitten wachten tot er een halfuur voorbij was en dan vertrok ze weer. Als ze een arts tegenkwam, vroeg ze hoe het met haar moeder ging, ook al was de boodschap steeds hetzelfde. Hun woorden en opgetrokken wenkbrauwen betekenden niets anders dan we wachten tot er iets misgaat.

Maar die ochtend had ze een borstel meegenomen. Ze pakte hem uit haar tas en borstelde voorzichtig, om er niet mee over haar gezicht te krassen, haar moeders haar, tenminste voorzover ze er niet bovenop lag. Ze was slap en meegaand als een pop.

Alice legde haar moeders armen evenwijdig aan elkaar op het laken in een ontspannen houding. De zoveelste druppel van de zoutoplossing in het infuus liep door de slang en verdween in Fernanda's aders.

Alice ging aan het voeteneinde van het bed staan met

haar Canon op de ijzeren stang. Ze deed haar linkeroog dicht en drukte haar andere oog tegen de zoeker. Ze had nooit eerder een foto van haar moeder genomen. Ze drukte af en boog toen wat meer naar voren, zonder het kader te veranderen.

Ze schrok op van een ratelend geluid en opeens stroomde er licht naar binnen.

'Beter zo?' vroeg een mannenstem achter haar.

Alice draaide zich om. Naast het raam stond een arts die in de weer was met het lint van de rolluiken. Hij was jong.

'Ja, bedankt,' zei Alice, een tikkeltje in verlegenheid gebracht.

De arts stak zijn handen in de zakken van zijn doktersjas en bleef naar haar staan kijken, alsof hij wachtte tot ze door zou gaan. Ze boog voorover en begon weer te knippen, min of meer lukraak, als om hem een plezier te doen.

Hij zal wel denken dat ik gek ben, zei ze bij zichzelf.

Maar de arts liep doodkalm naar haar moeders bed. Hij wierp een blik in haar status en kneep tijdens het lezen zijn ogen tot spleetjes. Hij liep naar het infuus en draaide met zijn duim aan een wieltje. Het infuus begon nu sneller te druppelen en hij keek haar tevreden aan. Alice vond zijn manier van doen iets geruststellends hebben.

De dokter kwam naar haar toe en sloeg zijn handen stevig om de spijlen van het bed.

'Die verpleegsters zijn niet goed snik,' mompelde hij. 'Ze willen het overal donker hebben. Alsof het hier binnen al niet moeilijk genoeg is om dag en nacht van elkaar te onderscheiden.'

Hij draaide zich om en glimlachte naar haar.

'Ben jij haar dochter?'

'Ja.'

Hij knikte, onaangedaan.

'Dokter Rovelli,' zei hij.

'Fabio,' zei hij toen, alsof hij er even over had nagedacht.

Alice gaf hem een hand en stelde zich voor. Ze staarden zonder iets te zeggen een paar seconden naar de slapende Fernanda.

De dokter tikte twee keer tegen het hol klinkende metaal van het bed en liep naar de deur. Toen hij langs Alice kwam, boog hij zich naar haar oor.

'Niet zeggen dat ik het gedaan heb,' fluisterde hij, terwijl hij haar een knipoog gaf en naar de ramen wees waardoor het licht naar binnen stroomde.

Aan het eind van het bezoekuur liep Alice twee verdiepingen naar beneden, stak de hal over en ging door de glazen deuren, die automatisch openschoven, naar buiten.

Ze stak het ziekenhuisterrein over en hield bij de kiosk naast de ingang stil. Ze vroeg een fles spuitwater aan de bezwete, bejaarde man die er werkte. Ze had honger, maar ze was zo gewend om die impuls te bedwingen dat ze hem al bijna niet meer voelde. Een van haar trucs was koolzuurhoudende drankjes: die vulden haar maag in ieder geval lang genoeg om het kritieke moment van het middageten door te komen.

Enigszins gehinderd door de camera die aan haar pols hing, zocht ze in haar schoudertasje naar haar portemonnee.

'Laat mij maar,' zei iemand achter haar.

Fabio, de dokter die ze net een halfuur eerder had leren kennen, boog zich over naar de man van de kiosk en reikte hem een bankbiljet aan. Vervolgens glimlachte hij op zo'n manier naar Alice dat ze niet het lef had om te protesteren. Hij had nu in plaats van zijn witte jas een blauw T-shirt aan en hij had een sterk parfum op dat ze daarvoor niet had geroken.

'En een cola,' zei hij tegen de man.

'Bedankt,' zei Alice.

Ze probeerde de dop van het flesje te draaien, maar hij glipte onder haar vingers weg en er kwam geen beweging in.

'Mag ik?' vroeg Fabio.

Hij pakte het flesje uit haar handen en maakte het met alleen zijn duim en wijsvinger open. Alice bedacht dat het niets bijzonders was wat hij had gedaan: als haar handen niet zo zweterig waren geweest, had zij het ook voor elkaar gekregen, net als ieder ander. Toch had het op een vreemde manier iets spannends, alsof hij een kleine heldendaad voor haar had verricht.

Fabio gaf het water aan haar terug en ze zei weer bedankt. Ze dronken allebei uit hun flesje en stonden naar elkaar te gluren alsof ze moesten bedenken wat ze daarna zouden zeggen. Fabio had kort haar met dichte, kleine krulletjes. Waar de zon direct op zijn haar viel, kleurde het van kastanjebruin een beetje rossig. Alice had de indruk dat hij zich bewust was van die speling van het licht, dat hij zich op de een of andere manier bewust was van alles wat hij was en wat hem omringde.

Ze deden op hetzelfde moment een paar stappen bij de kiosk vandaan, alsof het was afgesproken. Alice wist niet hoe ze afscheid moest nemen. Ze had het gevoel dat ze hem iets verschuldigd was, deels omdat hij haar water had betaald, deels omdat hij haar had geholpen de dop eraf te draaien. Eerlijk gezegd wist ze niet eens of ze wel zo snel weg wilde.

Fabio had het door.

'Vind je het goed als ik met je meeloop?' vroeg hij boud.

Alice bloosde.

'Ik moet naar m'n auto.'

'Naar je auto dan maar.'

Ze zei geen ja en geen nee, maar glimlachte terwijl ze een andere kant op keek. Fabio maakte een galant gebaar met zijn hand, waarmee hij wilde zeggen na jou.

Ze staken de weg over en sloegen een smallere straat in waar het trottoir niet beschut werd door bomen.

Terwijl ze daar naast elkaar wandelden, zag de dokter opeens aan Alices schaduw hoe scheef ze liep. Haar rechterschouder, die door het gewicht van haar camera naar beneden hing, vormde een contrapunt met de lijn van haar stokstijve linkerbeen. Alices langgerekte schaduw liet haar angstaanjagende breekbaarheid nog sterker uitkomen, ze leek wel eendimensionaal.

'Heb je iets aan je been?' vroeg hij.

'Hè?' reageerde Alice gealarmeerd.

'Ik vroeg of je iets aan je been hebt,' zei hij nog eens. 'Ik zie dat je mank loopt.'

Alice voelde ook haar goede been verkrampen. Ze probeerde normaler te gaan lopen door haar ongelukkige been zo ver mogelijk te buigen, totdat het vreselijk pijn begon te doen. Ze dacht aan de wreedheid en precisie van het werkwoord mank lopen.

'Ik heb een ongeluk gehad,' zei ze. En toen, als om zich te verontschuldigen: 'Heel lang geleden.'

'Auto?'

'Nee, ski's.'

'Ik ben gek op skiën,' zei Fabio, enthousiast dat hij nu iets gevonden had om over te praten.

'Ik heb er een bloedhekel aan,' zei Alice kortaf.

'Jammer.'

'Jammer, ja.'

Ze liepen naast elkaar zonder verder een woord te zeggen. De jonge arts straalde rust uit, hij had een onmiskenbaar air van zelfverzekerdheid. Ook als hij niet glimlachte, speelde er een glimlach om zijn lippen. Hij zag er ontspannen uit, alsof hij iedere dag een meisje in een ziekenhuiskamer tegenkwam en een praatje met haar maakte terwijl hij haar naar haar auto bracht. Alice daarentegen was zo gespannen als een veer. Haar pezen stonden op scherp, ze voelde haar gewrichten kraken, haar spieren spanden over haar botten.

Ze wees naar een donkerblauwe Fiat 600, alsof ze zeggen wilde dat is 'm, en Fabio spreidde zijn armen. Achter hen reed een auto door de straat. Het geluid zwol aan vanuit het niets, nam weer af en stierf toen helemaal weg.

'Je bent dus fotografe?' zei de arts, alleen om tijd te winnen.

'Ja,' antwoordde Alice voor ze er erg in had. Ze had er meteen spijt van. Vooralsnog was ze alleen maar een meisje dat haar studie had opgegeven en op straat rondliep om min of meer in het wilde weg foto's te schieten. Ze vroeg zich af of dat genoeg was om haar tot fotografe te maken, en wat precies de grens was tussen wel en niet iemand zijn.

Ze beet op haar onderlip. 'Min of meer,' vulde ze aan.

'Mag ik?' vroeg de dokter en hij stak zijn hand uit om de camera aan te nemen.

'Ja, hoor.'

Alice draaide de schouderband van haar pols en gaf hem haar toestel. Hij draaide het rond in zijn handen, haalde het lenskapje eraf en richtte de lens toen eerst vooruit en daarna omhoog, naar de lucht.

'Wauw,' was zijn commentaar. 'Dat ziet er professioneel uit.'

Ze bloosde, en de dokter wilde haar de camera teruggeven.

'Als je wilt, mag je wel een foto maken,' zei Alice.

'Nee, nee, echt niet. Ik kan er niks van. Doe jij het maar.'

'Waarvan dan?'

Fabio keek om zich heen. Weifelend draaide hij zijn hoofd eerst naar de ene en daarna naar de andere kant. Toen haalde hij zijn schouders op.

'Van mij,' antwoordde hij.

Alice keek hem argwanend aan.

'Waarom zou ik?' vroeg ze met iets sarcastisch in haar stem, wat niet haar bedoeling was.

'Omdat je me dan nog ten minste één keer moet opzoeken om hem te laten zien.'

Alice aarzelde even. Ze keek voor het eerst goed naar Fabio's ogen en kon ze niet langer dan een seconde velen. Ze waren egaal blauw en zo helder als de lucht achter hem. Ze gaven haar een verloren gevoel, alsof ze naakt in een enorme lege kamer stond.

Hij is knap, dacht Alice. Hij is knap op de manier waarop een jongen knap hoort te zijn.

Ze richtte de zoeker op het midden van zijn gezicht. Hij glimlachte, helemaal niet in verlegenheid gebracht. Hij hield niet eens zijn hoofd scheef, wat veel mensen doen als ze op de foto gaan. Alice stelde scherp en drukte toen met haar wijsvinger af. Klik, klonk het doordringend.

23

Een week na hun eerste ontmoeting maakte Mattia weer zijn opwachting in de kamer van Niccoli. De professor herkende hem aan de manier waarop hij aanklopte, en dat feit verontrustte hem zeer. Toen hij Mattia zag binnenkomen, ademde hij diep in, klaar om te gaan tieren zodra de jongen iets zou zeggen als er zijn dingen die ik niet snap, of ik wilde u vragen of u me een paar dingen kunt uitleggen. Als ik scherp genoeg ben, dacht Niccoli, is er misschien nog een kans dat ik hem loos.

Mattia vroeg mag ik verder komen en legde, zonder de professor aan te kijken, het artikel dat hij van hem had moeten bestuderen op de rand van de tafel. Niccoli pakte het op en een stapeltje genummerde, in keurig handschrift beschreven blaadjes die bij de aan elkaar geniete bladzijden van het artikel waren gevoegd, glipte uit zijn handen. Hij legde de blaadjes weer op elkaar en zag dat de berekeningen correct waren uitgevoerd, elk met een verwijzing naar de bijbehorende tekst. Hij bladerde er snel doorheen, maar hoefde ze niet nog eens grondig te bestuderen om te zien dat ze klopten: dat bleek al uit de volgorde van de bladzijden.

Het was een beetje teleurstellend want zijn voorgenomen tirade bleef nu ergens halverwege steken, als een nies die niet doorzet. Hij zat een hele tijd te knikken en keek afwezig naar Mattia's werk. Tevergeefs probeerde hij een aanval van jaloezie te onderdrukken: die knul, die zo ongeschikt leek voor het leven, had zonder enige twijfel een gave voor deze materie, iets wat hij van zichzelf nooit echt had gevonden.

'Heel goed,' zei hij ten slotte, maar alleen bij zichzelf, want een echt compliment wilde hij niet maken. Toen zei hij, en hij probeerde zo verveeld mogelijk te klinken: 'In de laatste paragrafen wordt een probleem opgeworpen. Het betreft de momenten waarop de zeta...'

'Dat heb ik gedaan,' viel Mattia hem in de rede. 'Ik denk dat ik het heb opgelost.'

Niccoli keek hem eerst ongelovig en daarna met opzet minachtend aan.

'O ja?'

'Op de laatste bladzijde van mijn aantekeningen.'

De professor maakte zijn wijsvinger vochtig met zijn tong en bladerde nu door tot het eind. Met gefronst voorhoofd las hij snel Mattia's bewijs zonder er veel van te snappen, maar ook zonder iets te vinden waar hij iets tegen in kon brengen. Toen begon hij, langzamer nu, van voren af aan, en deze keer leek de redenering hem duidelijk en zelfs onweerlegbaar, al maakte Mattia zich hier en daar wel schuldig aan beginnerspedanterie. Terwijl hij de verschillende bewijsstappen doornam, ontspande zijn voorhoofd en begon hij, zonder zich ervan bewust te zijn, met zijn vinger over zijn onderlip te strijken. Hij vergat Mattia, die vanaf het begin in dezelfde houding naar zijn voeten staarde en in stilte herhaalde laat het kloppen, laat het kloppen, alsof de rest van zijn leven van het oordeel van de professor afhing. Maar terwijl hij dat bij zichzelf zei, vermoedde hij niet dat het ook werkelijk zo zou zijn.

Niccoli legde de blaadjes voorzichtig terug op zijn tafel en zakte met zijn handen achter zijn hoofd onderuit in zijn stoel, zijn favoriete houding.

'Nou, het ziet ernaar uit dat u klaar bent,' zei hij.

Het afstuderen zou eind mei plaatsvinden en Mattia vroeg zijn ouders om niet te komen. Waarom niet? kon zijn moeder alleen maar uitbrengen. Hij schudde zijn hoofd en keek naar het raam. Achter het raam was een muur van duisternis en het raam zelf weerspiegelde het beeld van hen drieën rond een tafel met vier zijden. Mattia zag zijn vader in het raam de arm van zijn moeder vastpakken en haar met zijn andere hand beduiden het maar te laten zitten. Toen zag hij zijn moeder met haar hand voor haar mond van tafel opstaan en de kraan opendraaien om te gaan afwassen, hoewel ze nog niet klaar waren met eten.

De dag van het afstuderen begon als alle andere dagen en Mattia stond op voor de wekker ging. Het duurde een paar minuten voordat de spookbeelden die hem 's nachts als volgekrabbelde velletjes papier voor de ogen hadden gedanst, verdwenen waren. Er was niemand in de woonkamer, maar er lag wel een nieuw, chic blauw pak voor hem klaar met een onberispelijk gestreken lichtroze overhemd ernaast. Op het overhemd lag een briefje met *Voor onze doctorandus* erop en daaronder mama en papa, maar alleen in zijn vaders handschrift. Mattia trok het aan en ging zonder in de spiegel te kijken weg.

Tijdens de verdediging van zijn afstudeerscriptie keek hij de commissieleden recht in de ogen. Hij gaf ieder van hen evenveel tijd en zijn stem haperde geen moment. Niccoli, die tussen de anderen op de eerste rij zat, knikte wrevelig en keek tersluiks naar de groeiende verbijstering op het gezicht van zijn collega's.

Toen het moment van de uitreiking van de bul was aangebroken, stelde Mattia zich samen met de andere kandidaten in een rij op. In de buitensporig grote aula magna waren zij de enigen die stonden. Mattia voelde de blikken van het publiek in zijn rug prikken. Hij probeerde afleiding te zoeken door, uitgaande van het postuur van de voorzitter, het volume van de aula te schatten, maar het geprik in zijn rug kroop omhoog naar zijn nek, splitste zich daar en stortte zich op zijn slapen. In zijn verbeelding kropen er duizenden insectjes in zijn oren, groeven duizenden motten tunnels in zijn hersens.

Het prevelement dat de voorzitter telkens opnieuw voor elk van de kandidaten afstak, leek steeds langer te worden en werd steeds meer overstemd door het aanzwellende geluid in zijn hoofd, waardoor hij, toen het moment daar was, zijn eigen naam niet hoorde. Zijn keel begon verstopt te raken door iets hards, iets wat op een ijsblokje leek. Hij schudde de hand van de voorzitter, die zo droog aanvoelde dat hij onwillekeurig naar de gesp van zijn riem greep, die hij niet om had. Met een lawaai als van een vloedgolf stonden alle aanwezigen op. Niccoli kwam naar hem toe, gaf hem twee klopjes op zijn schouder en zei gefeliciteerd. Voordat het applaus was weggestorven, was Mattia de aula al uit en liep hij haastig door de gang naar buiten. Hij vergat zelfs eerst zijn voorvoet neer te zetten, zodat zijn voetstappen niet zouden doordreunen.

Het is me gelukt, het is me gelukt, zei hij almaar in stilte. Maar hoe dichter hij bij de buitendeur kwam, hoe meer hij zijn maag voelde kolken. Hij werd overvallen door het zonlicht, de hitte en het verkeerslawaai. Hij wankelde op de drempel, alsof hij bang was om van de betonnen traptrede te vallen. Op het trottoir stond een groepje mensen: zestien telde Mattia er in één oogopslag. Een groot aantal had bloemen bij zich, ze stonden ongetwijfeld op zijn medestudenten te wachten. Eén ogenblik wenste Mattia dat er iemand voor hem was. Hij verlangde ernaar om zijn gewicht op iemand anders lichaam te laten rusten, alsof de inhoud van zijn hoofd plotseling te zwaar was geworden voor zijn eigen benen alleen. Hij zocht zijn ouders, hij zocht Alice en Denis, maar er stonden alleen onbekenden, die zenuwachtig op hun horloge keken, zich koelte toewuifden met een wie weet waar vandaan gehaald blad papier, die rookten, hard stonden te praten en niets in de gaten hadden.

Hij keek naar de bul die hij opgerold in zijn hand hield en waarop in mooi schuinschrift stond dat Mattia Balossino doctorandus was, een man met een vak, een volwassene, dat het tijd werd dat doctorandus Balossino iets met zijn leven ging doen, en dat het spoor waarover hij met zijn oren en ogen dicht van de eerste klas van de basisschool naar zijn doctoraal was gedenderd, hier eindigde. Zijn adem bleef ergens halverwege steken, alsof de ademhalingsprikkel niet sterk genoeg was om de lucht helemaal rond te sturen.

En nu? vroeg hij zich af.

Een klein, verhit vrouwtje zei pardon tegen hem en hij deed een stap opzij om haar door te laten. Hij volgde haar het gebouw in alsof zij hem naar het antwoord kon leiden. Hij liep de gang door, nu in omgekeerde richting, en ging naar de eerste verdieping. Hij liep de bibliotheek in en ging op zijn gebruikelijke plek naast het raam zitten. Hij legde de bul op de lege stoel naast hem en spreidde zijn handen op tafel. Hij concentreerde zich op zijn ademhaling, die leek te worden teruggezogen en nog steeds ergens tussen zijn keel en de bodem van zijn longen bleef hangen. Dit was hem al eerder overkomen, maar nooit zo lang als nu.

Je kunt niet vergeten hoe het moet, zei hij bij zichzelf. Zoiets kun je gewoon niet vergeten.

Hij ademde in één keer helemaal uit en bleef een paar tellen zitten zonder adem te halen. Toen sperde hij zijn mond open en ademde zo hard in dat zijn borstspieren er pijn van deden. Deze keer ging zijn adem helemaal naar beneden en Mattia had de indruk dat hij ze zag, de witte, ronde zuurstofmoleculen die zich door zijn aderen verspreidden en weer door zijn hart wervelden.

Hij bleef een tijdlang roerloos in dezelfde houding zitten, zonder te denken, zonder de studenten die in- en uitliepen op te merken, afwezig en in een staat van zowel lusteloosheid als onrust.

Toen verscheen er opeens iets voor zijn ogen, een rode vlek, en Mattia schrok op. Hij stelde scherp en zag een rode roos in cellofaanpapier die iemand op tafel had gesmeten met een geluid alsof hij een pets om zijn oren kreeg. Hij volgde de steel en aan de uitstekende knokkels, die wat roder waren dan de witte vingers, en de ronde nagels die vlak langs de vingertoppen waren afgeknipt, herkende hij de hand van Alice.

'Wat ben jij een lul.'

Mattia keek haar aan alsof hij een geestverschijning zag. Hij had het gevoel dat hij van heel ver moest komen, van een wazige plek die hij zich nu al niet goed meer herinnerde. Toen hij er weer een beetje bij was, zag hij op Alices gezicht een diepe droefheid die hij nooit eerder had gezien.

'Waarom heb je niets gezegd?' ging ze verder. 'Je had me moeten waarschuwen, gek.'

Alice plofte uitgeput op de stoel tegenover Mattia. Ze keek hoofdschuddend naar buiten, naar de straat.

'Van wie heb je...' begon Mattia.

'Van je ouders. Ik heb het van je ouders gehoord.' Alice draaide zich met een ruk om en staarde hem aan. Het kolkte van woede in haar blauwe ogen. 'Vind je dit normaal?'

Mattia aarzelde. Toen schudde hij zijn hoofd en tegelijkertijd bewoog er een donker, vervormd silhouet op het verkreukelde oppervlak van het cellofaan.

'Ik heb er altijd over gefantaseerd dat ik erbij zou zijn. Ik heb er zo ontzettend vaak over gefantaseerd. Maar jij...'

Alice zweeg even omdat de rest van de zin in haar keel bleef steken. Mattia zat nog steeds te bedenken hoe dat moment opeens zo reëel kon zijn geworden. Hij probeerde zich te herinneren waar hij tot een paar seconden daarvoor was geweest, maar het schoot hem niet te binnen.

'*Nada*,' maakte Alice haar zin af. 'Nada, zoals altijd.'

Hij voelde zijn hoofd tussen zijn schouders zakken, en in zijn schedel krioelde het weer van de motten.

'Het was niet belangrijk,' fluisterde hij. 'Ik wilde niet dat...'

'Hou je mond,' onderbrak ze hem ruw. Iemand aan een van de andere tafels deed sst, en in de stilte daarna bleef de herinnering aan dat gesis hangen.

'Je ziet bleek,' zei Alice. Ze keek Mattia onderzoekend aan. 'Gaat het wel goed met je?'

'Ik weet 't niet. Ik ben een beetje duizelig.'

Alice stond op. Ze streek het haar van haar voorhoofd, tegelijk met een kluwen nare gedachten. Ze boog zich naar Mattia over en gaf hem een zachte, geluidloze kus op zijn wang, waarmee alle insecten in een mum waren verdwenen.

'Je was natuurlijk supergoed,' zei ze in zijn oor. 'Dat weet ik gewoon.'

Mattia voelde haar haren in zijn nek kriebelen. Hij voelde hoe de dunne luchtlaag tussen hen beiden zich met haar warmte vulde en als zachte watten tegen zijn huid drukte. Hij had de neiging om haar vast te pakken, maar zijn handen bleven roerloos liggen, alsof ze sliepen.

Alice richtte zich weer op. Ze pakte zijn doctoraalbul van de stoel, rolde hem af en glimlachte terwijl ze hem mompelend las.

'Wauw,' zei ze ten slotte. In haar stem klonk een en al enthousiasme. 'Dat moeten we vieren. Kom op doctorandus, opstaan,' commandeerde ze.

Ze stak haar hand naar Mattia uit. Hij pakte hem vast, aanvankelijk nog wat onzeker. Met hetzelfde weerloze vertrouwen waarmee hij zich jaren geleden naar de meisjestoiletten had laten slepen, liet hij zich nu uit de bibliotheek halen. Met de jaren waren de verhoudingen tussen hun handen veranderd. Zijn vingers sloten nu helemaal om die van Alice heen, als de ruwe schalen van een schelp.

'Waar gaan we naartoe?' vroeg hij.

'Naar buiten. De zon schijnt en je kunt wel wat zon gebruiken.'

Ze liepen het gebouw uit en deze keer was Mattia niet bang voor het licht, het verkeer en de mensen die op een kluitje voor de uitgang stonden.

In de auto hielden ze de raampjes open. Alice reed met beide handen aan het stuur en zong mee met *Pictures of you*: ze imiteerde de klank van de woorden die ze niet kende. Mattia voelde hoe zijn spieren zich geleidelijk ontspanden en zich aanpasten aan de vorm van zijn stoel. Het was net alsof de auto een kleverig, donker spoor achterliet: zijn verleden en zijn zorgen. Hij voelde zich steeds lichter worden, als een blik dat leegloopt. Hij sloot zijn ogen en het lukte hem een paar seconden te zweven op Alices stem en de lucht die langs zijn gezicht streek.

Toen hij ze weer opendeed, waren ze in de straat die naar zijn huis liep. Hij vroeg zich af of ze een surpriseparty voor hem hadden georganiseerd en bad dat het niet zo was.

'Vertel nou, waar gaan we naartoe?' vroeg hij opnieuw.

'Mmm,' deed Alice. 'Maak je geen zorgen. Als jij mij ooit ergens mee naartoe neemt, mag jij kiezen.'

Voor het eerst schaamde Mattia zich dat hij op zijn tweeëntwintigste nog geen rijbewijs had. Dat was ook weer zoiets wat hij niet had gedaan, nog zo'n voor de hand liggende stap in het leven van een jongen die hij bewust niet had gezet om de mallemolen van het leven zo veel mogelijk te ontlopen. Net als popcorn eten in de bioscoop, op de rugleuning van een bankje zitten, de avondklok van je ouders negeren, voetballen met een balletje van aluminiumfolie of naakt voor een meisje staan. Hij besloot dat het vanaf dat moment anders zou worden. Hij zou zo snel mogelijk zijn rijbewijs halen. Hij zou het voor haar doen, om haar mee uit te kunnen nemen. Want hij was bang om het toe te geven, maar als hij met haar samen was, leken alle normale dingen die normale mensen doen hem opeens de moeite waard.

Vlak bij Mattia's huis sloeg Alice een andere richting in. Ze nam de hoofdstraat en parkeerde een meter of honderd verderop, tegenover het park.

'Voilà,' zei ze. Ze maakte haar autogordel los en stapte uit.

Mattia bleef stokstijf op zijn stoel zitten met zijn ogen strak op het park gericht.

'Nou, stap je nog uit?'

'Niet hier,' stamelde hij.

'Vooruit, doe niet zo raar.'

Mattia schudde zijn hoofd.

'Laten we ergens anders heen gaan,' zei hij.

Alice keek om zich heen.

'Wat is het probleem?' drong ze aan. 'We gaan gewoon een wandelingetje maken.'

Ze liep naar het raampje aan Mattia's kant. Hij zat helemaal verstijfd, alsof iemand een mes tegen zijn rug hield. Hij hield zijn hand, met zijn vingers gekromd als spinnenpoten, stevig om de handgreep van het portier en staarde naar de bomen een meter of honderd verderop. De grote groene bladeren bedekten hun knoestige skelet, de fractale structuur van de takken. Ze verborgen hun vreselijke geheim.

Hij was er nooit meer terug geweest. De laatste keer was met de politie, de dag dat zijn vader had gezegd geef mama een hand en zij haar hand snel in haar zak had gestoken. Die dag had hij nog beide armen in het verband, van zijn vingers tot zijn ellebogen, een dik verband dat er een paar keer omheen gewikkeld zat, zodat je een kartelmes nodig had om door het verband bij de huid te komen. Hij had de politieagenten aangewezen waar Michela had gezeten. Zij wilden de exacte plek weten en hadden foto's gemaakt, eerst van veraf en toen van dichtbij.

Toen ze met de auto naar huis reden, had hij gezien hoe de graafmachines hun mechanische armen in de rivier lieten zakken en er grote happen kletsnatte donkere aarde uit haalden, die ze met een plof op de oever lieten vallen. Mattia had gemerkt dat zijn moeder elke keer haar adem inhield tot zo'n hoop aarde over de grond was uitgelopen. Ergens in die modderbrij moest Michela zijn, maar ze hadden haar niet gevonden. Ze hadden haar nooit gevonden.

'Laten we weggaan. Alsjeblieft,' zei Mattia weer. Het klonk niet smekend. Hij leek eerder in gedachten verzonken, geïrriteerd.

Alice stapte weer in.

'Soms snap ik niet of...'

'Daar heb ik mijn tweelingzusje achtergelaten,' viel hij haar in de rede met een vlakke stem die bijna niets menselijks meer had. Hij hief zijn arm op en wees met zijn rechter wijsvinger naar de bomen in het park. Daarna liet hij hem halverwege in de lucht hangen, alsof hij hem vergeten was.

'Tweelingzusje? Wat zeg je nou? Je hebt helemaal geen tweelingzusje...'

Mattia knikte langzaam, nog steeds met zijn ogen op de bomen.

'Ze zag er precies zo uit als ik. Precies hetzelfde als ik,' zei hij.

En nog voor Alice hem iets kon vragen, vertelde hij haar alles. Hij gooide het hele verhaal eruit, als een rivier die buiten zijn oevers treedt. De worm, het partijtje, de lego, de rivier, de stukken glas, de ziekenhuiskamer, rechter Berardino, de oproep op de televisie, de psych, de hele handel, zoals hij nog nooit bij iemand had gedaan. Hij praatte zonder haar aan te kijken, zonder emotioneel te worden. Toen zweeg hij. Met zijn rechterhand voelde hij onder zijn stoel, maar vond er alleen maar afgeronde vormen. Hij was gekalmeerd. Hij voelde zich weer ver weg, een vreemde in zijn eigen lichaam.

Alice pakte zachtjes zijn kin en draaide voorzichtig zijn hoofd naar haar toe. Mattia zag alleen een schaduw die naar hem overboog. Onwillekeurig sloot hij zijn ogen en toen voelde hij Alices warme mond op de zijne, haar tranen op zijn wangen, of misschien waren ze niet van haar, en tot slot haar o zo lichte handen, die zijn hoofd vasthielden en zijn gedachten weer in het gareel brachten, gevangen in de ruimte die er nu tussen hen niet meer was.

24

De laatste maand hadden ze elkaar vaak gezien zonder dat ze ooit echt een afspraak hadden gemaakt, maar ook nooit zomaar bij toeval. Na het bezoekuur bleef Alice altijd in de buurt van Fabio's afdeling rondhangen en hij zorgde ervoor dat ze elkaar tegenkwamen. Ze liepen bijna elke keer hetzelfde rondje over het ziekenhuisterrein. Dat hadden ze zonder er een woord aan te wijden samen zo besloten. Het hek om het terrein bakende het gebied van hun relatie af, het spaarde een apart gebied uit waarin het raadselachtige, pure dat er tussen hen vibreerde niet benoemd hoefde te worden.

Fabio scheen de dynamiek van de hofmakerij tot in de details te beheersen, hij wist het tempo te respecteren en zijn woorden te doseren, alsof hij een protocol volgde. Hij voelde intuïtief aan dat Alice een groot verdriet had maar hield zich afzijdig, alsof hij aan de kant bleef staan. De excessen van de wereld, in welke vorm dan ook, kregen niet echt vat op hem, ze botsten met zijn evenwichtigheid en rationaliteit en hij negeerde ze liever, veinsde dat ze niet bestonden. Als een obstakel hem de weg versperde, liep hij er zonder ook maar een moment zijn pas in te houden omheen en vergat het weer snel. Hij kende geen twijfel, zelden of nooit.

Maar hij wist hoe je je doel moest bereiken, dus hield hij rekening met Alices stemmingen, op een respectvolle en ook wat pedante manier. Als ze niets zei, vroeg hij is er iets, maar nooit twee keer achter elkaar. Hij toonde belangstelling voor haar foto's, de toestand van haar moeder, en vulde de stiltes op met verhalen over hoe zijn dag was geweest, leuke anekdotes die hij op zijn afdeling had gehoord.

Alice was gefascineerd door zijn zelfverzekerdheid, ze gaf zich er stukje bij beetje aan over, zoals ze zich als kind overgaf aan de draagkracht van het water wanneer ze zich op haar rug in het zwembad liet drijven.

Ze beleefden de trage, onzichtbare versmelting van hun beider universum, als twee sterren die in steeds kleiner wordende banen om een gemeenschappelijke as draaien en die duidelijk voorbestemd zijn op een bepaald punt in tijd en ruimte samen te vloeien.

Alices moeder was uitbehandeld. Met een hoofdknik had haar vader ermee ingestemd om haar eindelijk, zwaar onder de morfine, in een pijnloze slaap te laten verzinken. Alice wachtte alleen nog op het einde en kon zich daar niet schuldig over voelen. Haar moeder leefde nu al in haar voort als een herinnering, ze was als een wolkje pollen in een hoekje neergedaald, ergens in haar hoofd, waar ze de rest van haar leven zou blijven, gestold in een handvol steeds dezelfde beelden zonder geluid.

Fabio was niet van plan geweest om het haar te vragen en hij was niet het type voor onbesuisde acties, maar Alice was die middag anders dan anders, ze had iets nerveus, wat bleek uit de manier waarop ze haar vingers ineenstrengelde en haar ogen van de ene naar de andere kant bewoog, steeds de zijne mijdend. Voor het eerst sinds hij haar kende was hij haastig, onvoorzichtig.

'Mijn ouders gaan dit weekend naar zee,' zei hij zomaar uit het niets.

Alice leek hem niet te hebben gehoord, of reageerde in elk geval niet. Het was al een paar dagen chaos in haar hoofd. Mattia had haar sinds de dag van zijn afstuderen, ruim een week geleden, niet gebeld, terwijl het toch duidelijk was dat hij nu aan zet was.

'Ik dacht, misschien kun je zaterdag bij me komen eten,' gooide Fabio eruit.

Midden in de zin wankelde zijn zelfvertrouwen even, maar hij schudde zijn onzekerheid meteen weer van zich af. Hij stak allebei zijn handen in zijn doktersjas en nam zich voor elk antwoord met dezelfde nonchalance te accepteren. Hij wist hoe hij zichzelf kon indekken nog voordat het nodig was.

Op Alices gezicht verscheen een flauwe glimlach, ontsierd door een zweempje verdriet.

'Ik weet 't niet,' zei ze zachtjes. 'Misschien is 't niet...'

'Je hebt gelijk,' viel Fabio haar in de rede. 'Ik had 't niet moeten vragen. Sorry.'

Ze sloten hun rondje in stilte af en toen ze weer voor de afdeling van Fabio stonden, zei hij een langgerekt oké, half in zichzelf.

Geen van beiden verroerde zich. Ze wisselden een snelle blik en sloegen toen meteen hun ogen neer. Fabio moest lachen.

'We weten nooit hoe we elkaar gedag moeten zeggen, jij en ik,' zei hij.

'Nee,' zei Alice glimlachend. Ze streek met haar hand door haar haren, wikkelde een lok om haar wijsvinger en trok er zachtjes aan.

Fabio zette kordaat een stap in haar richting en het grind op het pad knarste onder zijn voeten. Hij gaf haar, een beetje macho, maar ook wel lief, een kus op haar linkerwang en deed toen een stap terug.

'Nou, denk er maar eens over,' zei hij.

Hij schonk haar een gulle glimlach, waaraan zijn hele mond, zijn ogen en wangen meededen. Toen draaide hij zich om en liep kaarsrecht in de richting van de ingang.

Nu draait hij zich om, dacht Alice toen hij door de glazen deur heen was.

Maar Fabio liep de hoek om en verdween de gang in.

25

De brief was gericht aan doctorandus Mattia Balossino en hij voelde zo licht en vormeloos aan dat je niet kon geloven dat daar Mattia's hele toekomst in zat. Zijn moeder had hem tot aan het avondeten niet laten zien, misschien wel omdat ze zich schaamde dat ze hem zonder toestemming had geopend. Ze had het niet expres gedaan, ze had niet eens naar de naam op de envelop gekeken: Mattia kreeg nooit post.

'Deze is voor jou,' zei ze en ze reikte de brief over de borden heen aan.

Mattia wierp een vragende blik op zijn vader, die om een onduidelijke reden knikte. Voordat hij de brief aanpakte, veegde hij met zijn papieren servet over zijn bovenlip, die al schoon was. Toen hij naar het ingewikkelde, ronde logo keek dat in het blauw naast het adres stond afgedrukt, dacht hij helemaal niet aan wat er in de brief kon staan. Hij drukte de zijkanten van de envelop naar elkaar toe om het dubbelgevouwen vel papier eruit te halen. Hij vouwde het open en begon te lezen, enigszins geïmponeerd bij de gedachte dat die brief inderdaad voor hem was, doctorandus Mattia Balossino.

Zijn ouders maakten nodeloos veel lawaai met hun bestek en zijn vader schraapte herhaaldelijk zijn keel. Nadat Mattia de brief had gelezen, vouwde hij hem dicht met dezelfde gebaren als waarmee hij hem had geopend, maar dan in omgekeerde volgorde, zodat hij er weer precies zo uitzag als in het begin. Hij stak hem in de envelop en legde die op Michela's stoel.

Hij pakte zijn vork weer op, maar keek een ogenblik nietbegrijpend naar de in rondjes gesneden courgettes op zijn bord, alsof iemand ze er daar zojuist op getoverd had.

'Het lijkt een mooie kans,' zei Adele.

'Ja.'

'Wil je erheen?'

Terwijl ze dat zei, voelde Mattia's moeder haar gezicht helemaal warm worden. Ze merkte dat het niet kwam omdat ze bang was om hem te verliezen. Integendeel, ze hoopte met heel haar hart dat hij het aanbod zou aannemen, dat hij het huis uit zou gaan, weg van de plaats tegenover haar waar hij elke avond tijdens het eten zat, met zijn donkere hoofd vlak boven zijn bord en dat besmettelijke aureool van tragiek om zich heen.

''k Weet niet,' zei Mattia tegen de courgettes.

'Het is een mooie kans,' zei zijn moeder nog een keer.

'Ja.'

Mattia's vader verbrak de daaropvolgende stilte met loze opmerkingen over de efficiëntie van de Noord-Europeanen, hun schone straten. Hij schreef die helemaal op het conto van hun strenge klimaat en het gebrek aan daglicht gedurende een groot deel van het jaar, waardoor ze natuurlijk veel minder afleiding hadden. Hij was nog nooit in zo'n land geweest, maar afgaand op wat men erover zei, was dat wel duidelijk.

Toen Mattia na het eten de borden begon op te stapelen, in dezelfde volgorde als alle andere avonden, legde zijn vader een hand op zijn schouder en zei zachtjes ga maar, ik doe het wel. Mattia pakte de envelop van de stoel en liep naar zijn kamer.

Hij ging op bed zitten en begon de brief om en om te

draaien. Hij boog hem een paar keer naar voren en naar achteren, waardoor het dikke papier van de envelop kraakte. Toen bestudeerde hij het logo naast het adres nog iets beter. Een roofvogel, waarschijnlijk een adelaar, had zijn vleugels gespreid en zijn kop opzij gedraaid, zodat je zijn scherpe snavel en profil zag. De punten van zijn vleugels en zijn poten raakten de cirkel eromheen, die door een drukfout een beetje ovaal was uitgevallen. In een andere cirkel, groter en met hetzelfde middelpunt als de eerste, stond de naam van de universiteit die Mattia een promotieplaats aanbood. De gotische letters, al die k's en h's in de naam en de o's met een diagonaal streepje erdoor, die in de wiskunde een lege verzameling aanduiden, deden Mattia denken aan een donker, hoog gebouw met hol klinkende gangen en metershoge plafonds, omgeven door gemillimeterde gazons, stil en ontvolkt als een kathedraal aan het eind van de wereld.

Daar, op die onbekende afgelegen plek lag zijn toekomst als wiskundige. Daar was een belofte van verlossing, een onbesmette ruimte die nog door niets was aangetast. Maar hier was Alice, alleen zij, en om haar heen alleen maar moeras.

Nu gebeurde er hetzelfde met hem als op de dag van zijn afstuderen. Weer stokte zijn adem in zijn keel en vormde daar een prop. Hij snakte naar lucht, alsof zijn kamer opeens gevuld was met water. De dagen waren al een stuk langer geworden en de schemering was blauw en deprimerend. Mattia wachtte tot ook het laatste sprankje licht was verdwenen. In gedachten wandelde hij al door de gangen die hij nooit had gezien, waarbij hij af en toe tegen Alice aanliep, die hem woordeloos aankeek en niet glimlachte.

Je hoeft alleen maar een besluit te nemen, dacht hij. Je gaat of je gaat niet. 1 of 0, als een binaire codering.

Maar hoe simpeler hij het probeerde te maken, hoe gecompliceerder het leek te worden. Hij voelde zich een insect in een kleverig spinnenweb, dat los probeert te komen maar alleen maar meer verstrikt raakt.

Iemand klopte op de deur van zijn kamer en het geluid bereikte hem alsof het van onder uit een put kwam.

'Ja?' zei hij.

De deur ging langzaam open en zijn vader stak zijn hoofd om de hoek.

'Mag ik binnenkomen?' vroeg hij.

'Mm...'

'Waarom zit je in het donker?'

Zonder een antwoord af te wachten drukte Pietro op de lichtschakelaar en de honderd watt van het lampje knalde in Mattia's wijdopen pupillen, die aangenaam pijnlijk vernauwden.

Zijn vader kwam naast hem op bed zitten. Ze zaten op dezelfde manier met hun voeten over elkaar, de linkerhiel balancerend op de rechterenkel, maar geen van beiden had dat ooit opgemerkt.

'Hoe heet dat wat jij bestudeerd hebt?' vroeg Pietro even later.

'Wat bedoel je?'

'Waar je scriptie over gaat. Ik kan het maar niet onthouden.'

'De zeta van Riemann.'

'O ja, de zeta van Riemann.'

Mattia haalde de nagel van zijn duim onder die van zijn pink door, maar de huid was daar zo hard en eeltig geworden dat hij niets voelde. Zijn nagels schoven raspend over elkaar.

'Ik wou dat ik zo'n hoofd had als jij,' ging Pietro verder. 'Maar ik snapte niks van wiskunde. Het was gewoon niet voor me weggelegd. Voor sommige dingen moet je een apart soort brein hebben.'

Mattia bedacht dat het helemaal niet leuk was om zijn hoofd te hebben. Hij zou het graag afschroeven en inruilen voor een ander hoofd, of voor een koektrommel, als die maar licht en leeg was. Hij deed zijn mond open om te antwoorden dat je speciaal voelen de ergste kooi is die je om je heen kunt bouwen, maar hij zei niets. Hij dacht aan die keer dat de juf hem midden in de klas had gezet en alle anderen naar hem zaten te kijken alsof hij een zeldzaam dier was, en het schoot door hem heen dat het leek alsof hij al die jaren niet van die plek af was gekomen.

'Heeft mama gezegd dat je naar me toe moest gaan?' vroeg hij aan zijn vader.

Pietro's nekspieren trokken samen. Hij zoog zijn lippen naar binnen en knikte toen ja.

'Jouw toekomst is het belangrijkste,' zei hij op licht gegeneerde toon. 'Het is goed als je nu aan jezelf denkt. Als je besluit weg te gaan, steunen we je. Niet dat er veel geld is, maar er is genoeg, als je iets nodig hebt.'

Weer viel er een lange stilte, waarin Mattia aan Alice dacht en aan dat deel van het geld dat hij van Michela had ingepikt.

'Pap,' zei hij ten slotte.

'Ja?'

'Kun je alsjeblieft weggaan? Ik moet even bellen.'

Pietro slaakte een diepe zucht, waarin ook opluchting doorklonk.

'Tuurlijk,' zei hij.

Hij stond op en stak, voordat hij zich omdraaide, zijn hand uit naar Mattia's gezicht. Bijna raakte hij zijn wang aan, maar een paar centimeter voor de warrige plukjes baard van zijn zoon hield hij zich in. Hij stuurde de liefkozing in de richting van zijn haar, dat hij vluchtig streelde. Aan dat soort dingen waren ze immers al tijden niet meer gewend.

26

Denis' liefde voor Mattia was vanzelf gedoofd, als een vergeten kaars in een lege kamer, en had plaatsgemaakt voor een hongerige onvoldaanheid. Toen Denis negentien was, had hij op de achterpagina van een plaatselijke krant een advertentie voor een homobar gezien, hij had hem uitgescheurd en het stukje papier twee maanden lang in zijn portemonnee bewaard. Af en toe vouwde hij het open en las nog eens het adres, dat hij inmiddels uit zijn hoofd kende.

Om hen heen gingen zijn leeftijdgenoten met meisjes uit en voor hen was seks al heel gewoon, zo gewoon dat ze het er niet meer voortdurend over hadden. Denis voelde dat zijn enige uitweg lag in dat stukje krant, in dat adres, dat door het zweet van zijn vingers enigszins was vervaagd.

Op een avond dat het regende was hij erheen gegaan, zonder er eigenlijk bewust voor te kiezen. Hij had gewoon aangetrokken wat er voor in de kast hing, had iets naar zijn ouders in de andere kamer geroepen en was de deur uitgegaan. Ik ga naar de film, had hij gezegd.

Hij was de bar twee, drie keer voorbijgelopen, en ging tussendoor telkens een heel blok om. Toen was hij naar binnen gestapt, handen in zijn zakken en een blik van verstandhouding naar de uitsmijter. Hij was aan de bar gaan zitten, had een wit biertje besteld en daar met kleine slokjes van gedronken, almaar naar de rij flessen tegen de wand starend, en wachtend.

Het duurde niet lang of er was een vent naar hem toe gekomen en Denis had, nog voordat hij hem goed had aangekeken, besloten het met hem te doen. De man was over zichzelf begonnen, of misschien over een film die Denis niet had gezien. Hij schreeuwde in zijn oor en Denis kon er geen woord van verstaan. Hij had zijn verhaal abrupt onderbroken en gezegd laten we naar de wc gaan. De ander was stilgevallen en had toen geglimlacht, met lelijke tanden. Het was door Denis heen gegaan dat hij afstotend was, dat hij bijna doorgegroeide wenkbrauwen had en oud was, veel te oud, maar het deed er niet toe.

In de wc had die vent Denis' T-shirt omhooggetrokken en zich voorovergebogen om hem te kussen, maar Denis had hem opzij geduwd. Hij was op zijn knieën gaan zitten en had de broek van de man losgeknoopt. Die had gezegd allemachtig, wat heb jij een haast, maar toen had hij hem zijn gang laten gaan. Denis had zijn ogen dichtgedaan en geprobeerd alles zo snel mogelijk af te handelen.

Met zijn mond had hij niks klaargespeeld en hij had zich een sukkel gevoeld. Toen had hij zijn handen gebruikt, allebei, hij ging maar door. Terwijl die vent klaarkwam, was hij ook klaargekomen, in zijn kleren. Zonder de onbekende de tijd te gunnen om zich weer aan te kleden was hij de wc zowat uitgerend. Het oude vertrouwde schuldgevoel had hem pal achter de wc-deur staan opwachten en zich als een emmer ijskoud water over hem heen gestort.

Eenmaal buiten het café had hij een halfuur rondgezworven op zoek naar een fonteintje om de stank af te wassen.

Hij was er nog een paar keer naartoe geweest, naar die bar. Elke avond praatte hij met een ander en hij vond altijd wel een smoesje om zijn naam niet te zeggen. Hij had het met niemand meer gedaan. Hij verzamelde verhalen van anderen zoals hij, meestal zweeg hij en luisterde. Gaandeweg had hij ontdekt dat die verhalen allemaal op elkaar leken, dat ze allemaal eenzelfde weg moesten afleggen en dat die weg inhield dat je je erin moest storten, kopje-onder moest gaan tot je de bodem raakte, en dan pas weer boven kon komen om lucht te krijgen.

Al die mannen hadden een liefde gehad die in hun hart vanzelf was verwelkt, net als zijn liefde voor Mattia. Iedereen was bang geweest en velen waren het nog, maar niet als ze daar waren, te midden van anderen die er begrip voor hadden. Beschermd door de *scene*, zoals zij het noemden. Als hij met die vreemden praatte, voelde Denis zich minder alleen en vroeg hij zich af wanneer zijn moment zou komen, de dag dat hij de bodem zou raken en de dag dat hij eindelijk weer vrij kon ademen.

Op een avond had iemand hem over de grafkaarsjes verteld. Zo noemden ze in de scene het straatje achter de monumentale begraafplaats, waar het enige licht, zwak en flakkerend, dat van de kaarsjes bij de graven was, dat door de spijlen van het grote hek rond de begraafplaats viel. Daar ging alles op de tast. Het was dé plek om je van je verlangens te ontdoen als van een last, zonder iets te zien of gezien te worden: je hoefde alleen maar je lichaam ter beschikking te stellen van de duisternis.

Daar, bij de grafkaarsjes, had Denis de bodem geraakt, hij was er met zijn gezicht, borst en knieën tegenaan geknald, alsof hij in te ondiep water was gedoken. Na die keer was hij niet meer teruggegaan naar de bar en had hij zich nog koppiger verschanst in zijn ontkenning dan voorheen.

Later, in het derde jaar van de universiteit, was hij in Spanje gaan studeren. Daar, ver weg van de bemoeizuchtige ogen van zijn familie en vrienden en alle straten waar hij de naam van kende, had hij de liefde gevonden. Hij heette Valerio en was net als hij Italiaans, jong en doodsbang. De maanden die ze samen doorbrachten in een appartementje op een paar blokken afstand van de Ramblas, waren voorbijgevlogen en intens geweest, en hadden die hele nutteloze, pijnlijke last weggevaagd, als de eerste heldere avond na dagenlange slagregens.

Terug in Italië waren ze elkaar uit het oog verloren, maar Denis had er niet onder geleden. Met een heel nieuw zelfvertrouwen dat hem nooit meer zou verlaten, had hij zich overgegeven aan nieuwe relaties die al die tijd keurig netjes in een rij om de hoek op hem leken te hebben gewacht. Van zijn oude vriendschappen had hij alleen die met Mattia aangehouden. Ze spraken elkaar zelden en dan meestal door de telefoon, en ze konden, ieder verzonken in zijn eigen gedachten, minutenlang zwijgen. Minuten die voorbijtikten op de geruststellende, ritmische ademhaling van degene aan de andere kant van de lijn.

Toen het telefoontje kwam, stond Denis zijn tanden te poetsen. Bij hem thuis werd er altijd na twee keer rinkelen opgenomen, de tijd die nodig was om de dichtstbijzijnde telefoon te bereiken, waar je je ook bevond in het appartement.

Zijn moeder riep Denis voor jou en hij nam er zijn gemak van, voordat hij opnam. Hij spoelde zijn mond goed, veegde hem af met een handdoek en wierp nog even een blik op zijn voortanden. Hij had de laatste dagen de indruk dat ze over elkaar heen schoven, doordat zijn verstandskiezen de rest naar voren drukten.

'Hallo?'

'Hoi.'

Mattia zei nooit wie hij was. Hij wist dat zijn vriend zijn stem wel herkende en vond het vervelend om zijn naam te noemen.

'En, meneer de doctorandus, hoe gaat 't ermee?' vroeg

Denis vrolijk. Hij was niet boos over dat gedoe bij zijn afstuderen. Hij had geleerd de diepe geul die Mattia om zich heen had gegraven te respecteren. Jaren daarvoor had hij geprobeerd eroverheen te springen, over die geul, en was hij erin gevallen. Nu was hij al tevreden als hij op de rand mocht zitten, met zijn benen bungelend in de leegte. Hij kreeg geen vlinders meer in zijn buik van Mattia's stem, maar hij zat wel in zijn hoofd en zou daar altijd blijven, als het enige echte referentiepunt voor alles wat erna was gekomen.

'Stoor ik je?' vroeg Mattia.

'Nee. Stoor ik jou?' plaagde Denis.

'Ik belde jou.'

'Precies, dus vertel. Zo te horen is er iets.'

Mattia bleef stil. Er was inderdaad iets, het zat daar, aan zijn tong geplakt.

'Nou?' zei Denis bemoedigend. 'Wat is er?'

Mattia ademde luidruchtig uit in de hoorn en Denis hoorde hem naar lucht happen. Hij pakte een pen die naast de telefoon lag en begon ermee te spelen. Hij liet hem door de vingers van zijn rechterhand gaan. Toen viel de pen op de grond en hij bukte zich niet om hem op te rapen. Mattia zei nog steeds niets.

'Moet ik ernaar vragen?' zei Denis. 'We kunnen doen dat jij...'

'Ze hebben me een promotieplaats in het buitenland aangeboden,' viel Mattia hem in de rede. 'Aan een hele goeie universiteit.'

'Wauw,' reageerde Denis, die helemaal niet verrast was. 'Dat klinkt gaaf. En ga je?'

'Weet ik niet. Moet ik 't doen?'

Denis deed of hij lachte.

'Vraag je dat aan mij? Ik heb m'n studie niet eens afgemaakt. Ik zou absoluut gaan. Het is altijd goed om eens in een andere omgeving te zijn.'

Hij wilde zeggen trouwens, wat houdt je hier? maar hij zei het niet.

'Nou, er is een tijdje geleden iets gebeurd,' zei Mattia dapper. 'Die dag dat ik afstudeerde.'

'Mmm.'

'Alice was er en...'

'En?'

Mattia aarzelde even.

'Nou, toen hebben we elkaar gekust,' gooide hij er ten slotte uit.

Denis kneep zijn vingers samen om de hoorn. Die reactie verbaasde hem. Hij was niet jaloers meer als het om Mattia ging, dat zou onzin zijn, maar op dat moment was het alsof het verleden opspeelde. Hij zag weer voor zich hoe Mattia en Alice bij Viola thuis hand in hand de keuken binnenkwamen en voelde de opdringerige tong van Giulia Mirandi als een opgerolde handdoek zijn mond in gepropt worden.

'Halleluja,' zei hij toen, en hij probeerde blij te klinken. 'Eindelijk!'

'Ja.'

In de daaropvolgende stilte hadden ze allebei zin om op te hangen.

'En dus weet je niet wat je moet doen,' hakkelde Denis.

'Precies.'

'Maar zijn jij en zij nu, hoe heet 't...'

'Weet ik niet. Ik heb haar niet meer gezien.'

'O.'

Denis liet de nagel van zijn wijsvinger langs de gedraaide telefoondraad glijden. Aan de andere kant van de lijn deed Mattia hetzelfde en moest daarbij zoals gewoonlijk aan een DNA-helix denken waarvan de tweelinghelft ontbrak.

'Maar getallen zijn overal,' zei Denis. 'Die zijn altijd hetzelfde, toch?'

'Ja.'

'En Alice is alleen maar hier.'

'Ja.'

'Dus je hebt je besluit al genomen.'

Denis hoorde dat zijn vriend lichter en regelmatiger ging ademen.

'Dank je,' zei Mattia.

'Waarvoor?'

Mattia hing op. Denis bleef nog even met de hoorn tegen zijn oor staan luisteren naar de daarin heersende stilte. Er doofde iets in hem, als een laatste kooltje dat al te lang onder de as heeft liggen smeulen.

Ik heb gezegd wat ik moest zeggen, dacht hij.

Toen klonk het tuut tuut tuut van de ingesprektoon. Denis hing op en liep terug naar de badkamer om die verdomde verstandskiezen te checken.

27

'¿*Qué pasa, mi amorcito*?' vroeg Soledad aan Alice en ze draaide haar hoofd een beetje om Alices blik te kunnen vangen. Sinds Fernanda in het ziekenhuis lag, at ze bij hen aan tafel, want vader en dochter moesten er niet aan denken om in hun eentje tegenover elkaar te zitten.

Alices vader had de gewoonte aangenomen om zich niet te verkleden als hij thuiskwam van zijn werk. Hij at in colbert en stropdas, die hij alleen iets losser deed, alsof hij meteen weer weg moest. Hij had een krant voor zich op tafel liggen en maar een enkele keer keek hij op om er zeker van te zijn dat zijn dochter in ieder geval een paar happen binnenkreeg.

De stilte was deel gaan uitmaken van het eten en stoorde alleen Sol, die vaak terugdacht aan de rumoerige maaltijden bij haar moeder thuis, toen ze klein was en geen idee had dat ze in deze situatie zou belanden.

Alice had de schnitzel en de sla op haar bord geen blik waardig gekeurd. Scheel naar het glas aan haar lippen kijkend nam ze kleine slokjes van haar water, met een ernst alsof ze een medicijn innam. Ze haalde haar schouders op en glimlachte vluchtig naar Sol.

'Niets,' zei ze. 'Ik heb niet zo'n honger.'

Haar vader sloeg geërgerd een pagina om. Voor hij zijn krant neerlegde, bracht hij hem met veel misbaar weer in model en wierp onwillekeurig een blik op het onaangeroerde bord van zijn dochter. Hij onthield zich van commentaar en begon weer te lezen, zomaar ergens halverwege een artikel en zonder te begrijpen waar het over ging.

'Sol?' vroeg Alice.

'Ja?'

'Hoe heeft jouw man je weten te veroveren? Ik bedoel de eerste keer. Wat deed hij toen?'

Soledad stopte even met kauwen. Toen begon ze weer, maar langzamer om tijd te winnen. Het eerste beeld dat bovenkwam, was niet van de dag dat ze haar man had leren kennen. Ze dacht aan die ochtend dat ze laat was opgestaan en op blote voeten door het huis liep om hem te zoeken. In de loop der jaren waren alle herinneringen aan haar huwelijk in die paar seconden samengebald, alsof de tijd met haar man slechts de opmaat was geweest voor de finale. Die ochtend had ze naar de vuile borden van de vorige avond gekeken en naar de kussens die schots en scheef op de bank lagen. Alles was precies zoals ze het hadden achtergelaten, en ook de geluiden die klonken waren dezelfde als altijd. En toch was er iets in de manier waarop de dingen erbij stonden en het licht erop viel, waardoor ze midden in de kamer als aan de grond genageld bleef staan. En met verbijsterende helderheid had ze gedacht hij is ervandoor.

Soledad zuchtte, een beproefde methode om heimwee voor te wenden.

'Hij bracht me van mijn werk op de fiets naar huis. Elke dag kwam hij met de fiets langs,' zei ze. 'En toen heeft hij me schoenen cadeau gedaan.'

'Hè?'

'Ja, schoenen. Witte met hoge hakken.'

Soledad glimlachte en wees met duim en wijsvinger aan hoe hoog de hakken waren.

'Ze waren prachtig,' zei ze.

Alices vader snoof en ging verzitten alsof hij het allemaal gezeur vond. Alice stelde zich voor hoe Sols man met de schoenendoos onder zijn arm de winkel uit kwam. Ze kende hem van de foto die boven het hoofdeinde van Sols bed hing, met tussen het haakje en de spijker een gedroogd olijftakje.

Heel even klaarde het op in haar hoofd, maar haar gedachten gingen meteen weer naar Mattia en bleven daar. Er was een week voorbij en hij had nog steeds niet gebeld.

Ik ga nu naar hem toe, dacht ze.

Ze stak een hele hap sla in haar mond, als om tegen haar vader te zeggen zo, ik heb gegeten. De azijn prikte een beetje in haar lippen. Ze stond al kauwend van tafel op.

'Ik moet weg,' zei ze.

Haar vader trok stomverbaasd zijn wenkbrauwen op.

'Mogen we ook weten waar je om deze tijd heen gaat?' vroeg hij.

'Weg,' zei Alice uitdagend. En om de scherpe kantjes eraf te halen zei ze erachteraan: 'Naar een vriendin.'

Haar vader schudde zijn hoofd alsof hij zeggen wilde je gaat je gang maar. Eén moment voelde Alice medelijden met hem, zoals hij daar alleen achter zijn krant zat. Ze had het liefst haar armen om hem heen geslagen en hem alles verteld en aan hem gevraagd wat ze moest doen, maar een tel later gruwde ze van het idee alleen al. Ze draaide zich om en ging linea recta naar de badkamer.

Haar vader liet zijn krant zakken en masseerde met twee vingers zijn vermoeide oogleden. Sol bleef nog een paar tellen doormijmeren over de schoenen met de hoge hakken, stopte de herinnering toen terug in het betreffende laatje en stond op om de tafel af te ruimen.

Op weg naar Mattia had Alice de muziek hard aanstaan maar als iemand haar na aankomst had gevraagd waar ze naar luisterde, had ze niet kunnen antwoorden. Ze was opeens woedend en wist zeker dat ze op het punt stond alles te verpesten, maar ze had geen keuze. Toen ze die avond van tafel was opgestaan was ze een onzichtbare grens over gestapt, en nu gingen de dingen verder vanzelf. Er was net zoiets gebeurd als toen ze op de ski's haar zwaartepunt een paar millimeter te veel naar voren had geplaatst, een paar rottige millimeters, maar genoeg om voorover de sneeuw in te duiken.

Ze was maar één keer bij Mattia thuis geweest en die ene keer was ze niet verder gekomen dan de woonkamer. Mattia was in zijn kamer verdwenen om zich te verkleden en zij had een heel ongemakkelijk gesprekje gevoerd met zijn moeder. Adele had haar vanaf de bank ontdaan en enigszins bezorgd aangekeken, alsof Alices haren in de fik stonden of zoiets, en was zelfs vergeten haar een stoel aan te bieden.

Alice belde aan bij Balossino-Corvoli en het lampje naast de bel lichtte, als een laatste waarschuwing, rood op. Na wat gekraak antwoordde de verschrikte stem van Mattia's moeder.

'Wie is daar?'

'Ik ben het, Alice. Sorry dat ik zo laat nog aanbel, mevrouw, maar... is Mattia thuis?'

Aan de andere kant viel een peinzende stilte. Alice streek haar haren allemaal naar rechts, over haar schouder, terwijl ze het onaangename gevoel had dat er door de lens van de intercom naar haar werd gekeken. Toen sprong de deur met een klik open en voor ze naar binnen ging, glimlachte ze naar de camera om te bedanken.

In de verlaten hal van het gebouw galmden haar stappen

in het ritme van een hartslag. Het leek alsof alle leven uit haar slechte been weggetrokken was, alsof haar hart vergeten was er bloed doorheen te pompen.

De deur van het appartement stond op een kier, maar er stond niemand in de deuropening om haar te verwelkomen. Alice duwde ertegenaan en vroeg of ze verder mocht komen. Mattia dook uit de woonkamer op en bleef minstens drie stappen van haar af staan.

'Hoi,' zei hij, met zijn armen naar beneden bungelend.

'Hoi.'

Ze bleven elkaar een paar tellen staan opnemen, alsof ze elkaar nog nooit hadden gezien. Mattia had in zijn slof zijn grote teen over de teen ernaast geslagen, en door ze hard op elkaar en tegen de grond te drukken hoopte hij ze te verbrijzelen.

'Sorry dat ik...'

'Ga je mee?' viel Mattia haar toonloos in de rede.

Alice draaide zich om om de deur dicht te doen en de afgeronde koperen deurknop gleed uit haar bezwete hand. De deur sloeg dicht, zodat de kozijnen trilden, en Mattia huiverde van afgrijzen.

Wat moet ze hier? vroeg hij zich af.

Het was net alsof de Alice over wie hij het zojuist nog met Denis had gehad niet dezelfde was als de Alice die nu zomaar onaangekondigd voor zijn neus stond. Hij probeerde die belachelijke gedachte uit zijn hoofd te zetten, maar het gevoel van ergernis bleef als een nare smaak in zijn mond hangen.

Hij dacht aan het woord opgejaagd. En toen dacht hij aan vroeger, als zijn vader hem op het vloerkleed voorttrok en als hij hem in zijn enorme armen gevangen hield. Hij kietelde hem op zijn buik en in zijn zij en dan moest hij lachen, hij moest zo hard lachen dat hij geen lucht meer kreeg.

Alice liep achter hem aan naar de woonkamer. Mattia's ouders stonden hen als een klein ontvangstcomité op te wachten.

'Dag, mevrouw, meneer,' zei ze weggedoken tussen haar schouders.

'Hallo, Alice,' zei Adele, maar ze verzette geen stap.

Pietro kwam wel dichterbij en aaide haar plompverloren over haar haar.

'Je wordt steeds mooier,' zei hij. 'Hoe gaat het met je moeder?'

Achter hem had Adele nog steeds een bevroren glimlach om haar lippen en stond zich te verbijten dat zij dat niet had gevraagd.

Alice bloosde.

'Z'n gangetje,' zei ze om niet overdreven zielig te lijken. 'Ze houdt zich goed.'

'Wens haar beterschap van ons,' zei Pietro.

Toen stonden ze alle vier met hun mond vol tanden. Mattia's vader leek dwars door Alice heen iets te zien, en zij probeerde haar gewicht gelijk over haar twee benen te verdelen om niet mank te lijken. Ze besefte dat haar moeder Mattia's ouders nooit zou leren kennen en dat vond ze wel een beetje jammer, maar wat ze erger vond, was dat zij de enige was die daaraan dacht.

'Gaan jullie maar naar Mattia's kamer,' zei Pietro ten slotte.

Alice liep met haar hoofd naar de grond langs hem heen, nadat ze nog eens naar Adele had geglimlacht. Mattia stond al op haar te wachten in zijn kamer.

'Dichtdoen?' vroeg Alice zodra ze binnen was, en ze wees naar de deur. De moed zakte haar opeens in de schoenen.

'Hm.'

Mattia ging op bed zitten met zijn handen kruiselings op

zijn knieën. Alice keek om zich heen in de kleine kamer. Het leek alsof de voorwerpen die er stonden nog nooit door iemand waren aangeraakt, het waren net artikelen die heel weloverwogen in een winkeletalage waren uitgestald. Er stond niets overbodigs, geen foto aan de muur, geen knuffel die hij niet weg kon doen, niets wat die geur van vertrouwdheid en genegenheid verspreidde die er normaal in de kamer van een puber hangt. Alice voelde zich, met al die chaos in haar lichaam en haar hoofd, helemaal niet op haar plaats.

'Mooie kamer heb je,' zei ze zonder het echt te menen.

'Dank je,' zei Mattia.

Er zweefde een enorme ballon boven hun hoofd met dingen die gezegd moesten worden, maar ze keken allebei naar de grond om te doen alsof hij er niet was.

Alice liet zich met haar rug tegen de kast naar beneden glijden en ging op de grond zitten met haar goede knie tegen haar borst. Ze deed haar best om te glimlachen.

'En... hoe voelt het om afgestudeerd te zijn?'

Mattia trok zijn schouders op en glimlachte flauwtjes.

'Precies hetzelfde als eerst.'

'Jij kunt ook nooit eens blij zijn, hè?'

'Nee, ik geloof van niet.'

Alice hield haar lippen op elkaar en humde begripvol. Ze bedacht dat die ongemakkelijkheid tussen hen nergens op sloeg en er toch steevast was.

'Terwijl er de laatste tijd toch heel veel is gebeurd,' zei ze.

'Ja.'

Alice dacht na of ze het gewoon moest zeggen of niet. Toen zei ze het, met een mond waar geen druppel speeksel meer in zat.

'En ook iets moois, toch?'

Mattia spande zijn benen.

Daar zullen we het hebben, dacht hij.

'Ja, inderdaad,' zei hij.

Hij wist precies wat hij moest doen. Hij moest opstaan en naast haar gaan zitten. Hij moest glimlachen, haar in haar ogen kijken en haar kussen. Dat was alles, pure mechanica, een banale optelling van vectoren die zijn en haar mond bij elkaar moesten brengen. Hij kon het doen, ook al had hij er op dat moment geen zin in, hij hoefde alleen maar te vertrouwen op de precisie van zijn bewegingen.

Hij wilde opstaan, maar op een of andere manier hield het matras hem tegen, alsof hij vastzat in een moeras.

En weer nam Alice het van hem over.

'Mag ik daar komen zitten?' vroeg ze.

Hij knikte en schoof zonder dat het nodig was een stukje opzij.

Alice zette zich met haar handen af en stond op.

Op de plek die Mattia op het bed had vrijgelaten lag een betypt vel papier dat als een harmonica in drieën was gevouwen. Alice pakte het om het opzij te leggen en zag dat de tekst in het Engels was.

'Wat is dit?' vroeg ze.

'Dat heb ik vandaag gekregen. Een brief van een universiteit.'

Alice las de naam van de stad die vetgedrukt in de linkerbovenhoek stond, en de letters werden helemaal wazig voor haar ogen.

'Wat staat erin?'

'Ze bieden me een beurs aan.'

Alice werd duizelig en trok wit weg van paniek.

'Wauw,' loog ze. 'Voor hoe lang?'

'Vier jaar.'

Ze slikte. Ze stond nog steeds.

'En ga je?' vroeg ze zacht.

'Ik weet het nog niet,' zei Mattia bijna verontschuldigend. 'Wat vind jij?'

Met het papier in haar handen staarde Alice sprakeloos en verloren naar een punt op de muur.

'Wat vind jij?' vroeg Mattia nog eens, alsof het echt kon dat ze het niet had gehoord.

'Hoe bedoel je?' Alices stem klonk opeens zo schril dat Mattia er bijna van schrok. Om een of andere reden dacht ze aan haar moeder, half bewusteloos van de medicijnen, in het ziekenhuis. Ze keek uitdrukkingsloos naar het papier en kreeg zin om het te verscheuren.

In plaats daarvan legde ze het terug op bed, op de plek waar zij had moeten gaan zitten.

'Het zou wel belangrijk zijn voor mijn carrière,' zei Mattia om zich te rechtvaardigen.

Alice knikte ernstig, met haar kin vooruit, alsof ze een golfbal in haar mond had.

'Nou, waar wacht je dan nog op? Ga maar gauw. Hier is toch niets dat je interesseert, lijkt me,' zei ze, zich verbijtend.

Mattia voelde de aderen in zijn nek zwellen. Misschien ging hij zo wel huilen. Sinds die middag in het park voelde hij daar een huilbui zitten, een soort brok dat hij niet weg kreeg, alsof zijn traanbuizen, die al die tijd dicht hadden gezeten, die dag eindelijk waren opengegaan en alles wat hij had opgekropt zich ineens een weg naar buiten wilde banen.

'Maar stel dat ik wegga,' begon hij met een bibberstem, 'zou jij dan...' Hij haperde.

'Ik?' Alice keek op hem neer alsof hij een vlek op de sprei was. 'Ik had me de komende vier jaar anders voorgesteld,' zei ze. 'Ik ben drieëntwintig en mijn moeder ligt op sterven. Ik...' Ze schudde haar hoofd. 'Ach, wat kan 't jou schelen. Denk jij maar aan je carrière.'

Het was de eerste keer dat ze haar moeders ziekte gebruikte om iemand te kwetsen en ze had er geen spijt van, al met al. Ze zag Mattia voor haar ogen ineenkrimpen.

Hij reageerde niet en nam in gedachten de gebruiksaanwijzing voor de ademhaling door.

'Maar je hoeft je geen zorgen te maken,' ging Alice verder. 'Ik ben intussen iemand tegengekomen die het wel wat kan schelen. Dat kwam ik je trouwens vertellen.' Ze liet een pauze vallen waarin ze aan niets dacht. Weer ging alles vanzelf, ze rolde weer de helling af en vergat haar skistokken te gebruiken om af te remmen.

'Hij heet Fabio en hij is arts. Ik wou niet dat je... Nou ja.'

Ze sprak die standaardzin uit als een derderangs actricetje, met een stem die niet de hare was. De woorden schuurden als zand over haar tong. Terwijl ze ze uitsprak, bestudeerde ze de uitdrukking op Mattia's gezicht om er een teken van teleurstelling in te ontdekken waaraan ze zich kon vastgrijpen, maar zijn ogen waren te donker om ze te zien opvlammen. Ze was ervan overtuigd dat het hem niets interesseerde, en haar maag keerde zich om als een plastic zak.

Mattia knikte en keek naar het dichte raam om Alice helemaal uit zijn gezichtsveld te bannen. Die naam, Fabio, die zomaar uit de lucht was komen vallen, had zich als een scherf in zijn hoofd geboord en het enige wat hij wilde was dat Alice wegging.

Hij zag dat het buiten een heldere avond was, er stond vast een warme wind. De doffe meeldraden van de populieren, die in het licht van de straatlantaarns heen en weer zwaaiden, leken op grote insecten zonder poten.

Alice deed de deur open en hij stond op. Hij liep met haar mee naar de voordeur, twee stappen achter haar. Om tijd te rekken keek ze achteloos in haar tas of ze alles bij zich had.

Toen mompelde ze oké en ging weg. Voordat de deuren van de lift dichtgingen, groetten Alice en Mattia elkaar met een dáág dat niets betekende.

28

Mattia's ouders zaten televisie te kijken. Zijn moeder had haar benen opgetrokken onder haar nachthemd. Zijn vader zat onderuit met zijn benen over elkaar op de lage salontafel voor de bank, en hield de afstandsbediening op zijn dij. Alice had niet gereageerd toen ze haar gedag zeiden, het leek alsof ze niet eens had gemerkt dat ze er zaten.

Mattia bleef achter de rugleuning van de bank staan.

'Ik heb besloten om erop in te gaan,' zei hij.

Adele sloeg haar hand tegen haar wang en zocht beduusd de ogen van haar man. Zijn vader draaide zijn hoofd iets naar hem toe en keek naar zijn zoon zoals je naar een volwassen zoon kijkt.

'Mooi,' zei hij.

Mattia liep terug naar zijn kamer. Hij pakte het papier van zijn bed en ging aan zijn bureau zitten. Hij kon het voelen, hij voelde hoe het universum uitdijde, hoe het onder zijn voeten versnelde, en even hoopte hij dat het elastische materiaal zou openscheuren en hij zou verdwijnen.

Hij zocht op de tast naar het lichtknopje en deed de lamp aan. Hij koos het langste van de vier potloden die gevaarlijk dicht bij de rand van het bureaublad op een rijtje lagen. Uit de tweede la pakte hij een puntenslijper en hij boog zich voorover naar de prullenbak om het potlood te slijpen. Het dunne slijpsel dat op het tapse uiteinde van het potlood bleef zitten blies hij weg. Er lag al een leeg vel papier klaar.

Hij legde zijn linkerhand op het papier met de rug naar

boven en zijn vingers helemaal gespreid. Hij liet de vlijmscherpe grafietpunt over zijn hand glijden. Hij wachtte even, klaar om hem er daar waar de twee grote aderen onder de middelvinger samenkomen, in te steken. Maar toen haalde hij hem weer langzaam weg en ademde diep in.

To the kind attention of the Dean schreef hij op het vel papier.

29

Fabio had haar in de deuropening opgewacht, met alle lampen op de overloop, in de hal en de woonkamer aan. Terwijl hij het plastic tasje met daarin de beker ijs van haar overnam, had hij zijn vingers om de hare gesloten en haar op haar wang gekust, alsof dat volkomen vanzelf sprak. Hij had tegen haar gezegd deze jurk staat je prachtig, omdat hij dat echt vond, en toen was hij teruggelopen naar het fornuis om zich aan het eten te wijden, maar zonder zijn blik van haar af te wenden.

Uit de stereo klonk muziek die Alice niet kende en die ook niet opstond om te worden beluisterd, maar om een setting, die al perfect was en waarin niets aan het toeval was overgelaten, te vervolmaken. Er brandden twee kaarsen, de fles wijn was al open en de tafel was keurig voor twee gedekt, met de snijkant van de messen naar het bord toe, wat betekende dat de gast welkom was, had haar moeder haar als klein meisje geleerd. Er lag een wit tafelkleed zonder kreukels en de servetten waren in een driehoek gevouwen, de randen precies op elkaar.

Alice was aan tafel gaan zitten en had de lege borden geteld die op elkaar gestapeld stonden, om erachter te komen hoeveel gangen er waren. Ze had die avond voordat ze wegging langdurig in de badkamer staan kijken naar de handdoeken die Soledad elke vrijdag verving. In het kastje met het marmeren blad had ze het make-uptasje van haar moeder gevonden en haar spulletjes gebruikt. Ze had zich in het halfduister opgemaakt. Voordat ze de lippenstift op haar lippen aanbracht, had ze aan de punt geroken. De geur had geen enkele herinnering bij haar opgeroepen.

Ze had het hele ritueel van vier verschillende jurken aan- en uittrekken afgewerkt, ook al had ze meteen, misschien al de dag ervoor, gekozen voor de jurk die ze bij het vormsel van Ronconi's zoon had gedragen. De jurk die haar vader volstrekt ongepast vond voor de gelegenheid omdat hij haar rug tot onder haar ribben bloot liet, en haar armen helemaal onbedekt.

Nog op blote voeten en met haar blauwe jurkje aan, waarvan het decolleté op de blanke huid wel een glimlach van voldoening leek, was Alice naar de keuken gelopen en had Sol met zorgelijk opgetrokken wenkbrauwen om haar mening gevraagd. Je bent een plaatje had Sol gezegd. Ze had Alice een kus op haar voorhoofd gegeven, en die had zich zorgen gemaakt dat haar make-up zou doorlopen.

Fabio bewoog zich behendig door de keuken, en tegelijkertijd op de uiterst omzichtige manier van iemand die weet dat er naar hem wordt gekeken. Alice nipte aan de witte wijn die hij haar had ingeschonken, en de alcohol veroorzaakte kleine ontploffinkjes in haar maag, die al minstens twintig uur leeg was. De warmte verspreidde zich door haar bloedvaten, steeg toen langzaam naar haar hoofd en spoelde de gedachte aan Mattia weg, als de zee die 's avonds het strand weer in bezit neemt.

Alice zat aan tafel en monsterde aandachtig het silhouet van Fabio, de strakke lijn van de bruine haren in zijn nek, zijn niet zo smalle bekken en zijn ietsje bolle schouders onder het overhemd. Ze mijmerde erover wat een veilig gevoel het moest zijn als hij zijn armen om je heen sloeg en je geen enkele keuze meer had.

Ze had zijn uitnodiging aangenomen omdat ze het tegen

Mattia had gezegd en omdat er, dat wist ze nu zeker, nooit iets voor haar weggelegd zou zijn wat de liefde dichter benaderde dan wat ze bij hem kon vinden.

Fabio trok de koelkast open en sneed een stuk boter af dat volgens Alice minstens tachtig, negentig gram woog. Hij deed het in de pan met de risotto, de boter smolt en stond al zijn dierlijke verzadigde vetten af. Hij zette het vuur uit en roerde nog een paar minuten met een pollepel door de risotto.

'Klaar,' zei hij.

Hij droogde zijn handen af aan een doek die over een stoel hing en draaide zich met de pan in zijn handen naar de tafel toe.

Alice wierp een doodsbange blik op de inhoud.

'Ik een heel klein beetje,' zei ze en maakte met haar vingers het bijpassende gebaar, net toen hij een flinke schep van die hypercalorische brij op haar bord wilde doen.

'Hou je er niet van?'

'Dat niet,' loog Alice, 'ik ben allergisch voor paddenstoelen, maar ik ga het wel proeven.'

Fabio bleef met de pan halverwege in de lucht staan en keek teleurgesteld. Hij werd zelfs een beetje bleek.

'Jeetje, het spijt me vreselijk. Dat wist ik niet.'

'Geeft niet. Echt niet,' glimlachte Alice.

'Als je wilt, kan ik...' ging hij verder.

Alice pakte zijn hand om hem het zwijgen op te leggen. Fabio keek haar aan als een kind dat naar een cadeautje kijkt.

'Ik kan er wel een hapje van nemen,' zei Alice.

Fabio schudde resoluut zijn hoofd.

'Absoluut niet. Stel je voor dat je er last van krijgt.'

Hij zette de pan weg en Alice moest ineens glimlachen. Ze bleven ruim een halfuur met lege borden voor hun neus zitten praten en Fabio moest nog een fles witte wijn opentrekken.

Alice had het aangename gevoel dat ze bij elke slok een stukje van zichzelf verloor. Ze was zich ten volle bewust van de broosheid van haar eigen lichaam en tegelijkertijd van de massieve aanwezigheid van dat van Fabio, die met zijn ellebogen op tafel en de mouwen van zijn overhemd tot halverwege zijn onderarmen opgerold tegenover haar zat. De gedachte aan Mattia, die de laatste weken maar niet wilde wijken, trilde zwakjes in de lucht als een iets te slappe vioolsnaar, een dissonant die verloren ging in het orkest.

'Nou ja, we hebben het hoofdgerecht nog,' zei Fabio.

Alice dacht dat ze flauwviel. Ze had gehoopt dat dit het was. Maar nee, Fabio stond op en haalde een schaal met twee tomaten, twee aubergines en twee gele paprika's uit de oven, gevuld met iets wat op gehakt met paneermeel leek. Het was een vrolijke kleurencompositie, maar Alice dacht meteen aan de enorme afmeting van die groenten en stelde zich voor hoe ze in hun geheel in haar maag lagen, als stenen op de bodem van een put.

'Kies maar,' zei Fabio uitnodigend.

Alice beet op haar lip. Toen wees ze schuchter op de tomaat, en hij legde hem op haar bord, met een vork en een mes die hij als een tang gebruikte.

'En verder?'

'Dit is genoeg,' zei Alice.

'Dat kan niet. Je hebt niets gegeten. En met al die drank!'

Alice keek naar hem op en had even een grondige hekel aan hem, zoals ze een hekel had aan haar vader, haar moeder, Sol en alle anderen die ooit hadden geteld wat ze op haar bord had liggen.

'Die,' zwichtte ze en wees naar de aubergine.

Fabio nam van elke groente een portie en keek haar tevreden aan voordat hij zijn tanden erin zette. Alice proefde van de vulling door het puntje van haar vork erin te steken. Behalve vlees herkende ze direct eieren, ricotta en Parmezaanse kaas, en ze rekende snel uit dat één dag vasten niet genoeg zou zijn om dat allemaal te compenseren.

'Vind je het lekker?' vroeg Fabio glimlachend, met halfvolle mond.

'Heerlijk,' antwoordde ze.

Ze vatte moed en nam een hap aubergine. Ze onderdrukte haar misselijkheid en at door, de ene hap na de andere, zonder een woord te zeggen. Ze at de hele aubergine op en zodra ze haar vork naast haar bord had gelegd, kreeg ze prompt behoefte om te braken. Fabio praatte en schonk haar nog eens wijn in. Alice knikte en voelde bij elke beweging de aubergine in haar maag op en neer dansen.

Fabio had alles al naar binnen gewerkt, terwijl op Alices bord nog de tomaat lag, rood en bol van die misselijkmakende prut. Als ze hem in stukjes sneed en in haar servet verstopte, zou hij het absoluut merken, want er was niets waar ze zich achter kon verbergen, behalve de kaarsen die al half opgebrand waren.

Toen was, als een zegen van boven, ook de tweede fles wijn op en hees Fabio zich overeind om een derde te halen. Hij nam zijn hoofd tussen zijn handen en zei hardop hou op, hou op alsjeblieft. Alice lachte. Fabio keek in de koelkast, deed alle kastjes open, maar vond geen fles wijn.

'Volgens mij hebben mijn ouders ze allemaal opgedronken,' zei hij. 'Ik moet naar de kelder.'

Hij barstte zonder reden in lachen uit en Alice deed met hem mee, ook al deed lachen pijn in haar buik.

'Blijf zitten waar je zit,' commandeerde hij en zette een vinger op haar voorhoofd.

'Oké,' antwoordde Alice en ze kreeg meteen een idee.

Zodra Fabio de kamer uit was, pakte ze met twee vingers de vettige tomaat beet en liep ermee naar de wc. Ze hield hem een eind van haar neus af, want ze kon de geur niet meer verdragen. Ze deed de deur op slot, zette de bril omhoog, en de schone wc-pot lachte haar toe alsof hij zeggen wilde laat dit maar aan mij over.

Alice keek onderzoekend naar de tomaat. Hij was groot, misschien moest hij in stukjes worden gesneden, maar hij was ook een beetje zacht en ze zei kan mij wat schelen en gooide hem zo in de pot. Hij zei plop en het opspattende water kwam bijna op haar jurk. De tomaat landde op de bodem en verdween voor de helft in de afvoer.

Ze trok door en het water pletste als een verlossende regen naar beneden, maar in plaats van in het gat te verdwijnen begon het de pot te vullen. Onder uit de wc klonk een weinig geruststellend gegorgel.

Alice deinsde terug en haar kreupele been wankelde, zodat ze bijna op de grond viel. Ze zag het waterpeil steeds verder omhoogkomen en toen plotseling stil staan.

De zwanenhals begon te borrelen. De pot was tot de rand toe vol. Het oppervlak van het transparante water trilde lichtjes en onderin zat de tomaat vast, roerloos, op precies dezelfde plek als eerst.

Alice bleef er wel een minuut naar staan kijken, verstijfd van angst en vreemd genoeg ook nieuwsgierig. Ze schrok op van het geluid van de sleutel die omdraaide in het slot van de voordeur. Toen pakte ze de wc-borstel en stak hem met een van walging vertrokken gezicht in het water. De tomaat vertikte het om in beweging te komen.

'Wat moet ik nu?' fluisterde ze tegen zichzelf.

Toen trok ze, bijna zonder nadenken, opnieuw door. Dit keer begon het water over de rand te stromen en zich in een dun laagje over de vloer te verspreiden, tot vlak voor Alices elegante schoenen. Ze probeerde de hendel van de stortbak omhoog te duwen, maar het water bleef maar stromen en overlopen, en als Alice het matje er niet voor had gelegd, was het bij de deur en vandaar in de andere kamer gekomen.

Een paar seconden later hield het water op met stromen. De tomaat lag er nog steeds, helemaal intact. De plas water op de vloer werd niet groter. Mattia had haar eens uitgelegd dat er een precies moment is waarop water zich niet meer verspreidt: als de oppervlaktespanning zo groot is geworden dat die het als een vlies bij elkaar houdt.

Alice keek naar de ravage die ze had aangericht. Ze deed de deksel van de wc naar beneden en ging erop zitten, alsof ze zich aan de rampspoed overgaf. Ze legde haar handen op haar gesloten ogen en begon te huilen. Ze huilde om Mattia, om haar moeder, om haar vader, om al dat water, maar vooral om zichzelf. Ze riep zachtjes Mattia, alsof ze zijn hulp inriep, maar zijn naam bleef aan haar lippen plakken.

Fabio klopte op de deur van de wc en ze bewoog niet.

'Alles goed, Ali?'

Alice zag zijn silhouet door het matglazen raam in de deur. Ze haalde haar neus op, maar zonder dat hij het kon horen, en schraapte haar keel om niet te laten merken dat ze huilde.

'Ja, ja,' zei ze. 'Ik kom zo.'

Ze keek verloren om zich heen, alsof ze echt niet meer wist hoe ze daar op die wc was terechtgekomen. Het druppelde op minstens drie plekken onder de deksel van de wc-bril door en even hoopte Alice in die paar millimeter water op de vloer te kunnen verdrinken.

Scherp gesteld

(2003)

30

Op een ochtend om tien uur had ze haar opwachting gemaakt in de fotowinkel van Marcello Crozza en had met geveinsde vastberadenheid, die haar drie blokjes rond had gekost, gezegd ik wil het vak leren, kan ik hier als leerling komen werken? Crozza, die op de machine foto's aan het afdrukken was, had geknikt. Toen had hij zich omgedraaid, haar recht in de ogen gekeken en gezegd ik kan je voorlopig niet betalen. Hij kon het niet over zijn hart verkrijgen om tegen haar te zeggen doe maar niet, want hij had jaren geleden hetzelfde gedaan en de herinnering aan die opwinding was het enige wat hem nog restte van de liefde voor de fotografie. Ondanks alle teleurstellingen wilde hij niemand dat gevoel ontzeggen.

Het ging voornamelijk om vakantiekiekjes. Gezinnetjes van drie of vier personen, aan zee of in een van de cultuursteden, met de armen om elkaar heen midden op het San-Marcoplein of onder de Eiffeltoren, met afgesneden voeten en altijd in precies dezelfde pose. Foto's die geschoten waren met volautomatische cameraatjes, overbelicht of onscherp. Alice bekeek ze niet eens meer: ze drukte ze af en stopte ze allemaal bij elkaar in de papieren envelop met het geelrode Kodak-logo.

Wat ze voornamelijk deed, was in de winkel staan, plastic kokertjes met rolletjes van vierentwintig of zesendertig opnamen aannemen, de naam van de klant op het strookje schrijven en zeggen morgen zijn ze klaar, bonnetjes afslaan en dank u, tot ziens zeggen.

Op zaterdag waren er af en toe trouwpartijen. Crozza kwam haar dan om kwart voor negen thuis ophalen, altijd met hetzelfde pak aan en zonder stropdas, hij was immers de fotograaf en geen genodigde.

In de kerk moesten twee fotolampen worden opgesteld, en een van de eerste keren had Alice er een laten vallen, en die was toen op de treden van het altaar aan diggelen gegaan. Ze had doodsbang naar Crozza gekeken en hij had een gezicht getrokken alsof een van de scherven in zijn been stak, maar vervolgens had hij gezegd geeft niks, haal maar even weg.

Hij was op haar gesteld en wist niet waarom. Misschien omdat hij zelf geen kinderen had, of omdat hij sinds Alice in de winkel werkte om elf uur naar het café kon gaan om de nummers van de loterij te checken en zij, als hij terugkwam in de winkel, naar hem glimlachte en aan hem vroeg en, zijn we nu rijk? Misschien omdat ze dat manke been had en haar moeder miste en hij een vrouw miste, en alle gemis min of meer hetzelfde is. Of omdat hij ervan overtuigd was dat ze er snel genoeg van zou krijgen en hij 's avonds het rolluik weer in zijn eentje naar beneden zou trekken en daarna met een leeg en toch zwaar hoofd naar huis zou gaan, waar niemand op hem wachtte.

Maar na anderhalf jaar was Alice er nog steeds. Nu ze de sleutels had, was ze er 's morgens eerder dan hij en als hij kwam, stond ze voor de winkel de stoep te vegen samen met de vrouw van de levensmiddelenwinkel naast hen, tegen wie hij nooit meer dan goedemorgen had gezegd. Hij betaalde haar zwart, vijfhonderd euro per maand, maar als ze samen een bruiloft deden en aan het eind van de dag voor de deur van huize Della Rocca stonden met de motor van zijn Lancia nog draaiend, dan haalde hij zijn portefeuille uit het dashboardkastje, gaf haar vijftig extra en zei tot maandag.

Soms bracht Alice haar eigen foto's mee en vroeg hem om advies, al was het hun allebei allang duidelijk dat hij haar niets meer kon leren. Ze gingen aan de toonbank zitten en Crozza bekeek haar foto's. Hij hield ze omhoog naar het licht en gaf haar wat tips over de belichtingstijd, of hoe ze meer met de sluitertijd kon doen. Ze mocht zijn Nikon zo vaak gebruiken als ze wilde, en heimelijk had hij besloten hem aan haar cadeau te doen op de dag dat ze zou opstappen.

'Zaterdag trouwen we,' zei Crozza. Dat was zijn manier om te zeggen dat ze een klus hadden.

Alice trok net haar spijkerjack aan. Fabio kon haar elk moment komen ophalen.

'Oké,' zei ze. 'Waar?'

'In de Gran Madre. En daarna een receptie in een privévilla in de heuvels. Rijke stinkerds,' was zijn enigszins smalende commentaar. Hij had meteen spijt, want hij wist dat Alice daar ook vandaan kwam.

'Hm,' bromde zij. 'Weet je wie het zijn?'

'Ze hebben me de trouwkaart gestuurd. Ik heb hem daar ergens neergelegd,' zei Crozza en wees naar een plank onder de kassa.

Alice zocht in haar tas naar een elastiekje en maakte een paardenstaart. Crozza gluurde naar haar vanaf de plek waar hij stond. Hij had zich een keer afgetrokken terwijl hij fantaseerde hoe ze op haar hurken in het halfdonker van de winkel zat nadat ze de rolluiken naar beneden hadden gedaan, maar daarna voelde hij zich zo slecht dat hij niet had gegeten, en de volgende dag had hij haar naar huis gestuurd met de boodschap vandaag ben je vrij, ik wil niemand om me heen hebben.

Alice zocht tussen de stapel papieren onder de toonbank, meer omdat ze toch moest wachten dan dat het haar echt interesseerde. Ze vond de envelop met de huwelijksaankondiging, stevig en van groot formaat. Ze maakte hem open en de naam, in goud schuinschrift met sierlijke halen, sprong van het blad.

Ferruccio Carlo Bai en Maria Luisa Turletti Bai hebben het genoegen het huwelijk aan te kondigen van hun dochter Viola...

Haar blik werd troebel en ze kon niet verder lezen. Alice proefde een metaalachtige smaak in haar mond. Ze slikte en het was net alsof ze het snoepje uit de kleedkamer weer wegwerkte. Ze sloot de envelop en wapperde er een poosje mee, in gedachten verzonken.

'Mag ik er alleen heen?' vroeg ze ten slotte, met haar rug nog steeds naar Crozza toe.

Hij sloot de la van de kassa, die aarzelend rinkelde.

'Wat?' vroeg hij.

Alice draaide zich om met een glinstering in haar wijd opengesperde ogen, en Crozza moest glimlachen, zo mooi waren ze.

'Ik weet nu toch hoe het moet?' zei Alice terwijl ze op hem toe liep. 'Ik kan het. Anders leer ik nooit om het alleen te doen.'

Crozza keek haar argwanend aan. Ze leunde met haar ellebogen op de toonbank vlak voor hem en boog met haar bovenlijf naar voren. Ze was nog geen tien centimeter van zijn neus verwijderd en die fonkeling in haar ogen was een smeekbede om ja te zeggen en verder niets te vragen.

'Ik weet niet of...'

'Alsjeblieft,' viel Alice hem in de rede.

Crozza streek langs de rand van zijn oor en moest de andere kant op kijken.

'Nou, goed dan,' gaf hij toe. Hij begreep zelf niet waarom hij dat fluisterend zei. 'Maar geen gedonder.'

'Beloofd,' zei Alice knikkend en ze toverde een glimlach op haar doorschijnende lippen.

Toen duwde ze zich op haar ellebogen naar voren en gaf hem een zoen, die kriebelde op Crozza's drie dagen oude baard.

'Vooruit, wegwezen,' zei hij en gebaarde met zijn hand.

Terwijl ze op haar karakteristieke manier ritmisch slingerend de winkel uit hinkte, klonk haar lach nog na.

Die avond bleef Crozza wat langer in de winkel zonder iets te doen. Hij keek naar de dingen om zich heen en het was alsof ze meer aanwezig waren, zoals jaren geleden, toen zij het waren die hem zochten om gefotografeerd te worden.

Hij haalde zijn camera uit de tas waar Alice hem altijd in terugstopte, nadat ze eerst de lenzen en het mechaniek grondig had schoongemaakt. Hij zette de telelens erop en richtte de camera op het eerste voorwerp dat voor zijn lens kwam, de paraplubak naast de winkeldeur. Hij zoomde net zo lang in op een deel van de ronde bovenrand tot het iets anders leek, de krater van een uitgebluste vulkaan. Hij drukte niet af.

Hij legde de camera weg, pakte zijn jasje, deed de lichten uit en vertrok. Hij deed het rolluik op slot en ging een andere kant uit dan normaal. Het lukte hem niet die domme grijns van zijn gezicht te krijgen en in naar huis gaan had hij helemaal geen zin.

De kerk was versierd met twee enorme boeketten aronskelken en margrieten aan weerszijden van het altaar, en tientallen van diezelfde boeketten in het klein aan de uiteinden van de kerkbanken. Alice zette de lampen en het reflectiescherm op. Toen ging ze op de eerste rij zitten wachten. Een vrouw zoog de rode loper waar Viola binnen een uur overheen zou lopen. Alice dacht aan de keer dat zij en Viola op de trapleuning hadden zitten praten. Ze wist niet meer waar ze het over hadden gehad, ze herinnerde zich alleen de plek vanwaar ze gebiologeerd naar haar had gekeken, een plek in de schaduw, net achter haar ogen, een plek waar het krioelde van de gedachten, die ze ook die keer verborgen had gehouden.

Binnen een halfuur waren alle banken bezet en degenen die nog binnenkwamen, bleven op een kluitje achterin staan en wuifden zich koelte toe met het liturgieboekje.

Alice liep naar buiten en wachtte voor de kerk op de aankomst van de auto met de bruid. De hoog staande zon verwarmde haar handen en leek er dwars doorheen te schijnen. Als klein meisje vond ze het leuk om tegen het licht naar haar handpalmen te kijken; tussen haar gesloten vingers had ze dan rode randjes. Ze had het een keer aan haar vader laten zien en hij had kusjes op haar vingertoppen gegeven en net gedaan alsof hij ze opat.

Viola arriveerde in een glimmend gepoetste grijze Porsche, en de chauffeur moest haar helpen uit te stappen en haar enorme sleep op te nemen. Alice begon als een gek te schieten, vooral om haar gezicht achter de camera te verbergen. Maar toen de bruid langs haar heen liep, liet ze haar toestel expres zakken en glimlachte naar haar.

Ze keken elkaar maar een moment aan en Viola verschoot van kleur. Voordat Alice de uitdrukking op haar gezicht goed kon zien, was de bruid al voorbij en liep ze aan de arm van haar vader de kerk in. Ze had geen idee waarom, maar Alice had zich hem altijd groter voorgesteld.

Ze zorgde ervoor dat ze geen moment miste. Ze maakte verschillende close-ups van het bruidspaar en hun familie. Ze legde het uitwisselen van de ringen vast, het oplezen van de belofte, de communie, de kus en het tekenen van de getuigen. Ze was de enige in de kerk die heen en weer liep. Toen ze zich dichter naar Viola toe boog, had Alice de indruk dat haar schouders ietsje verstijfden. Ze stelde een nog langere sluitertijd in om dat wazige effect te bereiken dat de foto volgens Crozza een zweem van eeuwigheid gaf.

Toen het bruidspaar de kerk verliet, ging Alice hen achteruithinkend voor. Ze zag door de lens dat Viola met een angstig lachje naar haar keek, alsof ze een spook zag dat niemand anders kon zien. Alice flitste onophoudelijk midden in haar gezicht, een keer of vijftien, totdat de bruid gedwongen was haar ogen dicht te knijpen.

Alice keek hoe ze in de auto stapten. Viola wierp haar vanachter het autoraampje een blik toe. Ze ging haar man nu natuurlijk direct over haar vertellen, hoe vreemd het was om opeens oog in oog met haar te staan. Ze zou haar beschrijven als die anorectische meid uit haar klas, die manke, iemand met wie ze nooit was omgegaan. Over het snoepje, het feest en de rest zou ze hem niet vertellen. Alice glimlachte bij de gedachte dat dit wel eens hun eerste halve waarheid als getrouwd stel kon worden, de eerste van de kleine scheurtjes die een relatie oploopt, waar het leven vroeg of laat gegarandeerd een koevoet tussen steekt om de boel open te breken.

'Mevrouw, het bruidspaar wacht op u bij de rivier voor de foto's,' zei een stem achter haar.

Alice draaide zich om en herkende een van de getuigen.

'Natuurlijk. Ik ga meteen,' antwoordde ze.

Ze liep snel de kerk in om de apparatuur te halen. Ze was nog bezig de verschillende onderdelen van haar camera in de rechthoekige tas te stoppen, toen ze iemand haar naam hoorde zeggen.

'Alice?'

Ze draaide zich om en wist van tevoren al wie het was.

'Ja?'

Giada Savarino en Giulia Mirandi stonden voor haar.

'Hoi,' zei Giada met een langgerekte o in het midden, en ze boog naar voren om haar een zoen op haar wang te geven.

Giulia bleef op een afstandje staan met haar ogen op haar schoenen gericht, net als op school.

Alice zorgde ervoor dat haar wang die van Giada nauwelijks raakte en deed haar lippen niet van elkaar.

'Wat doe je hier?' kwetterde Giada.

Alice vond het een stomme vraag en moest glimlachen.

'Ik maak foto's,' antwoordde ze.

Giada glimlachte terug, ze had nog dezelfde kuiltjes in haar wangen als toen ze zeventien was.

Het was vreemd ze daar zo te zien staan, springlevend, met hun stukje gemeenschappelijk verleden dat plotseling niets meer betekende.

'Hoi, Giulia,' zei Alice geforceerd.

Giulia glimlachte naar haar en kwam met moeite uit haar woorden.

'We hebben het gehoord van je moeder,' zei ze. 'We vinden het heel erg.'

Giada knikte bevestigend, een paar keer achter elkaar, om haar deelneming te betuigen.

'Tja,' zei Alice. 'Dank je wel.'

Toen ging ze snel door met het inpakken van haar spullen. Giada en Giulia keken elkaar aan.

'We storen je niet langer,' zei Giada en raakte licht haar schouder aan. 'Je hebt het druk.'

'Oké.'

Ze draaiden zich om en liepen naar de uitgang, en het vinnige tikken van hun hakken weerkaatste tegen de muren van de kerk, die inmiddels leeg was.

Het bruidspaar stond haar in de schaduw van een grote boom op te wachten en ze hielden elkaar niet vast. Alice parkeerde naast hun Porsche en stapte met de tas over haar schouder uit. Het was warm en ze voelde haar haren in haar nek plakken.

'Hoi,' zei ze terwijl ze naar hen toe liep.

'Ali,' zei Viola, 'ik had nooit gedacht dat...'

'Ik ook niet,' viel Alice haar in de rede.

Ze omhelsden elkaar halfslachtig, alsof ze hun kleren niet wilden kreuken. Viola was nog mooier dan op het gymnasium. Met de jaren waren de trekken in haar gezicht zachter geworden, de contouren minder scherp, en haar ogen hadden niet meer die nauwelijks waarneembare drift die ze zo angstaanjagend had gemaakt. Ze had nog steeds hetzelfde perfecte lichaam.

'Dit is Carlo,' zei Viola.

Alice schudde zijn hand en voelde dat die glad was.

'Zullen we dan maar?' zei ze om het kort te houden.

Viola knikte en zocht de blik van haar man, maar hij merkte het niet.

'Waar zullen we gaan staan?' vroeg ze.

Alice keek om zich heen. De zon stond recht boven hen en ze zou de flitser moeten gebruiken om de schaduwen in hun gezicht in te vullen. Ze wees naar een bankje aan de oever van de rivier, midden in de zon.

'Gaan jullie daar maar zitten,' zei ze.

Ze nam meer tijd dan nodig was om de camera in gereedheid te brengen. Ze deed alsof ze druk in de weer was met de flitser, zette een lens op de camera en verwisselde die weer. Viola's man wuifde zich koelte toe met zijn stropdas, terwijl Viola probeerde de zweetdruppeltjes op haar voorhoofd met haar vinger tegen te houden.

Alice liet ze nog een poosje stoven en deed intussen of ze de juiste afstand zocht om de foto te nemen.

Toen begon ze kortaf bevelen te geven. Ze zei omhels elkaar, glimlachen, nu serieus, pak haar hand, leg je hoofd op zijn schouder, fluister iets in haar oor, kijk elkaar aan, dichter bij elkaar, nu naar de rivier, doe je jasje uit. Crozza had haar geleerd dat je de mensen niet de tijd moest geven om op adem te komen, om na te denken, omdat één moment genoeg is om alle spontaniteit te laten verdwijnen.

Viola gehoorzaamde, en twee of drie keer vroeg ze bezorgd is het goed zo?

'Oké, nu gaan we naar dat grasveld,' zei Alice.

'Nog meer?' vroeg Viola verbaasd. Haar rood aangelopen wangen begonnen door haar foundation heen te glimmen. De zwarte lijntjes rond haar ogen waren al een beetje uitgelopen, ze werden steeds rafeliger, zodat ze er moe en een tikje armoedig uitzag.

'Jij doet alsof je weg wilt rennen en hij zit je achterna over het gras,' instrueerde Alice hen.

'Wat? Moet ik rennen?'

'Ja, je moet rennen.'

'Maar...' wilde Viola protesteren. Ze keek naar haar man en die haalde zijn schouders op.

Ze zuchtte, trok toen haar rok iets op en begon te rennen. Ze zakte met haar hakken een paar millimeter in de grond en er vlogen kluitjes aarde omhoog, waardoor de binnenkant van haar witte jurk vies werd. Haar man rende achter haar aan.

'Je gaat te langzaam,' zei hij tegen haar.

Viola draaide zich met een ruk om en wierp hem een vernietigende blik toe, precies zoals Alice nog wist van vroeger. Ze liet ze twee à drie minuten achter elkaar aan rennen tot Viola zich boos losmaakte uit zijn greep en zei nou is het genoeg.

Haar kapsel was aan één kant uitgezakt. Er was een

haarspeldje losgeraakt en nu hing er een lok over haar wang.

'Ja hoor,' zei Alice, 'nog maar een paar foto's.'

Ze nam hen mee naar het ijsstalletje en kocht uit haar eigen zak twee citroenijslolly's.

'Hier, hou vast,' zei ze terwijl ze ze aan het bruidspaar gaf.

Ze keken alsof ze er niets van snapten en haalden argwanend het papiertje eraf. Viola deed haar best om de kleverige siroop niet aan haar handen te krijgen.

Ze moesten doen alsof ze elkaar hun ijslolly aanboden en die dan met hun armen in elkaar gehaakt oplikken. Viola's glimlach werd steeds verbetener.

Toen Alice haar opdroeg om zich vast te houden aan de lantaarnpaal en die als as te gebruiken om eromheen te draaien, was voor Viola de maat vol.

'Wat een bullshit,' zei ze.

Haar man keek haar een beetje angstig aan en keek toen naar Alice, alsof hij zich wilde verontschuldigen. Ze glimlachte.

'Dat hoort bij het klassieke album,' legde ze uit. 'Dat hadden jullie gevraagd. Maar we kunnen deze serie ook overslaan.'

Ze deed haar best om serieus te klinken. Ze voelde de tatoeage kloppen alsof hij van haar huid wilde springen. Viola keek haar woedend aan en Alice bleef strak terugkijken, tot ze branderige ogen kreeg.

'Zijn we klaar?' vroeg Viola.

Alice knikte.

'Dan gaan we,' zei de bruid tegen haar man.

Voor hij zich mee liet slepen, kwam hij naar Alice toe en schudde opnieuw beleefd haar hand.

'Dank je wel,' zei hij.

'Geen dank.'

Alice zag hen over de zacht oplopende glooiing van het park teruglopen naar de parkeerplaats. Om haar heen klonken de zaterdagse geluiden, het gelach van kinderen op de speeltoestellen en de stemmen van de moeders die hen in de gaten hielden. In de verte klonk ook muziek en het gezoef van de auto's over de hoofdstraat, als over een tapijt.

Ze had het aan Mattia willen vertellen, want die zou het hebben begrepen. Maar hij was nu ver weg. Ze bedacht dat Crozza woedend zou worden, maar uiteindelijk zou hij het haar vergeven. Dat wist ze zeker.

Ze moest glimlachen. Ze maakte de camera open, pakte het rolletje en trok in het schelle zonlicht de hele film eruit.

Wat blijft

(2007)

31

Zijn vader belde 's woensdagsavonds, tussen acht en kwart over acht. Ze hadden elkaar de laatste negen jaar maar een paar keer gezien en de laatste keer was al een hele tijd geleden, maar de telefoon had nooit vergeefs gerinkeld in het tweekamerappartement van Mattia. In de lange pauzes tussen hun woorden heerste bij beiden dezelfde stilte op de achtergrond: geen geluid van televisie of radio, nooit gasten die met hun bestek op de borden tikten.

Mattia zag zo voor zich hoe zijn moeder in haar leunstoel naar het telefoongesprek luisterde zonder dat de uitdrukking op haar gezicht veranderde, met beide armen op de armleuningen, net als toen hij en Michela op de lagere school zaten en zij daar zat te luisteren naar de gedichten die ze uit hun hoofd opzeiden, en die Mattia altijd kende terwijl Michela zweeg, niet in staat tot wat dan ook.

Elke woensdag vroeg Mattia zich, nadat hij had opgehangen, af of op die stoel nog steeds dezelfde oranje, gebloemde bekleding zat, of dat zijn ouders hem hadden vervangen omdat hij destijds al versleten was. Hij vroeg zich af of zijn vader en moeder ouder waren geworden. Ze waren vast en zeker ouder geworden, hij hoorde het aan de stem van zijn vader, die trager en vermoeider klonk. Hij hoorde het aan zijn adem, die door de telefoon hoorbaarder was en steeds meer op hijgen leek.

Zijn moeder kwam maar heel af en toe aan de telefoon en stelde altijd dezelfde rituele vragen. Is het koud, heb je al gegeten, hoe gaan je colleges. Ze eten hier om zeven uur, had Mattia de eerste paar keer uitgelegd. Nu beperkte hij zich tot ja.

'Hallo?' zei hij toen hij opnam.

Er was geen enkele reden om dat in het Engels te zeggen. Hooguit tien mensen hadden zijn privé-nummer en die zouden het niet in hun hoofd halen om hem op dat uur te bellen.

'Met pa.'

De vertraging in zijn antwoord was nauwelijks waarneembaar. Mattia zou een stopwatch moeten gebruiken om die te meten en uit te kunnen rekenen hoeveel het traject van het signaal afweek van de meer dan duizend kilometer lange rechte lijn die hem met zijn vader verbond, maar dat vergat hij elke keer.

'Hallo, alles goed met je?' zei Mattia.

'Ja. En met jou?'

'Goed... En mama?'

'Die is hier.'

Op dit punt viel altijd de eerste stilte, als een hap lucht na het eerste baantje onder water.

Mattia schraapte met zijn duim over de kras in het lichte hout van de ronde tafel, ongeveer twintig centimeter van het midden. Hij wist niet eens meer of hij die had gemaakt of de vorige bewoners. Vlak onder het gelakte oppervlak zaten houtvezels die onder zijn nagel belandden zonder pijn te doen. Elke woensdag maakte hij het geultje een fractie van een millimeter dieper, maar hij zou aan een heel leven nog niet genoeg hebben om aan de onderkant uit te komen.

'En, heb je de zonsopkomst al gezien?' vroeg zijn vader.

Mattia glimlachte. Dat was een spelletje tussen hen tweeën, misschien het enige. Ongeveer een jaar eerder had

Pietro ergens in een krant gelezen dat de zonsopkomst boven zee in het noorden een onmisbare ervaring was en 's avonds had hij het berichtje door de telefoon aan zijn zoon voorgelezen. Je moet echt gaan kijken, had hij hem op het hart gedrukt. Vanaf die dag vroeg hij af en toe: heb je 'm al gezien? Mattia zei altijd nee. Zijn wekker stond op zeventien minuten over acht en de kortste weg naar de universiteit liep niet langs zee.

'Nee, nog geen zonsopkomst,' antwoordde hij.

'Nou ja, hij loopt niet weg,' zei Pietro.

Ze waren alweer uitgepraat, maar bleven nog even met de hoorn tegen hun oor staan treuzelen. Allebei snoven ze nog wat van de genegenheid op die er nog altijd tussen hen was, verdund door honderden kilometers coaxkabel en gevoed door iets wat ze niet konden benoemen en wat welbeschouwd misschien niet meer bestond.

'Nou, doe je best,' zei Pietro ten slotte.

'Doe ik.'

'En zorg goed voor jezelf.'

'Oké. Doe mama de groeten.'

Ze hingen op.

Voor Mattia was de dag ten einde. Hij liep om de tafel heen. Hij keek verstrooid naar de stapel papier met werk die hij mee naar huis had genomen. Hij zat nog steeds muurvast bij die ene bewijsstap. Hoe ze het bewijs ook benaderden, vroeg of laat liepen Alberto en hij er steeds in vast. Hij voelde dat de oplossing achter dat laatste obstakel lag en dat het, als die hobbel eenmaal genomen was, allemaal vanzelf zou gaan, net als wanneer je met je ogen dicht van een grashelling rolt.

Hij was te moe om weer aan het werk te gaan. Hij ging naar de keuken en vulde een pannetje met kraanwater. Hij zette het op het vuur en stak het gas aan. Hij bracht zo veel tijd alleen door dat een normaal mens binnen een maand gek zou zijn geworden.

Hij ging op het plastic klapstoeltje zitten zonder zich helemaal te ontspannen.

Hij keek omhoog naar de lamp die in het midden van het plafond hing en niet brandde. Die was krap een maand na Mattia's aankomst gesprongen en hij had hem nog steeds niet vervangen. Hij at bij het licht dat uit de andere kamer naar binnen viel.

Als hij die avond gewoon de deur was uitgegaan en niet meer was teruggekomen, had niemand een spoor van zijn aanwezigheid daarbinnen aangetroffen, behalve dan die stapel onbegrijpelijke vellen papier op de tafel. Mattia had er niets van zichzelf neergezet. Hij had de anonieme meubels van licht eiken gehouden en ook het vergeelde behang dat er al op zat sinds het huis gebouwd was.

Hij stond op. Hij schonk het kokende water in een kopje en hing er een theezakje in. Hij keek hoe het water donker kleurde. De gasvlam brandde nog en was in het schemerduister felblauw. Hij draaide het vuur lager tot het bijna uit was, en het gesis nam af. Hij bracht zijn hand van bovenaf dichter bij het vuur. De hitte oefende een lichte druk uit op zijn geschonden handpalm. Mattia liet hem langzaam zakken en sloot zijn hand om de vlam.

Nu, na de honderden, duizenden precies dezelfde dagen die hij aan de universiteit had doorgebracht en de even zovele maaltijden die hij in de mensa had genuttigd, in het lage gebouwtje aan het eind van de campus, moest hij er nog steeds aan denken. Hij herinnerde zich de eerste dag dat hij daar was en alles wat de anderen deden in dezelfde volgorde had nagedaan. Hij was in de rij gaan staan en had stapje voor stapje de stapel nephouten dienbladen bereikt. Hij had het papieren servetje erop gelegd en een glas en bestek gepakt. Toen hij voor de vrouw in uniform stond die de porties uitdeelde, had hij op goed geluk naar een van de drie aluminium bakken gewezen. Hij wist niet wat erin zat. De kokkin had hem iets gevraagd, in haar eigen taal of misschien wel in het Engels, en hij had het niet verstaan. Hij had opnieuw naar de bak gewezen en zij had haar vraag op precies dezelfde manier herhaald. Mattia had zijn hoofd geschud. *I don't understand*, had hij gezegd, hakkelend en met een zwaar accent. De vrouw had haar ogen ten hemel geslagen en met het lege bord door de lucht gewapperd. *She is asking if you want a sauce*, had de jongen naast Mattia gezegd. Hij had zich met een ruk omgedraaid, helemaal in de war. Ik... *I don't...* had hij gezegd. Ben je Italiaan? had de jongen gevraagd. Ja. Ze vroeg of je saus op die troep wilt. Mattia had beduusd zijn hoofd geschud. De jongen had zich naar de vrouw toe gedraaid en kortweg nee gezegd. Ze had naar hem geglimlacht en eindelijk Mattia's bord vol geschept en op de counter gezet. De jongen had hetzelfde genomen en had het bord, voor hij het op zijn dienblad zette, onder zijn neus gehouden en er met weerzin aan geroken. Dit is heel ranzig, had hij gezegd.

Je bent net nieuw, hè? had hij even later gevraagd terwijl hij nog steeds naar de vloeibare puree op zijn bord keek. Mattia had ja gezegd en hij had fronsend geknikt, alsof het een ernstige zaak was. Nadat hij had betaald, bleef Mattia stokstijf voor de kassa staan met het blad in zijn handen geklemd. Hij had rondgekeken of er achter in de zaal een lege tafel was waar hij iedereen de rug kon toekeren en niet te veel ogen op zich gericht zou voelen, terwijl hij in zijn eentje zat te eten. Hij had net een stap in die richting gezet, toen de jongen van eerst voor hem langs was gelopen en had gezegd kom, deze kant op.

Alberto Torcia was er al vier jaar, hij had een vaste aanstelling als onderzoeker en werd wegens de kwaliteit van zijn laatste publicaties door de Europese Unie uit een bijzondere pot gefinancierd. Ook hij was ergens voor gevlucht, maar Mattia had hem nooit gevraagd waarvoor. Na al die jaren zou geen van beiden hebben geweten of hij de ander een vriend of gewoon een collega moest noemen, hoewel ze een werkkamer deelden en elke dag samen lunchten.

Het was dinsdag. Alberto zat tegenover Mattia en zag dwars door het glas water dat Mattia aan zijn lippen zette het nieuwe teken dat hij op zijn handpalm had, donker en volmaakt rond. Hij vroeg niets, hij keek hem alleen even schuin aan om duidelijk te maken dat hij het doorhad. Gilardi en Montanari, die bij hen aan tafel zaten, grinnikten over iets wat ze op internet hadden gevonden.

Mattia leegde zijn glas in één teug. Toen schraapte hij zijn keel.

'Gisteravond kreeg ik een idee over die discontinuïteit die...'

'Alsjeblieft, Matti,' viel Alberto hem in de rede terwijl hij zijn vork neerlegde en naar achteren leunde. Hij overdreef altijd in al zijn bewegingen. 'Laat me op z'n minst even rustig eten.'

Mattia boog zijn hoofd. Het lapje vlees op zijn bord was in allemaal gelijke vierkantjes gesneden en hij scheidde ze met zijn vork zo van elkaar dat er een regelmatig rooster van witte lijnen tussen de stukjes ontstond.

'Waarom doe je 's avonds niet eens wat anders?' ging Alberto nu zachter verder, alsof hij niet wilde dat de twee anderen hem hoorden. Onder het praten beschreef hij met zijn mes kleine cirkeltjes in de lucht.

Mattia zei niets en keek hem niet aan. Hij bracht een vierkantje vlees naar zijn mond, een van de stukjes aan de buitenkant, die met hun rafelige randen de geometrie van de compositie verstoorden.

'Als je af en toe eens samen met ons iets ging drinken,' ging Alberto door.

'Nee,' zei Mattia kortaf.

'Maar...' probeerde zijn collega nog tegen te werpen.

'Je kent me toch.'

Alberto schudde moedeloos zijn hoofd en fronste zijn voorhoofd. Na al die tijd probeerde hij het nog steeds. Sinds ze elkaar kenden, had hij Mattia hooguit een keer of tien zijn huis uit gekregen.

Hij draaide zich naar de andere twee toe en onderbrak hun gesprek.

'Hé, hebben jullie dat stuk daar gezien?' vroeg hij en wees naar een meisje dat met een oudere heer twee tafels verderop zat. Voorzover Mattia wist, was hij docent bij Geologie. 'Allejezus, als ik niet getrouwd was dan wist ik het wel.'

De andere twee aarzelden even, want hun gesprek ging heel ergens anders over, maar toen gaven ze toe en begonnen met Alberto mee te fantaseren hoe zo'n stuk met die ouwe rukker aan een tafel was beland.

Mattia sneed alle vierkantjes vlees diagonaal doormidden. En die legde hij vervolgens zo neer dat ze één grote driehoek vormden. Het vlees was al koud en taai. Hij pakte een stukje en slikte het bijna in één keer door. De rest liet hij liggen waar het lag.

Toen ze de mensa uit waren, stak Alberto een sigaret op om Gilardi en Montanari de tijd te geven om weg te lopen. Hij wachtte op Mattia, die een paar passen achter hen met gebogen hoofd over een rechte scheur langs de stoep liep en aan iets dacht wat niets met het hier en nu te maken had.

'Wat zei je net over die discontinuïteit?' vroeg Alberto.

'Laat maar.'

'Doe niet zo lullig.'

Mattia keek zijn collega aan. De punt van de sigaret tussen zijn lippen was de enige felle kleur in die loodgrijze dag, die precies gelijk was aan de vorige en ongetwijfeld ook aan de volgende.

'We kunnen er niet omheen,' zei Mattia. 'We weten nu wel zeker dat ie er is. Maar misschien heb ik een manier gevonden om er iets interessants uit te halen.'

Alberto deed een stap naar hem toe. Hij viel Mattia niet in de rede voor hij klaar was met zijn uitleg, want hij wist dat Mattia weliswaar weinig zei, maar als hij iets zei, was het de moeite waard om je mond te houden en te luisteren.

32

De ernst van de gevolgen had haar in één klap overvallen toen Fabio een paar jaar eerder, op het moment dat hij bij haar binnendrong, had gefluisterd ik wil een kind. Zijn gezicht was zo dicht bij dat van Alice dat ze zijn adem over haar wangen voelde strijken en tussen de lakens verdwijnen.

Ze had hem tegen zich aan getrokken en zijn hoofd in de holte tussen haar hals en haar schouder gedrukt. Toen ze nog niet getrouwd waren, had hij een keer tegen haar gezegd dat die holte perfect was, dat zijn hoofd er precies in paste.

Wat vind jij? had Fabio gevraagd met een door het hoofdkussen gesmoorde stem. Alice had geen antwoord gegeven, maar hem nog dichter tegen zich aan getrokken. De woorden stokten in haar keel.

Ze had hem het laatje met condooms weer dicht horen doen en haar rechterknie iets opgetrokken om ruimte voor hem te maken. Met haar ogen de hele tijd wijd opengesperd was ze ritmisch zijn haren blijven strelen.

Haar geheim sloop al vanaf haar middelbareschooltijd achter haar aan, maar had haar geest nooit langer dan een paar seconden in beslag genomen. Alice had het terzijde geschoven, als iets waar ze later wel over na zou denken. En nu was het er ineens, als een groot gat in het zwarte plafond van de kamer, monsterlijk en onbedwingbaar. Alice had tegen Fabio willen zeggen stop, wacht even, er is iets wat ik je niet heb verteld, maar hij bewoog met een ontwapenend vertrouwen en zou het vast niet begrepen hebben.

Ze had gevoeld hoe hij voor de eerste keer in haar klaarkwam en zich voorgesteld hoe dat beloftevolle, kleverige vocht in haar schrale lichaam werd opgeslagen, waar het zou verdrogen.

Ze wilde geen kind, of misschien wel. Ze had er nooit echt over nagedacht. De vraag was niet aan de orde geweest en daarmee uit. Haar menstruatie was gestopt toen ze voor het laatst een heel chocoladetaartje had gegeten, zo ongeveer. Het was gewoon een feit dat Fabio een kind wilde en dat zij het hem moest schenken. Dat moest ze, want hij vroeg haar niet het licht aan te doen als ze vrijden, dat had hij na de eerste keer bij hem thuis nooit meer gedaan. Want als hij klaargekomen was, bleef hij op haar liggen en nam het gewicht van zijn lichaam al haar angsten weg; hij zei dan niets, maar haalde alleen adem en was er. Dat moest ze, want ze hield niet van hem, maar zijn liefde was voldoende voor hen allebei, om hen allebei beschutting te bieden.

Na die avond was de seks veranderd. Er werd nu een welomschreven doel mee nagestreefd, wat er al snel toe leidde dat ze alles achterwege lieten wat niet strikt noodzakelijk was.

Maar na weken en toen maanden was er nog niets gebeurd. Fabio had zich laten onderzoeken en er waren voldoende spermatozoa bij hem geteld. Dat had hij 's avonds aan Alice verteld, en hij had ervoor gezorgd dat hij haar stevig tegen zich aan hield toen hij het zei. Hij had er meteen achteraan gezegd je hoeft je geen zorgen te maken, het ligt niet aan jou. Voordat ze kon gaan huilen, had ze zich uit zijn armen losgemaakt en was ze naar de andere kamer gegaan. En Fabio had zichzelf verfoeid, want eigenlijk dacht, nee, wist hij, dat het wél aan zijn vrouw lag.

Alice had zich vanaf dat moment bespioneerd gevoeld. Ze hield zogenaamd de dagen bij en zette streepjes in de agenda die naast de telefoon lag. Ze kocht maandverband en gooide dat dan ongebruikt weg. Op die dagen duwde ze Fabio in het donker van zich af en zei vandaag kan 't niet.

Hij hield stiekem ook de dagen bij. Alices geheim wurmde zich als iets glibberigs en doorzichtigs tussen hen in en dreef hen steeds verder uit elkaar. Elke keer als Fabio zinspeelde op een arts, een behandeling of de oorzaak van het probleem, betrok Alices gezicht en kon je er zeker van zijn dat ze binnen een paar uur een aanleiding had gevonden om ruzie te maken, over de kleinste kleinigheid.

Het werd hun langzaamaan te veel. Ze waren opgehouden erover te praten, en tegelijk met de gesprekken was ook de seks afgenomen, tot er alleen nog een vermoeiend vrijdagavondritueel van over was. Ze wasten zich om de beurt, voor en na de daad. Fabio kwam uit de badkamer met zijn gezicht nog glimmend van de zeep en schoon ondergoed aan. In de tussentijd had Alice haar T-shirt al aan en vroeg kan ik nu? Als ze de slaapkamer weer in kwam, lag hij al te slapen, of lag in elk geval met zijn ogen dicht op zijn zij, met zijn hele lichaam op zijn eigen helft van het bed.

Die vrijdag ging het niet veel anders dan anders, in het begin tenminste. Alice kwam na enen bij hem in bed liggen, nadat ze zich de hele avond had opgesloten in de donkere kamer die Fabio voor haar had laten maken waar eerst de studeerkamer was, als cadeau voor hun derde trouwdag. Hij liet het tijdschrift dat hij lag te lezen zakken en keek hoe de blote voeten van zijn vrouw in zijn richting kwamen, net boven de houten vloer.

Alice schoof tussen de lakens en ging tegen hem aan liggen. Fabio liet het tijdschrift op de grond glijden en knipte het lampje op het nachtkastje uit. Hij deed zijn uiterste best om de daad geen sleur te laten lijken, geen noodzakelijk kwaad, maar ze wisten allebei precies hoe het zat.

Ze deden de dingen in een volgorde die in de loop van de tijd was vast komen te liggen, wat alles eenvoudiger maakte. Daarna ging Fabio met hulp van zijn vingers bij haar naar binnen.

Alice wist niet zeker of hij echt huilde, want hij hield zijn hoofd opzij, zodat hij geen contact had met haar huid, maar ze merkte dat hij anders bewoog dan normaal. Hij stootte harder dan anders, met meer urgentie dan anders. Toen hield hij ineens op, haalde diep adem en begon opnieuw, alsof hij heen en weer werd geslingerd tussen het verlangen om dieper bij haar binnen te dringen of om weg te glippen, uit haar en uit de kamer. Ze hoorde hoe hij al hijgend zijn neus ophaalde.

Toen hij klaargekomen was, trok hij zich schielijk terug, stond op en sloot zich op in de badkamer. Hij deed niet eens het licht aan.

Hij bleef er langer dan anders. Alice schoof naar het midden van het bed, waar de lakens nog lekker fris waren. Ze legde een hand op haar buik, waar helemaal niets gebeurde, en voor het eerst bedacht ze dat ze niemand meer de schuld kon geven, dat ze al haar fouten alleen aan zichzelf te wijten had.

Fabio liep in het donker door de kamer naar het bed en ging met zijn rug naar haar toe liggen. Nu was het Alices beurt, maar ze verroerde zich niet. Ze voelde dat er iets ging gebeuren, er hing iets in de lucht.

Het duurde een minuut of twee voor hij zijn mond opendeed.

'Ali,' zei hij.

'Ja?'

Hij aarzelde weer.

'Ik kan 't zo niet meer,' zei hij zachtjes.

Alice voelde hoe de woorden, als klimplanten die plotseling uit het bed opschoten, haar buik beknelden. Ze wachtte tot hij doorging.

'Ik weet wat er aan de hand is,' ging Fabio verder. Zijn stem klonk helderder. Hij ketste tegen de muren en kreeg een licht metalige klank. 'Je wilt niet dat ik me ermee bemoei of er zelfs maar over begin. Maar zo...'

Hij zweeg. Alice had haar ogen open. Ze waren gewend aan het duister. Ze onderscheidde de contouren van de meubels: de fauteuil, de kast, de ladekast met de spiegel erop die niets weerspiegelde. Daar stonden ze, al die voorwerpen, roerloos en verschrikkelijk nadrukkelijk.

Alice dacht aan de kamer van haar ouders. Ze bedacht dat ze op elkaar leken, dat alle slaapkamers ter wereld op elkaar leken. Ze vroeg zich af waar ze bang voor was, om hem te verliezen of om die dingen te verliezen: de gordijnen, de schilderijen, het kleed, alle zekerheid die daar netjes opgevouwen in de laden lag.

'Vanavond heb je amper twee courgettes gegeten,' zei Fabio weer.

'Ik had geen honger,' wierp zij bijna automatisch tegen.

Het is zover, dacht ze.

'Gisteren hetzelfde verhaal. Je hebt het vlees niet eens aangeraakt. Je hebt het in stukjes gesneden en daarna in je servet gestopt. Denk je nou echt dat ik gek ben?'

Alice kneep in de lakens. Hoe had ze kunnen denken dat hij nooit iets had gemerkt? Ze zag ze voor zich, die honderden, duizenden keren dat dat tafereel zich voor de ogen van haar man had afgespeeld. Ze was razend om alles wat hij in stilte gedacht moest hebben.

'Ik neem aan dat je ook weet wat ik eergisteravond en de avond daarvoor heb gegeten,' zei ze.

'Leg me uit wat er is,' zei hij, nu met luide stem. 'Vertel me wat je zo tegenstaat aan eten.'

Ze dacht aan haar vader, die met zijn hoofd vlak boven zijn bord hing als hij soep at, aan het geluid dat hij maakte, alsof hij zijn lepel leegzoog in plaats van hem gewoon in zijn mond te steken. Ze dacht met walging aan de prut tussen de kauwende tanden van haar man, elke keer als ze tijdens het eten tegenover hem zat. Ze dacht aan het snoepje van Viola met al die haren eraan geplakt, en aan de synthetische aardbeiensmaak. Toen dacht ze aan zichzelf, zonder T-shirt, hoe ze eruitzag in de grote spiegel van haar oude huis, en aan het litteken dat haar been tot een apart onderdeel maakte, los van haar romp en nutteloos. Ze dacht aan dat o zo broze silhouet van haar, aan de dunne reep schaduw die haar ribben op haar buik wierpen en die zij tot elke prijs wilde behouden.

'Wat zou je dan willen? Wil je dat ik me ga volstouwen? Dat ik mijn figuur kwijtraak om jouw kind te krijgen?' zei ze. Ze praatte alsof het kind er al was, ergens in het universum. Ze zei expres *jouw*. 'Ik kan me laten behandelen, als je 't zo belangrijk vindt. Ik kan hormonen slikken, medicijnen, alle troep die maar nodig is om je dat kind te geven. Dan hou je tenminste op me te bespioneren.'

'Dat is 't punt niet,' wierp Fabio tegen. Hij had plotseling al zijn irritante zelfverzekerdheid weer terug.

Alice schoof naar de rand van het bed om zijn dreigende lichaam te ontwijken. Hij ging languit op zijn rug liggen. Hij had zijn ogen open en spande zijn gezichtsspieren aan, alsof hij door het donker heen iets probeerde te zien.

'O nee?'

'Je zou aan alle risico's moeten denken, vooral in jouw toestand.'

In jouw toestand, herhaalde Alice in haar hoofd. In een opwelling probeerde ze haar slechte knie te buigen om zichzelf te bewijzen dat ze er volledig controle over had, maar hij bewoog nauwelijks.

'Arme Fabio,' zei ze. 'Met zijn manke vrouw die ook nog...'

De rest kreeg ze er niet uit. De laatste woorden die al in de lucht trilden, bleven steken in haar keel.

'Er is een deel van de hersenen,' begon hij zonder op haar te letten en alsof een verklaring alles simpeler zou maken, 'waarschijnlijk de hypothalamus, die de *body mass index* van het lichaam reguleert. Als de BMI te laag is, wordt de aanmaak van gonadotropine geremd. Dan blokkeert het systeem en stopt de menstruatie. Maar dat is pas het eerste symptoom. Er gebeuren ook dingen die ernstiger zijn. De mineralen in het bot nemen af en er ontstaat osteoporose. De botten verkruimelen als biscuitjes.'

Hij praatte als een dokter en dreunde alle oorzaken en gevolgen op, alsof weten hoe een ziekte heet hetzelfde was als hem genezen. Alice bedacht dat haar botten al eens verkruimeld waren en dat die dingen haar niet interesseerden.

'Je hoeft alleen je BMI maar weer op peil te brengen en alles wordt weer normaal,' zei Fabio erachteraan. 'Dat gaat langzaam, maar we zijn er op tijd bij.'

Alice drukte zich steunend op haar ellebogen omhoog. Ze wilde de kamer uit.

'Geweldig. Ik neem aan dat je dit al tijden hebt voorbereid,' bitste ze. 'Dus dat is alles. Zo simpel als wat.'

Fabio kwam nu ook overeind. Hij pakte haar bij haar arm, maar zij rukte zich los. Hij keek haar door het halfduister strak aan.

'Het is niet meer alleen jouw zaak,' zei hij.

Alice schudde haar hoofd.

'Dat denk jij,' zei ze. 'Misschien is dit wel precies wat ik wil. Is dat wel eens in je opgekomen? Ik wil voelen hoe mijn botten verkruimelen, ik wil het systeem blokkeren. Precies zoals je zei.'

Fabio sloeg met zijn vlakke hand op het matras waardoor zij omhoogschoot.

'En wat wou je daaraan doen?' vroeg ze uitdagend.

Fabio ademde tussen zijn tanden door. Zijn armen verstijfden van de in zijn longen opgehoopte agressie.

'Je bent een grote egoïste. Egoïstisch en verwend.'

Hij ging weer liggen en draaide haar opnieuw zijn rug toe. Plotseling leken de voorwerpen in het duister weer op hun plaats terug te komen. Er heerste weer stilte, nu een onbestemde stilte. Alice hoorde iets als een zwak gezoem, iets wat leek op het ruisende geluid van oude films in de bioscoop. Ze bleef luisteren om erachter te komen waar het vandaan kwam.

Toen zag ze het lichaam van haar man zachtjes schokken. Zijn ingehouden gesnik was te voelen aan het ritmische open neergaan van het matras. Haar lichaam wilde dat ze haar hand uitstak en hem aanraakte, zijn hals en haren streelde, maar ze deed niets. Ze stond op, liep naar de badkamer en sloeg de deur achter zich dicht.

33

Na de lunch waren Alberto en Mattia naar het souterrain gegaan, waar het altijd hetzelfde uur van de dag was en je het verstrijken van de tijd alleen kon afmeten aan de zwaarte van je ogen, waar almaar het witte licht in scheen van de tl-lampen aan het plafond. Ze waren een leeg lokaal in gelopen en Alberto was op de tafel van de docent gaan zitten. Hij had een enorm lijf, niet echt dik, maar Mattia had de indruk dat het almaar uitdijde.

'Laat maar horen,' zei Alberto. 'Leg me alles uit, vanaf het begin.'

Mattia pakte een krijtje en brak het doormidden. Dun wit stof sloeg neer op de neus van zijn leren schoenen, dezelfde die hij de dag van zijn afstuderen had gedragen.

'We bekijken het probleem in twee dimensies,' zei hij.

Hij begon in zijn mooie handschrift te schrijven. Hij startte in de linkerbovenhoek en schreef de eerste twee borden vol. Op het derde nam hij de uitkomsten over die hij verderop nodig had. Hij leek die berekening al honderd keer te hebben gemaakt, terwijl het de eerste keer was dat hij hem uit zijn brein tevoorschijn trok. Hij draaide zich af en toe om naar Alberto, die ernstig knikte terwijl zijn geest het krijtje met moeite bijhield.

Toen hij na ruim een halfuur onderaan was gekomen, schreef Mattia, net als op het gymnasium, naast de omkaderde uitkomst Q.E.D. Door het krijtje was de huid van zijn hand droog geworden, maar hij merkte het niet eens. Zijn benen trilden een beetje.

Ze bleven alle twee een seconde of tien peinzend zwijgen. Toen klapte Alberto in zijn handen, en het geklap klonk als een zweepslag door de stilte. Hij kwam van de tafel en viel bijna op de grond doordat zijn benen sliepen van het bungelen. Hij legde zijn hand op Mattia's schouder; Mattia voelde die hand als zwaar en geruststellend tegelijk.

'En deze keer geen rare streken,' zei Alberto. 'Vanavond eet je bij mij, we hebben iets te vieren.'

Mattia glimlachte flauwtjes.

'Oké,' zei hij.

Ze veegden samen het bord schoon. Ze letten goed op dat er niets meer te lezen viel, dat er geen spoor meer te bekennen was van wat er had gestaan. Niemand was in staat het echt te begrijpen, maar ze koesterden het resultaat nu al als een kostbaar geheim.

Ze verlieten het lokaal en Mattia deed het licht uit. Vervolgens liepen ze achter elkaar de trap op, beiden genietend van de lichte overwinningsroes van dat moment.

Alberto's huis stond in precies zo'n keurige buurt als waar Mattia woonde, maar dan helemaal aan de andere kant van de stad. Mattia legde het hele traject af in een halflege bus, met zijn voorhoofd tegen het raampje. Hij knapte ervan op, van dat koude oppervlak tegen zijn huid. Het deed hem denken aan de lap die zijn moeder altijd op Michela's hoofd legde, gewoon een vochtig gemaakte zakdoek, maar genoeg om haar te kalmeren als ze 's avonds van die aanvallen had, waardoor ze over haar hele lichaam ging trillen en met haar tanden knarste. Michela wilde dat haar broer ook zo'n lap kreeg, dat maakte ze haar moeder duidelijk met haar ogen, en dan ging hij op bed liggen wachten tot zijn zusje ophield met spartelen.

Hij had zijn overhemd en zwarte colbert aangetrokken.

Hij had gedoucht en zich geschoren. In een drankwinkel waar hij nog nooit binnen was geweest had hij een fles rode wijn gekocht: de fles met het stijlvolste etiket. De verkoopster had hem in vloeipapier gewikkeld en daarna in een zilverpapieren tasje gestopt. Terwijl Mattia wachtte tot er werd opengedaan, liet hij het als een pendule heen en weer slingeren. Met zijn voet duwde hij de mat voor de deur recht, zodat de omtrek precies de lijnen van de stoeptegels volgde. Alberto's vrouw kwam opendoen. Ze negeerde zowel Mattia's uitgestoken hand als het tasje met de fles. Ze trok hem meteen naar zich toe en gaf hem een zoen op zijn wang.

'Ik weet niet wat jullie tweeën hebben uitgespookt, maar ik heb Alberto nog nooit zo gelukkig gezien als vanavond,' fluisterde ze. 'Kom binnen.'

Mattia onderdrukte de neiging om met zijn oor langs zijn schouder te wrijven om de jeuk te verdrijven.

'Albi, Mattia is er,' riep ze naar een andere kamer, of naar de bovenverdieping.

In plaats van Alberto dook zijn zoontje Philip uit de gang op. Mattia kende hem van de foto die zijn vader op zijn bureau had staan en waarop hij pas een paar maanden was, en even rond en nietszeggend als alle andere baby's. Het was nooit bij hem opgekomen dat hij wel eens gegroeid kon zijn. Bepaalde trekken van zijn ouders begonnen zich al af te tekenen onder zijn huid: de te lange kin van Alberto, de enigszins geloken oogleden van zijn moeder. Mattia dacht aan het wrede groeiproces, aan het zachte kraakbeen dat onderhevig was aan vrijwel onzichtbare maar niet te stuiten veranderingen, en, heel even maar, aan Michela en haar gelaatstrekken, die die dag in het park voor altijd bevroren waren.

Als een dolle kwam Philip op zijn driewieler op hem af

gereden. Toen hij Mattia in de gaten kreeg, remde hij abrupt en staarde hem verbijsterd aan, alsof hij betrapt was op iets wat niet mocht. Alberto's vrouw tilde hem van zijn driewieler en nam hem op de arm.

'Dit is ons kleine monstertje,' zei ze terwijl ze haar neus in zijn wangetjes begroef.

Mattia glimlachte geforceerd. Hij voelde zich niet op zijn gemak bij kleine kinderen.

'Kom, we gaan daar naartoe. Nadia is er al,' ging Alberto's vrouw verder.

'Nadia?' vroeg Mattia.

Alberto's vrouw keek hem verwonderd aan.

'Ja, Nadia,' zei ze. 'Heeft Albi niks gezegd?'

'Nee.'

Er viel een ongemakkelijke stilte. Mattia kende helemaal geen Nadia. Hij vroeg zich af wat hier nu weer achter zat en vreesde dat hij het al wist.

'Hoe dan ook, ze is er. Kom.'

Terwijl ze naar de keuken liepen, nam Philip Mattia vanachter de schouder van zijn moeder argwanend op, met zijn wijsvinger en middelvinger in zijn mond en zijn knokkels glimmend van het kwijl. Hij moest een andere kant uit kijken. Hij dacht aan de keer dat hij door een gang die langer was dan deze achter Alice was aangelopen. Hij keek naar de krabbels van Philip die in plaats van schilderijen aan de muur hingen en deed zijn best om niet op zijn rondslingerende speelgoed te trappen. Het hele huis, inclusief de muren, ademde levensvreugde, iets waar hij niet aan gewend was. Hij dacht aan zijn eigen flat, waar het zo gemakkelijk was om simpelweg te beslissen niet te bestaan. Hij had nu al spijt dat hij de uitnodiging had aangenomen.

In de keuken begroette Alberto hem met een innige handdruk en Mattia reageerde werktuigelijk. De vrouw die aan de tafel zat, stond op en gaf hem een hand.

'Dit is Nadia,' stelde Alberto haar voor. 'En dit is onze volgende Fields-medaille.'

'Hallo,' zei Mattia verlegen.

Nadia glimlachte naar hem. Ze begon aan een voorwaartse beweging met haar bovenlichaam, misschien om hem op zijn wang te zoenen, maar Mattia's onbeweeglijkheid hield haar tegen.

'Hallo,' zei ze alleen.

Hij stond een paar seconden geboeid te kijken naar een van de enorme oorbellen die aan haar oren hingen: een gouden ring met een doorsnee van minstens vijf centimeter die, als ze bewoog, een ingewikkelde slingerbeweging inzette die Mattia probeerde te ontleden langs de drie cartesiaanse assen. De afmeting van het sieraad en het contrast met Nadia's diepzwarte haar riepen bij hem de gedachte aan iets onbetamelijks op, bijna iets obsceens, wat hem tegelijkertijd bang maakte en opwond.

Ze gingen aan tafel zitten en Alberto schonk voor iedereen rode wijn in. Hij proostte plechtig op het artikel dat ze binnenkort zouden schrijven en dwong Mattia om in simpele bewoordingen aan Nadia uit te leggen waar het over ging. Zij reageerde met een onzekere glimlach, die verried dat ze aan iets anders dacht, waardoor hij meer dan eens de draad van zijn verhaal kwijtraakte.

'Klinkt interessant,' zei ze ten slotte, en Mattia keek naar de grond.

'Het is veel meer dan interessant,' zei Alberto, terwijl hij met zijn handen een ellipsoïde beschreef die Mattia voor zich zag alsof hij echt was.

Alberto's vrouw kwam aanlopen met een soepterrine waaruit een sterke komijngeur opsteeg. Het gesprek verplaatste zich naar het eten, neutraler terrein. Een spanning waarvan niemand zich echt bewust was geweest leek nu weg te vloeien. Iedereen, behalve Mattia, vertelde weemoedig over iets lekkers dat je daar in het noorden met geen mogelijkheid kon krijgen. Alberto had het over de ravioli van zijn moeder, toen ze die nog zelf maakte. Zijn vrouw vertelde over de insalata di mare die ze in hun studietijd samen aten in dat eettentje tegenover het strand. Nadia beschreef de cannoli met verse ricotta en snippertjes heel donkere chocola, zoals ze ze maakten bij de enige banketbakkerij in haar geboortedorp. Terwijl ze die beschreef, hield ze haar ogen dicht en zoog ze haar lippen naar binnen, alsof er nog iets van die smaak aan zat. Ze beet met haar voortanden even in haar onderlip en liet hem toen weer los. Mattia staarde naar dat detail zonder het zelf door te hebben. Hij vond Nadia's maniertjes aanstellerig, net als de vloeiende manier waarop ze met haar handen draaide en het zuidelijke accent waarmee ze de labialen uitsprak, vaak door er twee uit te spreken waar er maar één stond. Het was een duistere kracht die hem deprimeerde, maar ook het bloed naar zijn wangen joeg.

'Je moet gewoon het lef hebben om terug te gaan,' zei Nadia tot slot.

Ze bleven alle vier een poosje zwijgen. Ze leken na te denken over wat hen daar hield. Op een paar stappen afstand van de tafel sloeg Philip met zijn speeltjes tegen elkaar.

Alberto wist gedurende de hele maaltijd een haperend gesprek gaande te houden. Zelf praatte hij vaak lang achter elkaar, waarbij hij steeds ongecoördineerder met zijn handen wapperde.

Na het dessert stond zijn vrouw op om de borden weg te brengen. Nadia wilde haar helpen, maar ze zei dat ze moest blijven zitten waar ze zat en verdween naar de keuken.

Er viel een stilte. Mattia liet in gedachten verzonken zijn wijsvinger over de kartelrand van het mes glijden.

'Ik ga even kijken wat ze uitvoert,' zei Alberto en stond ook op. Vanachter Nadia's rug wierp hij Mattia een blik toe van je weet wat je te doen staat.

Nadia en hij bleven alleen met Philip. Ze keken op hetzelfde moment op, omdat er niets anders was om naar te kijken, en allebei schoten ze van verlegenheid in de lach.

'En jij?' vroeg Nadia na een poosje. 'Waarom heb jij ervoor gekozen om hier te blijven?'

Ze nam hem met half dichtgeknepen ogen op, alsof ze achter zijn geheim probeerde te komen. Ze had lange dikke wimpers die Mattia te onbeweeglijk vond om echt te zijn.

Hij stopte ermee om met zijn wijsvinger de kruimels op een rijtje te leggen en haalde zijn schouders op.

'Ik weet het niet,' zei hij. 'Het is net alsof er hier meer zuurstof in de lucht zit.'

Ze knikte peinzend, alsof ze het begreep. Uit de keuken kwamen de stemmen van Alberto en zijn vrouw die over alledaagse dingen praatten, de kraan die weer lekte en wie Philip naar bed zou brengen, dingen die Mattia op dat moment verschrikkelijk belangrijk leken.

Er viel opnieuw een stilte en hij probeerde uit alle macht iets te bedenken wat hij kon zeggen, iets wat normaal leek. Waar hij ook keek, Nadia was steeds in zijn blikveld, alsof ze te veel ruimte innam. Al zijn aandacht was gericht op de loodgrijze kleur van haar diep uitgesneden jurk, zelfs nu hij naar zijn lege glas staarde. Onder de tafel, verborgen achter het tafelkleed, waren hun benen, en hij stelde zich voor hoe ze daar beneden, in het donker, werden gedwongen tot ongewilde intimiteit.

Philip kwam naar hen toe en zette een autootje voor zijn neus, midden op zijn servet. Mattia keek naar het miniatuurmodel van de Maserati, en toen naar Philip, die hem op zijn beurt opnam en wachtte tot Mattia besloot in actie te komen.

Na enige aarzeling pakte Mattia het autootje tussen twee vingers en liet het heen en weer rijden over het tafelkleed. Hij voelde de veelbetekenende blik waarmee Nadia zijn onbeholpen gedoe zat op te nemen. Schuchter deed hij vroem, vroem. Toen gaf hij het op. Philip keek hem zwijgend en bozig aan. Hij stak zijn hand uit, pakte zijn autootje en ging alleen zitten spelen.

Mattia schonk zichzelf nog een glas wijn in en klokte het in één teug naar binnen. Toen besefte hij dat hij eerst aan Nadia had moeten vragen of zij nog wilde en vroeg wil je? Ze antwoordde nee, nee, en maakte een afwerend gebaar. Ze trok haar schouders naar elkaar toe, zoals je meestal doet als je het koud hebt.

Alberto kwam de kamer weer binnen en liet een soort gegrom horen. Hij wreef met zijn handen stevig over zijn gezicht.

'En nu slaapjes doen,' zei hij tegen het kind. Hij hees hem bij de kraag van zijn poloshirtje omhoog alsof hij een pop was.

Philip ging zonder protest mee. Voor hij de kamer uit was, wierp hij nog een blik op zijn speelgoed dat in een berg op de vloer lag, alsof hij er iets tussen had verstopt.

'Misschien moet ik ook maar eens gaan,' zei Nadia, maar niet in het bijzonder tegen Mattia.

'Ja, ik ook,' zei hij.

Ze trokken allebei hun beenspieren aan om op te staan, maar het was een valse start. Ze bleven zitten en keken elkaar opnieuw aan. Nadia glimlachte en Mattia voelde haar blik dwars door zich heen gaan, alsof hij tot op het bot werd uitgekleed en niets meer kon verbergen.

Ze stonden op, bijna tegelijkertijd. Ze zetten hun stoelen tegen de tafel en Mattia zag dat zij ook zo attent was om haar stoel daarbij op te tillen.

Toen Alberto binnenkwam, stonden ze daar allebei, zonder te weten hoe nu verder.

'Hè,' zei hij, 'gaan jullie nu al weg?'

'Het is laat, jullie zullen wel moe zijn,' antwoordde Nadia voor hen beiden.

Alberto keek met een samenzweerderige grijns naar Mattia.

'Ik zal een taxi voor jullie bellen,' zei hij.

'Ik neem de bus,' zei Mattia haastig.

Alberto keek hem smalend aan.

'Om deze tijd? Jij bent gek!' zei hij. 'Je komt toch langs Nadia's huis.'

34

De taxi zoefde over de verlaten straten in de buitenwijk, langs allemaal dezelfde flats zonder balkons. Enkele ramen, een paar maar, waren nog verlicht. In maart eindigden de dagen vroeg en de mensen pasten hun metabolisme aan aan de nacht.

'De steden zijn donkerder hier,' zei Nadia hardop denkend.

Ze zaten zo ver mogelijk uit elkaar op de achterbank. Mattia tuurde naar de veranderende getallen op de meter, hij keek hoe de rode streepjes aan- en uitfloepten om nieuwe getallen te vormen.

Zij dacht aan de belachelijke ruimte van eenzaamheid tussen hen in en probeerde moed te vatten om die met haar lichaam op te vullen. Haar flat was maar een paar blokken verder en net als de weg vloog ook de tijd voorbij. Niet alleen de tijd van die avond, maar ook de tijd dat zij als bijna vijfendertigjarige nog kansen had. Het laatste jaar, sinds ze het had uitgemaakt met Martin, had ze voor het eerst het gevoel gekregen dat deze plek haar vreemd was. Ze had last gekregen van de kou, die je huid uitdroogt en nooit helemaal weggaat, zelfs 's zomers niet. En toch kon ze er maar niet toe komen om te vertrekken. Ze was afhankelijk geworden van die plek, ze was eraan gehecht geraakt met de koppigheid waarmee je je alleen aan dingen hecht die slecht voor je zijn.

Ze bedacht dat, als er nog iets ging gebeuren, dat het dan

in die auto zou zijn. Daarna zou ze er niet meer de kracht voor hebben. Ze zou zich eindelijk zonder spijt aan haar vertalingen wijden, aan de boeken waarvan ze dag en nacht de bladzijden ontleedde, om haar brood te verdienen en als compensatie voor het gemis dat mettertijd pijnlijker werd.

Ze vond hem fascinerend. Hij was vreemd, nog vreemder dan de andere collega's die Alberto tevergeefs aan haar had voorgesteld. Het vak dat ze studeerden, leek alleen duistere persoonlijkheden aan te trekken, of ze in de loop der jaren zo te maken. Om iets grappigs te zeggen had ze Mattia kunnen vragen hoe dat met hem zat, maar ze had er geen zin in. Hoe dan ook, 'vreemd' dekte de lading. En onrustbarend. Maar hij had ook iets in zijn blik wat leek op een schitterend deeltje, dat in die donkere ogen ronddreef en dat geen enkele vrouw, dat wist Nadia zeker, nog had kunnen vangen.

Ze had hem uit zijn tent kunnen lokken, ze wilde niets liever dan dat. Ze had haar haren naar een kant gedrapeerd om hem haar blote hals toe te keren, en ze streek met haar vingers heen en weer langs de naad van het tasje dat ze op schoot had. Maar verder durfde ze niet te gaan en ze wilde zich ook niet naar hem toe draaien. Als hij ergens anders naar keek, wilde ze dat niet weten.

Mattia hoestte zachtjes in zijn gebalde hand om hem op te warmen. Hij merkte dat Nadia op hete kolen zat, maar kon niet in actie komen. En al had hij in actie willen komen, dacht hij, dan nog had hij niet geweten wat hij moest doen. Denis had hem eens verteld, toen hij het over zichzelf had, dat toenaderingspogingen altijd hetzelfde zijn, net als openingen bij het schaken. Je hoeft niets nieuws te verzinnen, dat is niet nodig, want je wilt allebei precies hetzelfde. Daarna komt het spel vanzelf op gang en dan wordt de strategie belangrijk.

Maar ik ken niet eens de openingszetten, dacht hij.

Wat hij deed, was zijn linkerhand in het midden van de achterbank leggen, alsof hij het uiteinde van een landvast in zee gooide. En daar liet hij hem liggen, hoewel hij de rillingen kreeg van de synthetische bekleding.

Nadia begreep het en schoof stilletjes, zonder bruuske bewegingen, naar het midden. Ze tilde zijn arm op bij de pols, alsof ze het wist, en legde hem om haar schouders. Ze vlijde haar hoofd tegen zijn borst en sloot haar ogen.

Ze had een sterk parfum op dat zich schuilhield in haar haren, zich aan Mattia's kleren hechtte en bezit nam van zijn neusgaten.

De taxi stopte aan de linkerkant, voor het huis van Nadia, en liet de motor draaien.

'*Seventeen thirty*,' zei de taxichauffeur.

Zij kwam overeind en ze dachten allebei aan de moeite die het zou kosten om diezelfde toestand weer te bereiken, om opnieuw een evenwicht te doorbreken en een ander te vinden. Ze vroegen zich af of ze daar nog toe in staat zouden zijn.

Mattia voelde in zijn zakken en vond zijn portemonnee. Hij gaf een briefje van twintig en zei *no change, thanks*. Zij deed het portier open.

Nu loop je achter haar aan, dacht Mattia, maar hij kwam niet in beweging.

Nadia stond al op de stoep. De taxichauffeur keek in het achteruitkijkspiegeltje naar Mattia en wachtte op instructies. Alle vakjes van de meter waren verlicht en stonden te knipperen op 00.00.

'Kom,' zei Nadia, en hij gehoorzaamde.

De taxi reed weg en ze liepen een steile trap op. De met blauwe vloerbedekking beklede treden waren zo smal dat Mattia zijn voeten schuin neer moest zetten.

Het appartement van Nadia was schoon en tot in de puntjes verzorgd, zoals het huis van een alleenstaande vrouw er vaak uitziet. Midden op de ronde tafel stond een rieten mandje met gedroogde bloemblaadjes die al heel lang niet meer geurden. De wanden waren geschilderd in felle kleuren, oranje, blauw en eigeel, die in het noorden zo ongebruikelijk waren dat het iets oneerbiedigs had.

Mattia kwam schoorvoetend binnen en keek hoe Nadia haar jas uitdeed en op een stoel legde, met de nonchalance van iemand die zich in zijn eigen ruimte beweegt.

'Ik pak iets te drinken,' zei ze.

Hij wachtte midden in de kamer, met zijn geschonden handen diep in zijn zakken. Nadia kwam even later terug met twee halfvolle glazen rode wijn. Ze had binnenpret.

'Ik ben er niet meer aan gewend. Het is al heel lang niet meer gebeurd,' bekende ze.

'Geeft niet,' antwoordde Mattia, in plaats van te zeggen dat het hem nog nooit was gebeurd.

Ze nipten in stilte aan hun wijn en keken intussen behoedzaam om zich heen. Af en toe kruisten hun blikken elkaar en steeds als dat gebeurde, glimlachten ze even, als twee kleine kinderen.

Nadia zat met opgetrokken benen op de bank om de afstand tussen hen te verkleinen. Het toneel was gereed. Het enige wat nog ontbrak, was een handeling, een koelbloedige demarrage, snel en overrompelend als elk begin.

Ze dacht er nog even over na. Toen zette ze haar glas achter de bank op de grond, zodat ze het niet per ongeluk om zou trappen, en boog resoluut naar Mattia over. Ze kuste hem. Ze schoof met haar voeten haar schoenen met hoge hakken uit, die met een plof op de grond vielen. Ze ging schrijlings op hem zitten zonder hem de kans te geven om nee te zeggen.

Ze nam het glas van hem over en legde zijn handen op haar heupen. Mattia's tong was verstijfd. Ze begon verwoed de hare om de zijne te draaien om hem in beweging te krijgen, en eindelijk ging hij hetzelfde doen, in omgekeerde richting.

Ze rolden enigszins onbeholpen naar één kant en Mattia belandde onder haar. Zijn ene been hing van de bank naar beneden en zijn andere kon hij niet bewegen omdat zij erop lag. Hij dacht aan het ronddraaien van zijn tong, de periodieke beweging, maar hij kon zich al gauw niet meer concentreren, alsof het gecompliceerde raderwerk van zijn gedachten werd geblokkeerd doordat Nadia's gezicht tegen het zijne drukte, net als die keer met Alice.

Hij liet zijn handen onder Nadia's jurk glijden en vond het contact met haar huid niet onaangenaam. Ze kleedden zich langzaam uit, zonder elkaar los te laten of hun ogen open te doen, want er was te veel licht in de kamer en de geringste onderbreking zou aanleiding zijn geweest om op te houden.

Terwijl hij met de sluiting van haar bh aan het prutsen was, dacht Mattia het gebeurt. Eindelijk gebeurt het, op een manier die je nooit had gedacht.

35

Fabio was vroeg opgestaan. Hij had de wekker afgezet zodat Alice hem niet zou horen, en zijn best gedaan om de kamer uit te lopen zonder naar zijn vrouw te kijken. Zij lag aan haar kant van het bed met een arm boven het laken en haar hand eromheen geklemd, alsof ze droomde dat ze zich ergens aan vastklampte.

Hij was van uitputting in slaap gevallen en had een hele reeks nachtmerries gehad, de ene nog naargeestiger dan de andere. Nu voelde hij de behoefte om iets met zijn handen te doen, zich vuil te maken, te zweten en zijn spieren af te matten. Hij overwoog naar het ziekenhuis te gaan en een extra dienst te draaien, maar zoals elke tweede zaterdag van de maand zouden zijn ouders komen lunchen. Twee keer pakte hij de telefoon om ze te bellen en te zeggen dat ze niet moesten komen, omdat Alice zich niet goed voelde. Maar dan zouden ze daarna, zorgelijk als ze waren, bellen om te vragen hoe het met haar ging, en dan kreeg hij weer een woordenwisseling met zijn vrouw en werd alles nog erger.

In de keuken trok hij zijn T-shirt uit. Hij dronk melk uit de koelkast. Hij kon doen alsof er niets aan de hand was, zich gedragen alsof er die nacht niets was gebeurd en gewoon doorgaan zoals hij altijd had gedaan, maar hij voelde achter in zijn keel een misselijkheid die nieuw voor hem was. De huid van zijn gezicht trok door de tranen die op zijn wangen waren opgedroogd. Hij waste zich bij de gootsteen en droogde zich af met de keukendoek die ernaast hing.

Hij keek door het raam. De lucht was bewolkt, maar de zon zou zo wel doorbreken. Zo ging het altijd in die tijd van het jaar. Op een dag als deze had hij met zijn zoon kunnen gaan fietsen, over het pad langs het kanaal tot aan het park. Daar zouden ze bij de fontein water hebben gedronken en op het gras zijn gaan zitten, een halfuurtje maar. Daarna zouden ze terug zijn gegaan, dit keer over de weg. Ze zouden even bij de banketbakker zijn langsgegaan en een paar taartjes hebben gekocht voor de lunch.

Hij vroeg niet veel. Alleen de gewone dingen die hem toekwamen.

Hij ging naar de garage, nog steeds in zijn onderbroek. Hij haalde de gereedschapskist van de bovenste plank en het gewicht gaf hem even een gevoel van opluchting. Hij pakte een schroevendraaier, een steeksleutel van negen en een van twaalf, en begon systematisch, onderdeel voor onderdeel, de fiets te demonteren.

Om te beginnen smeerde hij de tandwielen, toen poetste hij het frame met een in alcohol gedrenkte doek. Hij krabde met zijn nagel de modderspetters weg die er nog op zaten. Ook de spleten tussen de pedalen, waar je met je vingers niet bij kon, maakte hij goed schoon. Hij zette de onderdelen weer in elkaar en controleerde de handremmen. Hij stelde ze zo af dat ze precies even strak stonden. Hij pompte allebei de banden op en voelde met de palm van zijn hand de spanning.

Hij deed een stap achteruit, veegde zijn handen aan zijn dijen af en keek naar zijn werk, met het onaangename gevoel dat niets hem meer kon schelen. Hij schopte de fiets om. De fiets klapte opzij, als een dier. Een pedaal begon rond te draaien in de lucht en Fabio luisterde naar het hypnotiserende gegons, totdat het weer stil was.

Hij wilde de garage uit lopen, maar keerde toen weer om.

Hij tilde de fiets op en zette hem weer op zijn plaats. Hij kon het niet laten om te controleren of er iets beschadigd was. Hij vroeg zich af waarom hij niet in staat was wanorde te verdragen, de woede die in zijn hoofd kolkte de vrije loop te laten, te vloeken en dingen kapot te meppen. Waarom hij liever had dat alles in orde leek, ook als dat niet zo was.

Hij deed het licht uit en liep de trap op.

Alice zat aan de keukentafel. Ze nipte aan een kopje thee, in gedachten verzonken. Alleen het doosje met zoetjes stond voor haar. Ze keek naar hem op.

'Waarom heb je me niet wakker gemaakt?'

Fabio haalde zijn schouders op. Hij liep naar de kraan en draaide hem helemaal open.

'Je lag lekker te slapen,' antwoordde hij.

Hij deed wat afwasmiddel op zijn handen en wreef ze onder de waterstraal stevig tegen elkaar om de zwarte vetvegen weg te krijgen.

'Ik kom laat thuis voor de lunch,' zei ze.

Fabio haalde zijn schouders op.

'We kunnen de lunch ook laten zitten,' zei hij.

'Hoe dat zo opeens?'

Hij wreef zijn handen nog harder tegen elkaar.

'Weet ik niet. Zomaar een idee.'

'Een nieuw idee.'

'Ja, je hebt gelijk. Het is een klote-idee,' antwoordde Fabio, zich verbijtend.

Hij draaide de kraan dicht en liep bijna op een holletje de keuken uit. Even later hoorde Alice de douche klateren. Ze zette het kopje in de gootsteen en liep terug naar de slaapkamer om zich aan te kleden.

Aan Fabio's kant waren de lakens verfrommeld, vol kreukels die onder het gewicht van zijn lichaam waren platgedrukt. Het kussen was dubbelgevouwen, alsof hij er met zijn hoofd onder had gelegen, en de dekens waren weggetrapt en lagen op een hoopje aan het voeteneind. Er hing een lichte zweetgeur, zoals elke ochtend, en Alice zette het raam wagenwijd open om te luchten.

De meubels die de avond daarvoor nog een ziel leken te hebben, een eigen adem, waren nu niets meer dan haar slaapkamermeubels, geurloos als haar lauwe berusting.

Ze maakte het bed op: ze trok de lakens netjes recht en stopte de hoeken onder het matras. Ze sloeg de bovenkant om tot halverwege het kussen, zoals Sol het haar had geleerd, en kleedde zich aan. Uit de badkamer klonk het gezoem van Fabio's elektrische scheerapparaat dat zij al tijdenlang associeerde met slaperige weekendochtenden.

Ze vroeg zich af of de discussie van de vorige nacht anders was geweest dan de andere of zou aflopen als altijd: Fabio die haar na de douche en zijn T-shirt nog niet aan van achteren zou omhelzen en zijn hoofd tegen haar haren zou drukken, langdurig, totdat de wrok was vervlogen. Er was geen andere oplossing mogelijk op dit moment.

Alice probeerde zich voor te stellen hoe het zonder hem zou zijn. Ze bleef in gedachten verzonken naar de gordijnen kijken, die zachtjes opbolden door de tocht. Ze bespeurde een vaag gevoel van verlatenheid, een soort voorgevoel, iets wat leek op wat ze had gevoeld in die kloof vol sneeuw en later in de kamer van Mattia, en wat ze nu nog elke keer voelde als ze voor het onbeslapen bed van haar moeder stond. Ze legde haar wijsvinger op het uitstekende heupbeen en streek ermee over de scherpe rand waar ze geen afstand van wilde doen, en toen het gezoem van het scheerapparaat ophield, schudde ze haar hoofd en liep terug naar de keuken: ze hoefde zich nu alleen maar te bekommeren om zoiets concreets als de lunch.

Ze snipperde de ui en sneed een blokje boter af dat ze op een schoteltje apart zette. Allemaal dingen die Fabio haar had geleerd. Ze had zich aangewend om voedsel met een aseptische afstand te bereiden: ze verrichtte een reeks simpele handelingen waarvan het eindresultaat niets met haar te maken had.

Ze trok het rode elastiekje van de bos asperges, spoelde ze af onder het koude water en legde ze op een snijplank. Ze zette een pan met water op het vuur.

Door het naderbij komen van kleine geluidjes merkte ze dat Fabio in de kamer was. Ze verstijfde en wachtte tot ze zijn lichaam tegen zich aan zou voelen.

Maar hij ging op de bank zitten en begon afwezig in een tijdschrift te bladeren.

'Fabio,' riep ze, zonder goed te weten wat ze tegen hem zou zeggen.

Hij antwoordde niet. Hij sloeg met meer lawaai dan nodig een bladzijde om. Hij pakte een hoek tussen zijn vingers, aarzelend of hij hem eruit zou scheuren of niet.

'Fabio,' zei ze nog een keer, net zo hard als eerst, maar nu draaide ze zich om.

'Wat is er?'

'Zou je de rijst voor me willen pakken? Hij staat bovenin. Ik kan er niet bij.'

Dat was gewoon een smoes, ze wisten het allebei. Het was gewoon een manier om te zeggen kom eens hier.

Fabio gooide het tijdschrift op de salontafel, en het vloog tegen een van een halve kokosnoot gemaakte asbak die om zijn as begon te tollen. Hij bleef een paar seconden met zijn handen op zijn knieën zitten, alsof hij erover nadacht. Toen stond hij ineens op en liep naar de gootsteen.

'Waar?' vroeg hij kwaad, zonder Alice aan te kijken.

'Daar,' wees ze.

Fabio trok een stoel naar de koelkast, de poten piepten over de keramische tegels. Hij ging erop staan. Hij had blote voeten. Alice keek ernaar alsof ze ze niet kende en vond ze aantrekkelijk, maar op een enigszins angstaanjagende manier.

Hij pakte het pak rijst. Het was al open. Hij schudde het. Toen glimlachte hij. Het was een glimlach die Alice sinister vond. Hij hield het pak schuin en de rijst begon op de grond te vallen, als een wit, licht regenbuitje.

'Wat doe je?' vroeg Alice.

Fabio lachte.

'Hier is je rijst', antwoordde hij.

Hij schudde het pak harder heen en weer en de korrels rolden door de hele keuken. Alice liep naar hem toe.

'Hou op,' zei ze, maar hij negeerde haar. Alice zei het nog iets luider.

'Net als op onze trouwerij, weet je nog? Onze ongelofelijke klotetrouwerij,' schreeuwde Fabio.

Ze greep hem bij zijn kuit om hem tegen te houden en hij strooide de rijst op haar hoofd. Er bleven een paar korrels tussen haar gladde haren zitten. Ze keek hem van onderaf aan en zei weer hou op.

Er kwam een korrel in haar oog en dat deed pijn. Met haar ogen dicht gaf Alice een klap tegen Fabio's scheenbeen. Hij reageerde door zijn been hard heen en weer te schudden, waardoor hij haar vlak onder haar linkerschouder een trap gaf. De slechte knie van zijn vrouw deed wat hij kon om haar overeind te houden, hij boog eerst naar voren en toen naar achteren, als een scharnier zonder pen, en toen viel ze op de grond.

Het pak rijst was leeg. Fabio bleef geschrokken op de stoel naar zijn vrouw staan kijken, die als een kat opgerold op de grond lag. Met een schok kwam hij weer bij zinnen.

Hij stapte van de stoel af.

'Ali, heb je je pijn gedaan?' vroeg hij. 'Laat eens zien.'

Hij legde een hand onder haar hoofd om haar gezicht te bekijken, maar zij sloeg wild om zich heen.

'Laat me los!' krijste ze.

'Sorry, schatje,' bezwoer hij. 'Heb je je...'

'Donder op!' schreeuwde Alice, met een kracht in haar stem die geen van beiden voor mogelijk had gehouden.

Fabio deinsde achteruit. Zijn handen trilden. Hij deed twee stappen naar achteren en stotterde toen oké. Hij rende naar de slaapkamer en kwam weer tevoorschijn met een T-shirt en schoenen aan. Hij verliet het huis en keek niet om naar zijn vrouw, die er nog net zo bij lag.

36

Alice streek haar haren achter haar oren. Boven haar hoofd stond het kastdeurtje nog open, voor haar stond de levenloze stoel. Ze had zich geen pijn gedaan. Ze moest niet huilen. Ze kon niet nadenken over wat er zojuist was gebeurd.

Ze begon de rijstkorrels die over de vloer verspreid lagen op te rapen. De eerste pakte ze een voor een. Toen begon ze ze met de palm van haar hand bij elkaar te vegen.

Ze stond op en gooide een handje in de pan, waarin het water al kookte. Ze bleef staan kijken hoe ze ordeloos op en neer bewogen door de convectie. Zo had Mattia dat eens genoemd. Ze deed het vuur uit en ging op de bank zitten.

Ze zou niets opruimen. Ze zou wachten tot haar schoonouders kwamen en haar zo aantroffen. Ze zou hun vertellen hoe Fabio zich had gedragen.

Maar er kwam niemand. Hij had ze zeker gewaarschuwd. Of hij was naar ze toe gegaan en vertelde hun nu zijn versie, vertelde hun dat Alices buik zo dor was als een opgedroogd meer en dat hij zo niet verder kon.

Het huis was in stilte gedompeld en het licht leek geen plek te kunnen vinden. Alice pakte de hoorn van de telefoon en toetste het nummer van haar vader.

‘Hallo?’ antwoordde Soledad.

‘Hallo, Sol.’

‘Hallo, *mi amorcito*. Hoe is ’t met mijn meisje?’ vroeg haar verzorgster Sol, liefdevol als altijd.

''t Gaat,' zei Alice.

'Hoezo? *¿Qué pasó?*'

Alice bleef even stil.

'Is papa er?' vroeg ze.

'Hij slaapt. Zal ik hem wakker maken?'

Alice dacht aan haar vader in de grote kamer die hij nu alleen nog met zijn gedachten deelde, en aan de dichte rolluiken die strepen licht op zijn slapende lichaam tekenden. De tijd had de rancune die altijd tussen hen in had gestaan uitgewist, Alice dacht er niet eens meer aan. Wat haar in dat huis het zwaarste viel, de ernstige, doordringende blik van haar vader, was wat ze nu het meeste miste. Hij zou niets tegen haar zeggen, hij zei tegenwoordig niet veel meer. Hij zou over haar wang aaien en Sol vragen schone lakens op haar bed te leggen, en dat zou genoeg zijn. Er was na de dood van haar moeder iets in hem veranderd: hij was als het ware losser geworden. Paradoxaal genoeg wilde haar vader haar juist meer beschermen, sinds Fabio in Alices leven was gekomen. Hij had het niet meer over zichzelf, hij liet haar praten, hij droomde weg bij de stem van zijn dochter, meer door het timbre dan door de woorden, en hij antwoordde met peinzend gemompel.

Zijn momenten van afwezigheid waren ongeveer een jaar geleden begonnen, toen hij Soledad op een avond voor het eerst met Fernanda had verwisseld. Hij had haar naar zich toe getrokken om haar te kussen, alsof het echt om zijn vrouw ging, en Sol was gedwongen geweest om hem een tikje op zijn wang te geven, waarop hij had gereageerd als een drenzend kind. De dag erna kon hij zich er niets meer van herinneren, maar omdat hij vaag het gevoel had dat er iets niet klopte, dat het vaste ritme van de tijd was verstoord, had hij aan Sol gevraagd wat er was gebeurd. Ze had geprobeerd niet te antwoorden, het gesprek een andere wending te geven, maar hij had haar geen kans gegeven. Toen de huishoudster de waarheid had verteld, was hij somber geworden, had geknikt, zich omgedraaid en het spijt me gefluisterd. Daarna had hij zich in zijn studeerkamer teruggetrokken en was daar tot het avondeten gebleven, zonder te slapen of iets anders te doen. Hij was aan zijn bureau gaan zitten met zijn handen op het notenhouten blad, en had vergeefs geprobeerd het ontbrekende deel van de band van zijn geheugen te reconstrueren.

Dit soort voorvallen vond steeds vaker plaats en alle drie, Alice, haar vader en Sol, deden ze hun best om te doen alsof er niets aan de hand was, in afwachting van het moment dat dat niet meer mogelijk zou zijn.

'Ali?' drong Sol aan. 'Zal ik hem nou wakker maken of niet?'

'Nee, nee,' zei Alice gauw. 'Maak hem maar niet wakker. Er is niets.'

'Echt niet?'

'Nee. Laat hem rusten.'

Ze hing weer op en ging op de bank liggen. Ze dwong zichzelf haar ogen open te houden en op het gestuukte plafond te richten. Ze wilde dit moment, waarop ze voelde dat er iets nieuws gebeurde, iets veranderde zonder dat ze er greep op had, bewust meemaken. Ze wilde getuige zijn van de zoveelste kleine ramp, alle fasen ervan onthouden, maar binnen een paar minuten werd haar ademhaling regelmatiger en viel Alice in slaap.

37

Mattia verbaasde zich erover dat hij nog een instinct had, diep verborgen onder het dichte net van gedachten en abstracties dat eromheen was geweven. Hij verbaasde zich over het geweld waarmee dat instinct naar buiten brak en resoluut zijn handelingen stuurde.

De terugkeer naar de werkelijkheid was nog pijnlijker. Het niet vertrouwde lichaam van Nadia lag boven op het zijne. Het contact met haar zweet aan de ene en de gerimpelde bankbekleding en hun geplette kleren aan de andere kant was verstikkend. Ze ademde rustig. Mattia bedacht dat er, als de verhouding tussen de perioden van hun ademhaling een irrationaal getal was, er geen enkele manier bestond om ze te laten samenvallen en er een regelmaat in te ontdekken.

Door Nadia's haardos heen sperde hij zijn mond open om meer zuurstof binnen te halen, maar de lucht was verzadigd van een zware condens. Hij wilde iets over zich heen trekken. Hij draaide zijn been, omdat hij voelde dat zijn penis, die slap en koud was geworden, tegen haar been lag. Hij stootte met zijn knie onhandig tegen haar aan. Nadia schrok en hief haar hoofd op. Ze was al in slaap gevallen.

'Sorry,' zei Mattia.

'Geeft niet.'

Ze kuste hem en haar adem was te warm. Hij verroerde zich niet en wachtte tot ze op zou houden.

'Zullen we naar de slaapkamer gaan?' vroeg ze.

Mattia knikte. Hij was liever naar huis gegaan, naar zijn comfortabele niets, maar hij wist dat dat niet hoorde.

Terwijl ze ieder aan een kant van het bed onder de lakens schoven, voelden ze de gêne en gekunsteldheid van het moment. Nadia glimlachte naar hem alsof ze zeggen wilde het is allemaal oké. Ze vlijde zich in het donker tegen zijn schouder. Ze gaf hem nog een kus en viel toen al snel in slaap.

Mattia deed ook zijn ogen dicht, maar moest ze meteen weer opendoen, want hij werd overvallen door allerlei vreselijke herinneringen die onder zijn oogleden lagen opgeslagen. Opnieuw stokte de adem in zijn keel. Hij reikte met zijn linkerhand onder het bed en begon met zijn duim langs de ijzeren spiraal te wrijven, over de puntige hobbel waar twee ringen in elkaar grepen. In het donker bracht hij zijn duim naar zijn mond en zoog erop. De smaak van het bloed kalmeerde hem een paar seconden.

Langzaam begon hij de onbekende geluiden in Nadia's flat op te merken: het zachte gezoem van de koelkast, het geruis van de verwarming dat om de paar seconden onderbroken werd door een tik van de verwarmingsketel, en een klok in de andere kamer, die volgens hem te langzaam tikte. Hij wilde zijn benen bewegen, opstaan. Nadia was in het midden van het bed blijven liggen, waardoor hij geen ruimte had om zich om te draaien. Haar haren prikten in zijn hals en door haar ademhaling werd de huid van zijn borst droog. Mattia besefte dat hij geen oog dicht zou doen. Het was laat, misschien al over tweeën, en de volgende ochtend moest hij college geven. Hij zou te moe zijn en gegarandeerd fouten maken op het bord, hij zou een modderfiguur slaan tegenover zijn studenten. In zijn eigen huis zou hij wel kunnen slapen, al was het maar een paar uurtjes.

Als ik zachtjes doe, merkt ze niets, dacht hij.

Hij bleef nog ruim een minuut roerloos liggen om erover na te denken. De geluiden werden steeds doordringerder. Hij verstijfde van de zoveelste harde tik van de verwarmingsketel en besloot weg te gaan.

Het lukt hem met kleine beweginkjes zijn arm onder Nadia's hoofd vandaan te trekken. In haar slaap merkte ze dat die arm er niet meer was en ze ging verliggen om hem terug te vinden. Mattia drukte zich op zijn arm omhoog. Hij zette zijn ene voet op de grond en daarna ook de andere. Toen hij opstond, kwam de spiraal zachtjes piepend weer omhoog.

In het schemerdonker draaide hij zich om en keek naar haar. Hij herinnerde zich vaag het moment dat hij Michela de rug had toegekeerd in het park.

Hij liep op blote voeten naar de zitkamer, en pakte zijn kleren van de bank en zijn schoenen van de vloer. Zoals altijd draaide hij het slot van de deur geluidloos open en toen hij in de gang stond, met zijn broek nog steeds in zijn handen, kon hij eindelijk weer diep ademhalen.

38

Die zaterdag van de rijst had Fabio haar pas op haar mobiele telefoon gebeld toen het al avond was. Alice had zich afgevraagd waarom hij het niet eerst op de vaste telefoon thuis had geprobeerd, maar toen bedacht ze dat het misschien was omdat de vaste telefoon iets van hen tweeën was en hij op dat moment niets te maken wilde hebben met iets wat ze samen deelden, net als zij dat niet wilde. Het was ondanks de lange stiltes een kort gesprek geweest. Hij had gezegd vannacht blijf ik hier, alsof daar niet meer aan te tornen viel, en zij had gezegd voor mijn part blijf je morgen ook daar en daarna nog zo lang als je maar wilt. En toen die vermoeiende details waren geregeld, had Fabio nog gezegd het spijt me, Ali, en zij had opgehangen zonder te zeggen mij ook.

Ze had de telefoon daarna niet meer opgenomen. Fabio had al snel afgehaakt en in een aanval van zelfmedelijden had ze gezegd zie je wel? Op haar blote voeten door het huis lopend had ze wat spullen van haar man bij elkaar gegraaid, papieren en kleren, en ze in een grote doos gedaan die ze vervolgens in de hal had gezet.

Op een avond was ze thuisgekomen van haar werk en had hem niet meer aangetroffen. Veel meer had Fabio niet meegenomen, de meubels stonden allemaal op hun plaats en de kast zat nog vol spullen van hem, maar in de boekenkast in de woonkamer zaten nu gaten tussen de boeken, donkere ruimten die het begin van het einde aankondigden.

Ze had er een poos naar staan kijken en voor het eerst had hun breuk de zichtbare omtrek van een gegeven feit aangenomen, de massieve samenstelling van een vaste stof.

Opgelucht had ze zich helemaal laten gaan. Ze had het gevoel dat alles wat ze had gedaan altijd voor een ander was geweest, maar nu was ze alleen en kon ze daar rustig mee ophouden, ze kon zich gewoon overgeven. Ze had meer tijd voor dezelfde dingen, maar ze merkte dat haar bewegingen traag waren, moeizaam, alsof ze door een taaie vloeistof waadde. Uiteindelijk liet ze zelfs de simpelste klusjes liggen. Vuile kleren stapelden zich op in de badkamer en zij lag uren op de bank en wist dat ze daar lagen, dat het een fluitje van een cent was, maar dat was blijkbaar voor geen van haar spieren reden om in actie te komen.

Om niet te hoeven werken had ze gezegd dat ze griep had. Ze sliep veel langer dan nodig was, zelfs midden op de dag. Ze deed niet eens de rolluiken meer omlaag, ze hoefde alleen maar haar ogen dicht te doen om het licht buiten te sluiten, om de dingen om haar heen uit te bannen en niet meer aan dat weerzinwekkende lichaam te denken, dat steeds zwakker werd maar haar gedachten hardnekkig in beslag bleef nemen. De ernst van de gevolgen was steeds aanwezig, als een onbekende die tegen haar aan sliep. Hij waakte over haar, ook als Alice in een diepe slaap viel, een slaap vol dromen die steeds meer op een verslaving leek. Als ze een droge keel had, dacht ze dat ze stikte. Als haar arm sliep, omdat hij te lang onder het kussen had gelegen, dan kwam dat doordat er een herdershond op stond te kluiven. Als haar voeten koud waren, omdat ze door haar gedraai onder de dekens uitstaken, dan lag Alice weer onder in de kloof tot haar nek in de sneeuw. Maar ze was niet bang. Bijna nooit. Door de verlamming kon ze alleen haar tong bewegen en die stak ze zo ver uit dat ze de sneeuw kon proeven. Hij was zoet en Alice had er graag van willen eten, maar ze kon haar hoofd niet draaien. Dus lag ze daar maar te wachten tot de kou door haar benen omhoog zou trekken naar haar buik, en zich vandaar zou verspreiden door haar aderen en haar bloed zou doen stollen.

Zodra ze wakker was, werd ze bestormd door gedachten waar maar ten dele een lijn in zat. Alice stond op als het echt niet anders kon en de mist van de halfslaap langzaam optrok. Melkachtige resten bleven achter, afgebroken herinneringen die zich met andere herinneringen vermengden en niet minder waar leken. Ze dwaalde als een schim van zichzelf door het stille appartement en probeerde langzaam weer helderheid te krijgen in haar hoofd. Ik word gek, dacht ze bij vlagen. Maar ze vond het niet erg. Integendeel, ze moest erom glimlachen, want ze maakte nu eindelijk haar eigen keuzen.

'S Avonds at ze blaadjes sla, die ze direct uit het plastic zakje viste. Ze waren knapperig en bestonden uit niets. Ze smaakten alleen maar naar water. Ze at ze niet om haar maag te vullen maar alleen om het ritueel van het avondeten te vervangen en op een of andere manier iets met die tijd te doen waarvan ze niet wist wat ze er anders mee moest. Ze kauwde op de sla tot ze misselijk werd van dat substantieloze spul.

Ze probeerde Fabio en zichzelf uit haar systeem te krijgen, en ook alle zinloze inspanningen die ze had geleverd om zover te komen, en vervolgens met lege handen achter te blijven. Ze observeerde nieuwsgierig, maar van een afstand, hoe haar zwakheden, haar obsessies, weer de kop opstaken. Deze keer zou ze die laten beslissen, zelf had ze er immers niets van terechtgebracht. Tegenover sommige dingen van jezelf sta je machteloos, zei ze bij zichzelf, terwijl ze zich tevreden mee liet voeren naar de tijd dat ze nog een meisje was. Naar het moment dat Mattia was weggegaan en even later ook haar moeder, met verschillende bestemmingen, maar even ver bij haar vandaan. Mattia. Ja, ze dacht vaak aan hem. Weer. Hij leek ook wel een ziekte, een waarvan ze niet echt wilde genezen. Je kunt ook alleen van een herinnering ziek worden, en zij was ziek geworden van die middag in de auto, tegenover het park, toen ze haar gezicht voor het zijne had gehouden, zodat hij die gruwelplek niet meer zag.

Hoe ze ook haar best deed, ze kon van al die jaren met Fabio geen enkel beeld oproepen waarvan haar hart zo ineenkromp, dat even woest van kleur was en dat ze nog steeds voelde op haar huid, bij de wortels van haar haren en tussen haar benen. Ja, er was die keer geweest dat ze bij Riccardo en zijn vrouw aten en heel veel gelachen en gedronken hadden; toen ze Alessandra hielp met afwassen, had ze haar duim gesneden aan een glas dat in haar handen kapot was gegaan en terwijl ze het liet vallen had ze au gezegd. Ze had het helemaal niet hard gezegd, ze had het zachtjes gemompeld, maar Fabio had het gehoord en was aan komen rennen. Hij had haar duim onder het licht bekeken en had hem, naar haar overbuigend, naar zijn lippen gebracht en er toen, alsof het zijn eigen duim was, aan gezogen om het bloeden te stelpen. Met haar duim in zijn mond had hij naar haar opgekeken, met die glasheldere ogen waartegen Alice geen verweer had. Toen had hij zijn hand om de wond gesloten en Alice op haar mond gekust. Ze had in zijn speeksel de smaak van haar eigen bloed geproefd en zich voorgesteld dat het door het hele lichaam van haar man was gestroomd voordat het, gezuiverd als bij een dialyse, weer bij haar terugkwam.

Er was die keer geweest, en nog een oneindig aantal andere keren, maar die herinnerde Alice zich niet meer, want de liefde van iemand van wie we niet houden, slaat neer op de oppervlakte en verdampt snel. Wat was overgebleven, was een bijna onzichtbare, lichtrode plek op haar strakke huid, daar waar Fabio haar een trap had gegeven.

Soms, vooral 's avonds, dacht ze terug aan zijn woorden *Ik kan het zo niet meer*. Dan streelde ze haar buik en probeerde zich voor te stellen hoe het zou zijn als er iemand in zat die daar rondzwom in het koude vocht. *Leg me uit wat er is*. Maar er viel niets uit te leggen. Er was geen reden, of misschien waren er wel vele. Het was niet ergens mee begonnen. Zij was het en verder niets, en zij wilde niemand in haar buik.

Misschien zou ik hem dit moeten zeggen, dacht ze op zo'n moment.

Dan pakte ze haar mobiele telefoon en liep het adresboek door tot de F. Ze wreef met haar duim over de toetsen, alsof ze hoopte dat ze hem per ongeluk zou bellen. Maar dan drukte ze op de rode toets. Fabio terugzien, met hem praten, dingen reconstrueren: het leek haar allemaal een bovenmenselijke inspanning en ze bleef liever zitten kijken hoe op de meubels in de zitkamer een laag stof kwam te liggen die met de dag dikker werd.

39

Hij keek zijn studenten bijna nooit aan. Als hij hun lichte ogen op het bord en op hem waren gericht zag, voelde hij zich naakt. Mattia schreef zijn berekeningen op en lichtte ze nauwkeurig toe, alsof hij ze ook aan zichzelf uitlegde. De collegezaal was veel te groot voor het dozijn vierdejaarsstudenten die zijn cursus algebraïsche topologie volgden. Ze zaten op de eerste drie rijen, altijd min of meer op dezelfde plaats en altijd met een lege stoel tussen hen in, zoals hij ook had gedaan toen hij studeerde, maar hij kon in geen van hen iets ontdekken wat hem aan zichzelf deed denken.

In de stilte hoorde hij de deur achter in de zaal dichtgaan, maar hij draaide zich niet om voordat het bewijs af was. Hij sloeg om naar de volgende bladzijde van zijn aantekeningen, die hij niet echt nodig had, legde de pagina's weer netjes op elkaar, en toen pas merkte hij een nieuwe figuur boven in zijn gezichtsveld. Hij keek omhoog en zag Nadia. Ze was op de achterste rij gaan zitten, ze was in het wit gekleed. Ze had haar benen over elkaar geslagen en groette hem niet.

Mattia probeerde zijn paniek te verbergen en ging verder met de uitleg van de volgende stelling. Halverwege raakte hij de draad kwijt, zei *I'm sorry* en zocht tussen zijn aantekeningen naar het betreffende gedeelte, maar zijn concentratie was weg. De studenten begonnen nauwelijks hoorbaar te roezemoezen, want de docent had het hele studiejaar nog nooit een moment van aarzeling gehad.

Hij ging weer verder en maakte zijn verhaal af. Hij schreef snel en hoe dichter hij bij de rechterrand van het bord kwam, hoe schuiner zijn schrift werd. De laatste twee bewijsstappen schreef hij vlak naast elkaar in een hoek bovenin, omdat er niet genoeg ruimte over was. Een paar studenten bogen zich naar voren om de exponenten en indices te kunnen zien, die niet meer te onderscheiden waren van de formules eromheen. Het was nog een kwartier voor het einde van de les toen Mattia zei *okay, I'll see you tomorrow*.

Hij legde het krijtje neer en zag de studenten verbaasd opstaan en aarzelend groeten voor ze het lokaal verlieten. Nadia zat er nog, in dezelfde houding, en niemand leek haar op te merken.

Ze bleven alleen achter. Ze leken heel ver van elkaar verwijderd. Op hetzelfde moment dat hij aanstalten maakte om naar haar toe te lopen, stond zij op. Ze ontmoetten elkaar ergens halverwege de collegezaal en bleven op ruim een meter van elkaar staan.

'Hoi,' zei Mattia, 'ik had niet gedacht dat...'

'Luister,' viel ze hem in de rede en keek hem vastberaden aan, 'we kennen elkaar niet eens. Sorry dat ik zomaar binnen ben komen vallen.'

'Nee, nee...' probeerde hij te zeggen, maar Nadia liet hem niet uitpraten.

'Ik werd wakker en je was weg. Je had toch tenminste...'

Ze zweeg even. Mattia moest zijn blik neerslaan, want zijn ogen brandden alsof hij al langer dan een minuut niet had geknipperd.

'Maar het geeft niet,' ging Nadia verder. 'Ik zit nooit achter iemand aan. Daar heb ik geen zin meer in.'

Ze gaf Mattia een briefje en hij pakte het aan.

'Mijn nummer staat erop. Maar als je besluit te bellen, wacht dan niet te lang.'

Ze keken alle twee naar de grond. Nadia maakte aanstalten om naar hem toe te lopen, haar hielen kwamen al iets omhoog, maar toen draaide ze zich plotseling om.

'Dag,' zei ze.

In plaats van te antwoorden schraapte Mattia zijn keel. Hij bedacht dat het maar een beperkte tijd zou duren voordat ze bij de deur was. Niet genoeg om een beslissing te nemen, om een gedachte onder woorden te brengen.

Nadia bleef op de drempel staan.

'Ik weet niet wat er met je is,' zei ze, 'maar wat het ook is, ik geloof dat ik je leuk vind.'

Toen liep ze weg. Mattia keek naar het briefje waar alleen een naam op stond en een rijtje getallen, vooral oneven getallen. Hij pakte zijn papieren van tafel, maar ging pas weg toen het uur voorbij was.

Op hun kamer zat Alberto te telefoneren met de hoorn tussen zijn kin en wang geklemd om met allebei zijn handen te kunnen gebaren. Bij wijze van groet trok hij zijn wenkbrauwen op.

Toen hij de telefoon neerlegde, leunde hij achterover in zijn stoel en strekte zijn benen. Hij glimlachte samenzweerderig.

'En,' vroeg hij, 'is het laat geworden gisteravond?'

Mattia keek hem bewust niet aan. Hij haalde zijn schouders op. Alberto stond op en ging achter zijn stoel staan. Hij roffelde op zijn schouders zoals een trainer bij een bokser. Mattia hield er niet van om aangeraakt te worden.

'Ik snap 't al, je wilt het er niet over hebben. *Alright then*, we hebben het ergens anders over. Ik heb al een opzetje voor het artikel gemaakt. Wil je ernaar kijken?'

Mattia knikte. Hij tikte met zijn wijsvinger zachtjes op de o van de computer, wachtend tot Alberto zijn handen van zijn schouders zou halen. Een paar beelden van de vorige nacht, steeds dezelfde, schoten als zwakke lichtflitsen door Mattia's hoofd.

Alberto liep terug naar zijn plaats en plofte op zijn stoel. Hij begon in een slordige stapel papieren naar het artikel te zoeken.

'O ja,' zei hij, 'deze is voor jou.'

Hij gooide een envelop op Mattia's bureau. Mattia keek ernaar zonder hem aan te raken. Zijn naam en het adres van de universiteit waren geschreven met dikke blauwe inkt die vast en zeker door het papier heen gedrongen was. De linkerpoot van de *M* van Mattia was een recht streepje en iets los daarvan begon een zachte, holronde lus die doorliep in de rechterpoot. De twee *t's* waren verbonden door één horizontaal streepje en alle letters waren een beetje schuin en stonden zo dicht op elkaar dat het leek alsof ze over elkaar heen gevallen waren. Er stond een fout in het adres, een *c* te veel voor de *sh*. Hij hoefde maar één van die letters te zien, of zelfs alleen maar de asymmetrie tussen de buikige lussen van de *B* van Balossino, om onmiddellijk Alices handschrift te herkennen.

Hij slikte en vond op de tast de briefopener die op zijn vaste plek in de tweede la lag. Hij draaide hem zenuwachtig rond in zijn vingers en stak hem in de gleuf van de envelop. Zijn handen trilden en om zich in bedwang te houden greep hij het heft steviger vast.

Alberto zat vanaf de andere kant van het bureau naar hem te gluren en deed alsof hij de papieren die voor zijn neus lagen niet kon vinden. Zelfs van die afstand was te zien hoe Mattia's vingers trilden, maar de kaart zat verborgen in zijn handpalm en Alberto kon hem niet zien.

Hij zag dat zijn collega zijn ogen dichtdeed, een paar tellen zo bleef zitten, ze toen weer opende en verdwaasd om zich heen keek, opeens mijlen ver weg.

'Van wie is hij?' waagde Alberto het erop.

Mattia keek hem enigszins verstoord aan, alsof hij hem niet eens herkende. Hij negeerde de vraag en stond op.

'Ik moet weg,' zei hij.

'Hè?'

'Ik moet weg, denk ik... naar Italië.'

Alberto stond ook op, alsof hij hem wilde tegenhouden.

'Wat zeg je nou? Wat is er gebeurd?'

Onwillekeurig liep hij op hem af en probeerde nog eens op de kaart te kijken, maar Mattia verborg hem tussen zijn hand en het ruwe breisel van zijn trui ter hoogte van zijn buik, alsof het iets geheims was. Drie van de vier witte hoeken staken tussen zijn vingers uit en onthulden alleen de rechthoekige vorm ervan en verder niets.

'Niets. Ik weet het niet,' antwoordde Mattia met zijn ene arm al in de mouw van zijn windjack. 'Maar ik moet weg.'

'En het artikel dan?'

'Daar kijk ik naar als ik terug ben. Ga jij maar verder.'

Toen liep hij de deur uit zonder Alberto de tijd te geven om te protesteren.

40

Op de dag dat Alice weer naar haar werk ging, verscheen ze bijna een uur te laat. Ze was niet eens wakker geworden toen ze de wekker had afgezet, en toen ze zich klaarmaakte om het huis uit te gaan had ze vaak moeten pauzeren, omdat elke handeling haar lichaam een ondraaglijke moeite kostte.

Crozza maakte haar geen verwijten. Als hij naar haar gezicht keek, wist hij al genoeg. Alices wangen waren ingevallen en haar ogen, die uit hun kassen leken te puilen, hadden iets afwezigs, een floers van onheilspellende onverschilligheid.

'Sorry dat ik zo laat ben,' zei ze toen ze binnenkwam, maar zonder zich echt te willen excuseren.

Crozza sloeg een bladzijde van zijn krant om en kon het niet laten om op zijn horloge te kijken.

'Vóór elven moeten er afdrukken klaar zijn,' zei hij. 'De gebruikelijke flauwekul.'

Hij schraapte zijn keel en hield de krant iets hoger. Hij volgde uit zijn ooghoeken Alices bewegingen. Hij keek hoe ze haar tas op de gebruikelijke plek zette, haar jack uitdeed en aan de machine ging zitten. Ze bewoog zich traag en overdreven precies, wat verried hoeveel inspanning het haar kostte om te doen alsof alles in orde was. Crozza sloeg haar gade, terwijl ze een paar tellen in gedachten verzonken met haar kin op haar hand bleef zitten en toen eindelijk, na haar haren achter haar oren te hebben gestreken, besloot te beginnen.

Hij stelde rustig vast hoe extreem mager ze was, hoewel ze dat verborg onder een katoenen coltruitje en een broek die verre van strak zat. Maar je zag het duidelijk aan haar handen en nog meer aan de contouren van haar gezicht. Hij voelde een nijdig makende onmacht omdat hij geen rol speelde in Alices leven, maar zij wel degelijk in het zijne, als een dochter die hij geen naam had kunnen geven.

Ze werkten tot de lunchpauze zonder een woord te wisselen. Alleen als het niet anders kon, knikten ze naar elkaar. Na al die jaren die ze daarbinnen hadden doorgebracht, leek elk gebaar automatisch en bewogen ze zich behendig door de ruimte, die ze eerlijk deelden. De oude Nikon lag in het zwarte foedraal op zijn vaste plaats onder de toonbank, en ze vroegen zich allebei wel eens af of hij het nog zou doen.

'Tussen de middag gaan we...' probeerde de fotograaf.

'Ik heb een afspraak tussen de middag,' viel Alice hem in de rede. 'Sorry.'

Hij knikte peinzend.

'Als je je niet goed voelt, kun je vanmiddag wel thuisblijven,' zei hij. 'Er is niet zoveel te doen, zoals je ziet.'

Alice keek hem geschrokken aan. Ze deed net alsof ze de spullen op de toonbank ordende: een schaar, een fotomapje, een pen en een film die in vier gelijke stukken was geknipt. Ze verwisselde ze gewoon van plaats.

'Nee. Hoezo? Ik...'

'Hoe lang zien jullie elkaar al niet meer?' viel de fotograaf haar in de rede.

Alice schrok even. Ze stak haar ene hand in haar tas, alsof hij daar veilig was.

'Drie weken. Ongeveer.'

Crozza knikte en haalde toen zijn schouders op.

'Kom,' zei hij.

'Maar...'

'Kom, ga mee...' zei hij weer, kordater nu.

Alice dacht even na. Toen besloot ze mee te gaan. Ze sloten de winkel af. De bel die aan de deur hing rinkelde in het halfduister en viel toen stil. Alice en Crozza liepen naar de auto van de fotograaf. Hij liep langzaam om zich aan te passen aan haar moeizame tred, maar zonder dat het opviel.

De oude Lancia sloeg pas na de tweede poging aan en Crozza vloekte sissend tussen zijn tanden.

Ze reden over de brede weg tot bijna aan de brug, toen sloeg de fotograaf rechtsaf en volgde de weg die langs de rivier liep. Toen hij naar de rechterbaan ging en zijn richtingaanwijzer aanzette om opnieuw af te slaan, naar de straat van het ziekenhuis, verstijfde Alice plotseling.

'Waar ga je...' stotterde ze.

Hij stopte voor een werkplaats met halfgesloten rolluiken, ter hoogte van de ingang van de eerste hulp.

'Het gaat me natuurlijk niets aan,' zei hij zonder Alice aan te kijken, 'maar jij moet daar naar binnen. Naar Fabio of naar een andere arts.'

Alice staarde hem aan. Haar aanvankelijke verwarring begon al plaats te maken voor woede. Het was stil op straat. Iedereen zat verstopt in zijn huis of in een café te lunchen. De bladeren van de platanen wiegden geluidloos.

'Ik heb je niet meer zo gezien sinds...' zei de fotograaf aarzelend, '...sinds ik je heb leren kennen.'

Alice dubde even over het woord 'zo'. Het klonk onheilspellend en ze kreeg de neiging om in de zijspiegel te kijken, maar daarin zag je alleen de rechterkant van de auto. Ze schudde haar hoofd, opende het portier en stapte uit. Ze sloeg het portier achter zich dicht en liep zonder omkijken resoluut weg van het ziekenhuis.

Ze liep zo snel ze kon om weg te komen van die plek en van Crozza's brutaliteit, maar na een meter of honderd moest ze stilhouden. Ze was buiten adem en bij elke stap deed haar been meer pijn, het klopte alsof het om genade smeekte. Het leek of het bot in haar vlees stak, alsof het opnieuw was ontwricht. Alice verplaatste haar hele gewicht naar haar rechterbeen en moest met haar hand tegen de ruwe muur leunen om haar evenwicht te bewaren.

Ze wachtte tot de pijn wegtrok, haar been weer net zo inert werd als anders en haar adem weer vanzelf ging. Haar hart pompte het bloed langzaam rond, zonder animo, maar ze voelde het tot in haar oren.

Je moet naar Fabio, of naar een andere arts, hoorde ze Crozza's stem steeds weer zeggen.

En dan? dacht ze.

Ze liep terug naar het ziekenhuis, moeizaam en zonder precies te weten wat ze wilde. Haar lichaam koos instinctief waar het heen ging, en de voetgangers die haar tegemoetkwamen, deden een stap opzij, want zonder dat ze het in de gaten had, wankelde Alice een beetje. Een van hen bleef staan, aarzelend of hij haar hulp zou bieden, maar liep toen weer door.

Alice liep het terrein van het Maria Ausiliatrice-ziekenhuis op en dacht niet terug aan de tijd toen ze met Fabio over hetzelfde pad wandelde. Ze had het gevoel dat ze geen verleden had, alsof ze zich daar opeens bevond zonder te weten waar ze vandaan kwam. Ze was moe. Het was het soort vermoeidheid dat je alleen voelt als je totaal leeg bent.

Ze hield zich aan de leuning vast terwijl ze de trap op liep en bleef voor de ingang staan. Verder wilde ze niet, ze wilde tot de automatische deuren van de afdeling lopen tot ze opengingen en dan een paar minuten wachten, tot ze weer de kracht had om weg te gaan. Het was een manier om het toeval een handje te helpen, meer niet: zijn waar Fabio was en kijken wat er zou gebeuren. Ze zou niet doen wat Crozza had gezegd, ze zou naar niemand luisteren, niet toegeven dat ze echt hoopte hem te zien, ook niet aan zichzelf.

Er gebeurde niets. De automatische deuren gingen open en toen Alice een stap achteruit deed, gingen ze weer dicht.

Wat had je dan verwacht? vroeg ze zich af.

Ze overwoog even te gaan zitten in de hoop dat hij langs kwam lopen. Haar lichaam vroeg haar iets, elke zenuw schreeuwde erom, maar ze wilde niet luisteren.

Ze wilde zich net omdraaien, toen ze opnieuw de automatische deuren hoorde zoeven. Ze keek onwillekeurig op, ervan overtuigd dat ze dit keer echt haar man voor haar neus zou zien staan.

De deuren stonden weer wagenwijd open. Fabio was er niet. In plaats van hem stond er een meisje aan de andere kant van de deuren. Ze was langs de sensor gelopen, maar kwam niet naar buiten. Ze bleef staan waar ze stond en streek met haar handen haar rok glad. Toen deed ze Alice na: ze zette een stap achteruit en de deuren gingen dicht.

Alice bleef nieuwsgierig staan kijken. Ze zag dat het meisje helemaal niet zo jong was. Ze was misschien even oud als zij. Ze stond met haar bovenlichaam iets voorover, en haar schouders hingen omlaag en waren helemaal samengetrokken, alsof er om haar heen niet genoeg ruimte was.

Alice meende iets te zien wat haar bekend voorkwam, misschien iets in de uitdrukking op haar gezicht, maar ze kon het niet thuisbrengen. Haar gedachten begonnen weer als een dolle in kringetjes rond te draaien.

Toen deed het meisje het weer: ze liep naar voren, zette haar voeten naast elkaar en stapte een paar tellen later weer achteruit.

Op dat moment keek ze op en glimlachte door het glas heen naar Alice.

Er liep een rilling over Alices rug, wervel voor wervel naar beneden, tot hij eindigde in haar lamme been. Ze hield haar adem in.

Ze kende iemand anders die zo glimlachte, die alleen de bovenlip optrok zodat de twee voortanden net te zien waren en de rest van de mond niet bewoog.

Dat kan niet, dacht ze.

Ze deed een paar stappen naar voren om beter te kunnen zien en de deuren bleven wijd openstaan. Het meisje leek teleurgesteld en keek haar vragend aan. Alice begreep het en stapte weer achteruit, zodat zij door kon gaan met haar spelletje. Ze begon weer, alsof er niets aan de hand was.

Ze had datzelfde haar – dik, donker en alleen aan de onderkant golvend – dat Alice maar zo zelden had kunnen aanraken. Haar jukbeenderen staken een beetje uit en verborgen haar zwarte ogen, maar toen Alice beter keek, herkende ze dezelfde onpeilbare diepte die haar 's nachts soms zo lang uit haar slaap had gehouden, dezelfde opake gloed als in Mattia's ogen.

Ze is het, dacht ze, en haar keel werd dichtgeknepen door iets wat op paniek leek.

Instinctief zocht ze haar camera in haar tas, maar ze had niet eens een simpel automaatje bij zich.

Ze bleef onafgebroken naar het meisje staan kijken, zonder te weten wat ze anders moest doen. Haar hoofd tolde en af en toe werd het haar wazig voor de ogen, alsof ze haar lens niet scherp kon stellen. Ze vormde met haar droge lippen de naam Michela, maar er kwam niet genoeg lucht uit haar mond.

Het meisje leek er maar niet genoeg van te krijgen. Ze speelde als een klein kind met de foto-elektrische cel. Nu maakte ze kleine sprongetjes voor- en achteruit, alsof ze de deuren in de war wilde brengen.

Uit het gebouw kwam een oudere dame aangelopen. Er stak een grote, rechthoekige gele envelop uit haar tas, misschien de uitslag van een radiologisch onderzoek. Ze stak zonder iets te zeggen haar arm door die van het meisje en liep met haar naar buiten.

Het meisje verzette zich niet. Toen ze langs Alice liep, keek ze even om naar de deuren, bijna alsof ze ze wilde bedanken voor het plezier dat ze ermee had gehad. Ze was zo dichtbij dat Alice de luchtverplaatsing van haar lichaam voelde. Als ze haar hand had uitgestoken, had ze haar kunnen aanraken, maar ze leek wel verlamd.

Ze keek de beide vrouwen na terwijl ze langzaam wegwandelden.

Het was nu een komen en gaan van mensen. De deuren gingen voortdurend open en dicht, in een hypnotiserend ritme dat al Alices aandacht vroeg.

Alsof ze plotseling bij zinnen kwam, riep ze 'Michela!', maar nu met stemgeluid.

Het meisje draaide zich niet om en de oudere dame naast haar ook niet. Ze vertraagden hun pas geen moment, alsof ze niets met die naam van doen hadden.

Alice bedacht dat ze hen achterna moest gaan: ze moest het meisje van dichterbij bekijken, met haar praten, ontdekken hoe het zat. Ze zette haar rechtervoet op de eerste trede en trok haar andere been bij, maar dat sliep en bleef staan waar het stond. Ze wankelde achterover. Ze graaide met haar hand naar de trapleuning, maar vond hem niet.

Ze viel als een afgebroken tak op de grond en gleed de laatste twee treden naar beneden.

Ze zag nog net op tijd hoe de vrouwen om de hoek verdwenen. Toen had ze het gevoel dat de lucht verzadigd raakte van vocht en dat de geluiden steeds holler klonken en steeds verder weg.

41

Mattia was de drie verdiepingen naar beneden gerend. Tussen de eerste en de tweede was hij een van zijn studenten tegengekomen, die had geprobeerd hem staande te houden om iets te vragen. Hij was hem voorbijgehold met de woorden sorry, ik moet echt weg, en in zijn poging om de student te ontwijken was hij bijna gestruikeld. In de hal aangekomen had hij plotseling vaart geminderd om zich een houding te geven, maar hij bleef snel lopen. Het donkere marmer op de vloer glom en weerspiegelde als een wateroppervlak voorwerpen en mensen. Mattia had zijn hand naar de portier opgestoken en was naar buiten gelopen.

De koude lucht overviel hem en hij had zich afgevraagd waar ben je mee bezig?

Nu zat hij op het muurtje tegenover de ingang en vroeg zich af waarom hij in vredesnaam zo had gereageerd. Alsof hij al die jaren alleen maar had gewacht op een signaal om terug te gaan.

Hij keek opnieuw naar de foto die Alice hem had gestuurd. Daar stonden ze samen, voor het bed van haar ouders, verkleed als bruidspaar in die kleren die naar mottenballen roken. Mattia keek gelaten en zij glimlachte. Ze had haar ene arm om zijn middel. Met de andere hield ze de camera vast, maar dat was op de foto niet te zien, zodat het leek alsof ze die nu naar hem, de volwassen man, uitstrekte om hem te strelen.

Op de achterkant had Alice maar één regel geschreven, met daaronder haar naam.

Je moet komen.
Ali

Mattia zocht een verklaring voor die boodschap en nog meer voor zijn eigen verwarde reactie. Hij stelde zich voor hoe Alice en Fabio hem achter het hek in de aankomsthal van het vliegveld stonden op te wachten. Hoe hij haar gedag zei en haar met een zoen op haar wangen begroette en daarna haar man een hand gaf om zich voor te stellen. Ze zouden zogenaamd kibbelen over wie de koffer naar de auto zou dragen en onderweg zouden ze vergeefs proberen elkaar te vertellen hoe hun leven was gelopen, alsof dat überhaupt viel samen te vatten. Mattia op de achterbank, zij voorin: drie mensen die elkaar niet kennen, maar doen alsof ze iets met elkaar gemeen hebben en aan de oppervlakte van de dingen krabbelen om maar geen stilte te laten vallen.

Het heeft totaal geen zin, zei hij bij zichzelf.

Die heldere gedachte luchtte hem enigszins op, alsof hij na een moment van vertwijfeling weer bij zijn positieven kwam. Hij tikte met zijn wijsvinger op de foto en maakte aanstalten om hem op te bergen en terug te gaan naar Alberto om verder te werken.

Terwijl hij daar zo in gedachten verzonken zat, kwam Kirsten Gorbahn, een postdoc uit Dresden met wie hij een paar artikelen had geschreven, op hem af gelopen en boog naar hem toe om de foto te bekijken.

'Je vrouw?' vroeg ze vrolijk en wees naar Alice.

Mattia keek op naar Kirsten, die boven hem hing. Hij wilde de foto wegstoppen, maar bedacht toen dat dat onbeleefd zou zijn. Kirsten had zo'n langwerpig gezicht, alsof iemand heel hard aan haar kin had getrokken. Tijdens haar twee studiejaren in Rome had ze een beetje Italiaans geleerd. Ze sprak alle o's gesloten uit.

'Hoi,' zei Mattia aarzelend. 'Nee, dat is niet mijn vrouw. Dat is gewoon... een vriendin.'

Kirsten grinnikte, geamuseerd door iets onduidelijks, en nam een slok koffie uit het plastic bekertje dat ze in haar hand had.

'*She's cute,*' was haar commentaar.

Mattia keek haar een beetje ongemakkelijk aan en richtte zijn blik toen weer op de foto. Ja, ze was inderdaad leuk om te zien.

42

Toen Alice bijkwam, was een verpleegster haar hartslag aan het opnemen. Ze lag vlak bij de ingang op een brancard, een beetje scheef en met haar schoenen op het witte laken. Ze dacht meteen aan Fabio, dat hij haar wel eens in die toestand gezien kon hebben, en ze schoot omhoog.

‘Ik heb niets,’ zei ze.

‘Blijf liggen,’ beval de verpleegster. ‘We doen eerst een controle.’

‘Dat hoeft niet. Echt, ik heb niets,’ zei Alice opnieuw en maakte zich los uit de greep van de verpleegster, die probeerde haar tegen te houden. Fabio was er niet.

‘Mevrouw, u bent flauwgevallen. Er moet een dokter naar u kijken.’

Maar Alice stond al overeind. Ze keek of haar tas er nog was.

‘Er is niks aan de hand. Echt niet.’

De verpleegster sloeg haar ogen ten hemel en verzette zich niet meer. Alice keek verloren om zich heen, alsof ze iemand zocht. Toen zei ze bedankt en liep haastig weg.

Ze had zich geen pijn gedaan toen ze viel. Alleen haar rechterknie moest een klap hebben gehad. Ze voelde het ritmisch kloppen van de bloeduitstorting onder haar spijkerbroek. En op haar handen zaten een paar schrammen en wat stof, alsof ze ermee over het grind op het ziekenhuisterrein had geschuurd. Ze blies om ze schoon te krijgen.

Ze liep naar receptiebalie en boog zich naar het ronde gat

in het glas. De vrouw aan de andere kant keek naar haar op.

'Goedemiddag,' zei Alice. Ze had geen idee hoe ze de situatie moest uitleggen. Ze wist niet eens hoe lang ze bewusteloos was geweest.

'Daarstraks,' zei ze, 'stond ik daar verderop...'

Ze wees naar de plek waar ze had gestaan, maar de vrouw bewoog haar hoofd niet eens.

'Bij de ingang stond een vrouw. Ik werd niet goed. Ik ben flauwgevallen. En toen... eh, ik heb de naam van die vrouw nodig.'

De receptioniste keek haar niet-begrijpend aan.

'Pardon?' vroeg ze met een onderzoekend gezicht.

'Ik weet dat het raar klinkt,' drong Alice aan, 'maar misschien kunt u me toch helpen. Misschien kunt u mij de namen geven van de patiënten die vandaag op deze afdeling een afspraak hadden. Of voor onderzoek hier waren. Alleen van de vrouwen, dat is genoeg.'

De vrouw nam haar van top tot teen op. Toen glimlachte ze koeltjes.

'Dat soort informatie mogen wij niet geven,' antwoordde ze.

'Het is heel belangrijk. Alstublieft. Het is echt heel belangrijk.'

De receptioniste tikte met haar pen op het afsprakenboek dat voor haar lag.

'Het spijt me. Het kan echt niet,' zei ze bits.

Alice snoof. Ze maakte aanstalten om van de balie weg te lopen, maar toen boog ze zich opnieuw naar voren.

'Ik ben de vrouw van dokter Rovelli,' zei ze.

De vrouw rechtte haar rug. Ze trok haar wenkbrauwen op en tikte opnieuw met haar pen op het afsprakenboek.

'Aha,' zei ze, 'dan bel ik uw man wel even.'

Ze pakte de hoorn van de haak om een intern nummer te draaien, maar Alice hield haar met een handgebaar tegen.

'Nee,' zei ze, en haar stem schoot uit. 'Dat hoeft niet.'

'Weet u het zeker?'

'Ja, dank u. Laat maar.'

Ze ging op weg naar huis. De hele weg kon ze aan niets anders denken. Haar geest werd weer helder, maar wat er ook voor beelden in haar hoofd opkwamen, het gezicht van het meisje vaagde ze weg. De details begonnen al door elkaar te lopen, ze zakten weg in een zee van andere herinneringen die van geen enkel belang waren, maar wat bleef was dat onverklaarbare gevoel van vertrouwdheid. En die glimlach, precies als die van Mattia, met haar eigen spiegelbeeld in het glas er steeds doorheen.

Misschien leefde Michela nog en had zij haar gezien. Het was belachelijk, maar toch lukte het Alice niet het uit haar hoofd te zetten. Alsof haar hersens juist die gedachte wanhopig nodig hadden. Alsof haar eigen leven ervan afhing.

Ze begon te redeneren, hypotheses te formuleren. Ze probeerde te reconstrueren hoe het allemaal was gegaan. Misschien had de oudere vrouw Michela wel ontvoerd, had ze haar in het park gevonden en meegenomen omdat ze hevig naar een dochtertje verlangde maar geen kinderen kon krijgen. Er was iets mis met haar buik, of ze wilde er niets in hebben.

Net als ik, dacht Alice.

Ze had Michela gestolen en haar toen grootgebracht in een huis ver weg en onder een andere naam, alsof het haar eigen kind was.

Maar waarom was ze dan teruggekomen? Waarom had ze het risico genomen om na al die jaren te worden ontdekt? Misschien werd ze verteerd door schuldgevoel. Of ze wilde gewoon het lot tarten, net als zij zelf had gedaan voor de deuren van de afdeling oncologie.

Maar misschien had die ouwe vrouw er ook wel niks mee te maken. Misschien was ze Michela veel later tegengekomen en wist ze niets van haar afkomst, van haar echte familie, zoals Michela zelf zich ook niets meer herinnerde van haar geschiedenis.

Alice dacht aan Mattia, die vanuit haar oude auto de bomen aan de overkant aanwees, met die doffe afwezige blik waarin de dood te lezen stond. *Ze zag er precies zo uit als ik*, had hij gezegd.

Plotseling leek het allemaal te kloppen: dat meisje was echt Michela, het verdwenen tweelingzusje. Elk detail viel op zijn plaats: haar brede voorhoofd, haar lange vingers, de omzichtige manier van bewegen. En dat kinderlijke spelletje, vooral dat.

Maar een tel later wist ze het allemaal niet meer. Al die bijzonderheden vielen weg en ze voelde nog slechts een vage vermoeidheid, het gevolg van de honger die al dagen op haar slapen drukte: Alice was bang dat ze weer zou flauwvallen.

Thuis liet ze de deur op een kier en de sleutels in het slot. Zonder haar jack uit te doen liep ze naar de keuken en opende de voorraadkast. Ze vond een blikje tonijn en begon te eten, zo uit het blik, met olie en al. Ze werd misselijk van de smaak. Ze gooide het leeg in de wasbak en pakte nu een blik doperwten. Ze viste ze met een vork uit het troebele vocht en at achter elkaar de helft op. Ze smaakten naar zand en de glimmende velletjes bleven aan haar tanden plakken. Toen haalde ze een pak koekjes tevoorschijn dat al sinds de dag van Fabio's vertrek open was. Ze at er vijf, het ene na het andere, bijna zonder kauwen. Bij het doorslikken staken ze als stukjes glas in haar keel. Ze hield pas op toen de kramp in haar maag zo erg werd dat ze van pijn op de grond moest gaan zitten.

Toen het over was, stond ze op en ging naar de donkere kamer, ongegeneerd mank lopend, zoals ze deed als ze alleen was. Ze pakte een van de dozen die op de tweede plank stonden. Op de zijkant was met rode viltstift *snapshots* geschreven. Ze keerde de inhoud om op de tafel. Ze verspreidde de foto's met haar vingers. Sommige zaten aan elkaar gekleefd. Alice bekeek ze allemaal snel en vond ten slotte de goede.

Ze bekeek hem een hele poos. Mattia was jong, en zij ook. Hij liet zijn hoofd hangen. Het was lastig om zijn gezichtsuitdrukking goed te bestuderen en te zien of ze op elkaar leken. Het was lang geleden. Misschien te lang.

Door dat stilstaande beeld kwamen er andere boven, die Alice in haar geest aan elkaar plakte tot er bewegende beelden, geluidsfragmenten en flitsen van emoties terugkwamen. Ze werd vervuld van een verscheurend en toch aangenaam heimwee.

Als ze een punt had kunnen kiezen waarop ze opnieuw mocht beginnen, dan zou het dat punt zijn geweest: Mattia en zij in een stille kamer, met hun binnenwerelden die aarzelden elkaar te raken, maar die precies in elkaar pasten.

Ze moest hem waarschuwen. Alleen als ze hem zag, zou ze zekerheid krijgen. Als zijn zus nog leefde, had Mattia het recht om dat te weten.

Voor het eerst ervoer ze de ruimte die hen van elkaar scheidde als een bespottelijke afstand. Ze wist zeker dat hij nog op dezelfde plek zat als waar ze hem een paar keer had geschreven, jaren geleden. Als hij ergens anders heen was gegaan, zou ze het op een of andere manier hebben geweten. Want Mattia en zij waren verbonden door een onzichtbare, elastische band die schuilging onder een hoop onbenulligheden, een band die alleen kon bestaan tussen twee mensen zoals zij: twee mensen die hun eigen eenzaamheid in de ander hadden herkend.

Ze tastte onder de berg foto's en vond een pen. Ze ging zitten om te schrijven en lette op dat ze de inkt niet met haar hand uitwreef. Tot slot blies ze hem droog. Ze zocht een envelop, deed er de foto in en plakte hem dicht.

Misschien komt hij, dacht ze.

Een aangename opwinding voer door al haar botten en ze glimlachte, alsof de tijd precies op dat moment opnieuw begon.

43

Voor het vliegtuig waar Mattia in zat op de landingsbaan afkoerste, vloog het over de groene vlek van de heuvel en voorbij de basiliek, en cirkelde toen tweemaal boven het centrum van de stad. Mattia nam als oriëntatiepunt de brug, de oudste, en volgde vandaar de weg tot het huis van zijn ouders. Het had nog dezelfde kleur als toen hij wegging.

Hij herkende het park daar dichtbij, begrensd door de twee brede straten die in een wijde bocht bij elkaar kwamen, en de rivier die het in tweeën deelde. Op zo'n heldere middag zag je alles van daarboven: niemand zou in het niets hebben kunnen verdwijnen.

Hij boog verder naar voren om te kijken wat het vliegtuig achter zich had gelaten. Hij volgde de weg die een eind tegen de heuvel opkronkelde en vond het gebouw waar de familie Della Rocca woonde, dat met zijn witte gevel en de ramen vlak naast elkaar wel iets had van een machtig blok ijs. Iets verderop stond zijn oude school, met de groene brandtrappen waarvan hij zich het koud en ruw aanvoelende oppervlak herinnerde.

De plek waar hij de andere helft van zijn leven had doorgebracht, de helft die nu voorbij was, leek op een reusachtige plastiek gemaakt van kleurige kubussen en levenloze vormen.

Hij nam een taxi vanaf het vliegveld. Zijn vader had een paar keer gezegd dat hij hem wilde ophalen, maar hij had gezegd nee, ik kom zelf, op een toon die zijn ouders maar al te goed kenden. Ze wisten dat het geen zin had om er tegenin te gaan.

Toen de taxi weg was, bleef hij op het trottoir aan de overkant naar zijn oude huis staan kijken. De tas die hij over zijn schouder droeg, was niet zwaar. Er zaten voor hooguit twee à drie dagen schone kleren in.

De deur van het gebouw stond open en hij liep omhoog naar hun verdieping. Hij belde aan en hoorde binnen geen enkel geluid. Toen deed zijn vader open en voor ze in staat waren iets te zeggen, glimlachten ze naar elkaar: ieder aanschouwde in de veranderingen bij de ander de tijd die was verstreken.

Pietro Balossino was oud. Het zat niet alleen in zijn grijze haren en de dikke aderen die opbolden op de rug van zijn handen. Hij was oud in de manier waarop hij voor zijn zoon stond, waarop hij bijna onmerkbaar over zijn hele lichaam beefde en op de deurknop leunde, alsof zijn benen het niet meer alleen afkonden.

Ze omhelsden elkaar wat schutterig. Mattia's tas gleed van zijn schouder en kwam tussen hen in te hangen. Hij liet hem op de grond vallen. Hun lichamen hadden nog dezelfde temperatuur. Pietro Balossino streek zijn zoon over zijn haar en herinnerde zich te veel dingen, die nu hij ze allemaal tegelijk voelde, pijn deden op zijn borst.

Mattia keek zijn vader aan met een blik van waar is mama? en Pietro begreep het meteen.

'Die is aan het rusten,' zei hij. 'Ze voelde zich niet zo lekker. Het zal de warmte van de afgelopen dagen wel zijn.'

Mattia knikte.

'Heb je honger?'

'Nee. Ik wil alleen wel wat water.'

'Het komt eraan.'

Zijn vader verdween snel naar de keuken, alsof hij een excuus zocht om zich uit de voeten te maken. Mattia bedacht dat dit het enige was wat overbleef, dat ouderliefde overgaat in kleine attenties, in de reeks zorgen die zijn ouders elke woensdag uitspraken aan de telefoon: eten, warmte en kou, en soms geld. De rest lag op onbereikbare diepte, afgezonken als een blok beton van nooit gevoerde gesprekken, van nog te maken en te ontvangen excuses en van bij te stellen herinneringen, die voortaan zo zouden blijven als ze waren.

Hij liep door de gang naar zijn kamer. Hij wist zeker dat hij alles precies zo zou aantreffen als hij het had achtergelaten, alsof die ruimte immuun was voor de eroderende werking van de tijd, alsof zijn jarenlange afwezigheid daar slechts een kleine onderbreking vormde. Toen hij zag dat alles anders was, voelde hij zich vervreemd en teleurgesteld, iets wat leek op het afschuwelijke gevoel niet meer te bestaan. Op de muren, die vroeger lichtblauw waren, zat nu crèmekleurig behang, waardoor de kamer lichter leek. Op de plek van zijn bed stond nu de bank die jaren in de woonkamer had gestaan. Zijn bureau stond nog voor het raam, maar met niets erop dat van hem was, alleen een stapel kranten en een naaimachine. Er waren geen foto's, niet van hem en niet van Michela.

Hij bleef op de drempel staan, alsof hij geen toestemming had om naar binnen te gaan. Zijn vader kwam aanlopen met een glas water, en het was alsof hij zijn gedachten kon lezen.

'Je moeder wilde leren naaien,' zei hij bijna verontschuldigend. 'Maar ze had er al gauw genoeg van.'

Mattia dronk het glas in één teug leeg. Hij zette zijn tas tegen de muur, waar hij niet in de weg stond.

'Ik moet ervandoor,' zei hij.

'Nu al? Je bent er net...'

'Ik moet iemand spreken.'

Met zijn rug langs de muur schuivend liep hij langs zijn vader heen. Hij vermeed zijn blik. Hun lichamen leken te veel op elkaar, namen te veel ruimte in en waren te volwassen om zo dicht bij elkaar te zijn. Hij bracht het glas naar de keuken, spoelde het af en zette het omgekeerd op het afdruiprek.

'Ik kom vanavond terug,' zei hij.

Hij groette zijn vader die midden in de woonkamer stond, precies op de plek waar hij in Mattia's vorige leven met zijn armen om Mattia's moeder had gestaan, terwijl ze het over hem hadden. Het was niet waar dat Alice op hem wachtte, hij wist niet eens waar hij haar kon vinden, maar hij moest daar onmiddellijk weg.

44

Het eerste jaar hadden ze elkaar geschreven. Alice was begonnen, zoals met alles wat met hen tweeën te maken had. Ze had hem een foto gestuurd van een taart met daarop, een beetje scheef, met doormidden gesneden aardbeien *Gefeliciteerd* geschreven. Achterop had ze alleen ondertekend met een *A* met een punt erachter, en verder niets. Ze had die taart zelf gemaakt voor Mattia's verjaardag en hem daarna in zijn geheel in de vuilnisbak gekieperd. Mattia had geantwoord met een brief van vier volgekrabbelde velletjes, waarin hij haar vertelde hoe moeilijk het was om ergens anders opnieuw te beginnen zonder de taal te kennen, en dat het hem speet dat hij was weggegaan. Tenminste, die indruk had Alice. Hij had haar niets gevraagd over Fabio, noch in die brief, noch in de volgende, en zij had niets over hem gezegd. Maar beiden voelden Fabio's aanwezigheid, vreemd en dreigend, net buiten de rand van het vel papier. Ook daarom waren ze elkaar steeds koeler gaan antwoorden, met steeds langere tussenpozen, totdat hun briefwisseling helemaal stilviel.

Een paar jaar later had Mattia weer een kaart ontvangen. Het was de uitnodiging voor het huwelijk van Alice en Fabio. Die had hij met een stukje plakband op de koelkast geplakt, als om zichzelf daarmee aan iets te herinneren. Elke ochtend en elke avond zag hij hem en elke keer leek het iets minder pijn te doen. Een week voor de trouwerij kon hij het pas opbrengen een telegram te sturen met de tekst *Bedankt voor uitnodiging moet verstek laten gaan wegens werk. Gefeliciteerd, Mattia Balossino.* In een winkel in het centrum was hij een hele ochtend bezig geweest om een kristallen vaas uit te zoeken, die hij vervolgens naar het nieuwe adres van het bruidspaar had laten sturen.

Dat was niet het adres waarnaar hij op weg ging toen hij zijn ouderlijk huis verliet. Hij ging in de richting van de heuvels, naar het huis waar de familie Della Rocca woonde en waar Alice en hij altijd samen de middagen doorbrachten. Hij wist zeker dat hij haar daar niet zou aantreffen, maar hij wilde net doen alsof er niets veranderd was.

Hij aarzelde lang voordat hij op de bel van de intercom drukte. Hij hoorde een vrouwenstem, waarschijnlijk Soledad.

'Wie is daar?'

'Ik kom voor Alice,' zei hij.

'Alice woont hier niet meer.'

Ja, het was Soledad. Hij herkende haar nog steeds duidelijke Spaanse tongval.

'Wie bent u?' vroeg de huishoudster.

'Ik ben Mattia.'

Er viel een lange stilte. Sol groef in haar geheugen.

'Ik kan u haar nieuwe adres geven.'

'Dat hoeft niet. Ik heb 't, dank u wel,' zei hij.

'Tot ziens dan maar,' zei Sol na weer een stilte, nu korter.

Mattia liep weg zonder zich om te draaien en naar boven te kijken. Hij wist zeker dat Sol hem achter een van de ramen stond te bespieden en hem nu pas herkende. Ze zou zich afvragen wat hij al die jaren had uitgespookt en wat hij nu kwam doen. Om eerlijk te zijn wist hij dat zelf ook niet.

45

Alice verwachtte hem niet zo snel. Ze had het kaartje pas vijf dagen eerder verstuurd en het kon best dat Mattia het nog niet eens had gelezen. Ze wist in elk geval zeker dat hij eerst zou bellen, dat ze een afspraak zouden maken, in een café bijvoorbeeld, waar ze hem rustig op het nieuws zou voorbereiden.

Het wachten op wat voor teken dan ook nam haar dagen volledig in beslag. Op het werk was ze ongeconcentreerd, maar vrolijk. Crozza had haar niet durven vragen hoe dat kwam, maar in zijn hart dacht hij dat hij er zijn steentje aan had bijgedragen. In plaats van de leegte die de verwijdering van Fabio had achtergelaten, was er nu een bijna puberale ongedurigheid. Alice maakte zich steeds weer een andere voorstelling van het moment waarop Mattia en zij elkaar zouden terugzien, ze retoucheerde de details, ze bestudeerde de scène vanuit verschillende hoeken. Ze was er zo mee bezig dat het geen vooruitblik meer leek, maar een herinnering.

Ze was ook naar de gemeentebibliotheek geweest. Ze had zich moeten inschrijven, want ze had er voor die dag nog nooit een voet gezet. Ze had de kranten opgezocht waarin over de verdwijning van Michela werd geschreven. Het lezen had haar overstuur gemaakt, alsof die verschrikking opnieuw gebeurde, niet ver daarvandaan. Haar zekerheid was gaan wankelen toen ze een foto van Michela op de voorpagina zag. Ze zag er verloren uit en keek naar een punt boven de lens, misschien naar het voorhoofd van degene die de foto maakte. Dat beeld had de herinnering aan het meisje in het ziekenhuis in één klap weggevaagd: het viel er zo precies overheen dat ze het bijna niet kon geloven. Voor het eerst had Alice zich afgevraagd of het allemaal geen vergissing was, een hallucinatie die te lang had geduurd. Toen had ze haar hand op de foto gelegd, haar twijfel resoluut opzijgezet en doorgelezen.

Michela's lichaam was nooit gevonden. Haar kleren ook niet, geen enkel spoor. Het kind was in het niets opgelost. Men was maandenlang van een ontvoering uitgegaan, maar dat had niets opgeleverd. Er was geen verdachte. Het nieuws was uiteindelijk bij de gemengde berichten op de binnenpagina's beland en daarna helemaal verdwenen.

Toen er werd aangebeld, stond Alice haar haren te drogen. Ze deed, terwijl ze een handdoek om haar hoofd wikkelde, gedachteloos de deur open zonder te vragen wie er was. Ze droeg geen schoenen, en het eerste wat Mattia van haar zag, waren haar blote voeten: de tweede teen net iets langer dan de grote teen, alsof hij zich uitrekte, en de vierde naar onderen gekromd, verstopt. Het waren details die hij kende, die langer in zijn geest waren blijven hangen dan woorden en situaties.

'Hoi,' zei hij en sloeg zijn ogen op.

Alice deed een stap terug en trok onwillekeurig haar badjas bij de hals dicht, alsof haar hart via die weg uit haar lijf kon springen. Toen richtte ze haar blik op Mattia en besefte ze dat hij het was. Ze sloeg haar armen om hem heen en leunde met haar schamele gewicht tegen hem aan. Hij sloeg zijn rechterarm om haar middel, maar hield zijn vingers naar achteren gebogen, alsof hij haar voorzichtig moest aanpakken.

'Ik ben zo klaar, wacht heel even,' zei ze haastig. Ze ging

weer naar binnen, deed de deur dicht en liet hem buiten staan.

Ze had een paar minuten voor zichzelf nodig, om zich aan te kleden, op te maken en haar ogen te drogen, voordat hij iets zou merken.

Mattia ging met zijn rug naar de deur op het stoepje voor de ingang zitten. Hij keek aandachtig naar het kleine tuintje, de bijna volmaakte symmetrie van de lage heg die aan weerszijden van het pad liep en de golvende vorm ervan die halverwege de periode van een sinusoïde werd onderbroken. Toen hij het slot hoorde openklikken, draaide hij zich om en even leek alles net als vroeger: hij die voor de deur op Alice wachtte en zij die naar buiten kwam, lachend en mooi aangekleed, en dan gingen ze samen op weg zonder te hebben besloten waarheen.

Alice bukte zich en gaf hem een zoen op zijn wang. Om naast hem te gaan zitten moest ze zijn schouder vasthouden vanwege haar stijve been. Hij schoof opzij. Ze konden nergens met hun rug tegenaan leunen, dus zaten ze allebei een beetje voorovergebogen.

'Dat heb je gauw gedaan,' zei Alice.

'Je kaartje is gisterochtend aangekomen.'

'Dan zit je dus helemaal niet zo ver weg.'

Mattia keek naar de grond. Alice pakte zijn rechterhand en opende zijn handpalm. Hij verzette zich niet, want tegenover haar hoefde hij zich niet voor zijn littekens te schamen.

Er waren nieuwe bij gekomen. Ze waren te herkennen doordat de lijnen donkerder afstaken tegen de kluwen witte littekens. Geen ervan leek heel recent te zijn, behalve dan een cirkel die op een brandwond leek. Alice volgde met haar wijsvinger de contouren en door alle lagen verharde huid voelde hij haar aanraking nauwelijks. Hij liet haar rustig kijken, want zijn hand vertelde veel meer dan hij met zijn stem kon zeggen.

'Het leek belangrijk,' zei Mattia.

'Dat is het ook.'

Hij draaide zich naar haar toe, om haar aan te kijken en haar te vragen door te gaan.

'Nog niet,' zei Alice. 'Laten we hier eerst weggaan.'

Mattia stond als eerste op en stak toen zijn hand uit om haar te helpen, zoals ze altijd hadden gedaan. Ze liepen naar de straat. Het was moeilijk om te praten en te denken tegelijk, alsof die beide handelingen elkaar wederzijds ophieven.

'Hier,' zei Alice.

Ze zette het alarm van een donkergroene stationwagen uit en Mattia bedacht dat die te groot was voor haar alleen.

'Rij jij?' vroeg Alice voor de grap.

'Dat kan ik niet.'

'Meen je dat nou?'

Hij haalde zijn schouders op. Ze keken elkaar over het dak van de auto heen aan. De zon schitterde op de carrosserie tussen hen in.

'Ik heb er daar toch niets aan,' rechtvaardigde hij zich.

Alice tikte peinzend met het sleuteltje tegen haar kin.

'Dan weet ik waar we heen moeten,' zei ze met precies dezelfde vlammende blik als waarmee ze vroeger haar ideeën lanceerde.

Ze stapten in de auto. Op het dashboard voor Mattia lag niets, behalve twee cd's op elkaar, met de rug naar hem toe: *Schilderijententoonstelling* van Moessorgski en sonates van Schubert.

'Heb je je op de klassieke muziek gestort?'

Alice wierp een vluchtige blik op de cd's en trok haar neus op.

'Ben je gek. Die zijn van hem. Ik val er alleen maar bij in slaap.'

Mattia wurmde zich in zijn autogordel. Die sneed in zijn schouder want hij stond afgesteld op iemand die kleiner was dan hij, waarschijnlijk op Alice, als haar man reed en zij ernaast zat. En dan luisterden ze samen naar klassieke muziek. Hij probeerde het zich voor te stellen, maar liet zich toen afleiden door wat er op de sticker op de zijspiegel stond: *Objects in the mirror are closer than they appear.*

'Fabio, hè?' vroeg hij. Hij wist het antwoord al, maar hij wilde die knoop ontwarren, die storende, verzwegen aanwezigheid die hen daar vanaf de achterbank leek te bestuderen verjagen. Hij wist dat het gesprek tussen hen tweeën anders ter plekke zou stranden, als een gammele boot tussen de rotsen.

Alice knikte, alsof het haar moeite kostte. Als ze hem alles uitlegde, over het kind, de ruzie en de rijst die nog in alle hoeken van de keuken lag, zou hij denken dat zij hem daarom had laten komen. Hij zou het verhaal over Michela niet meer geloven, hij zou haar beschouwen als een vrouw die in een huwelijkscrisis zit en oude banden wil aanhalen om zich niet zo alleen te voelen. Heel even vroeg ze zich af of dat niet inderdaad zo was.

'Hebben jullie kinderen?'

'Nee, die hebben we niet.'

'Maar waarom...'

'Laat maar,' onderbrak Alice hem.

Mattia zweeg, maar verontschuldigde zich niet.

'En jij?' vroeg ze even later. Ze had geaarzeld om het hem te vragen, bang voor zijn antwoord. Maar toen had haar stem zich op eigen houtje laten horen en werd ze er bijna door overvallen.

'Nee,' antwoordde Mattia.

'Je hebt geen kinderen?'

'Ik heb...' Hij wilde zeggen niemand. 'Ik ben niet getrouwd.'

Alice knikte.

'Dus je speelt nog steeds *hard to get*,' zei ze en ze draaide zich glimlachend naar hem toe.

Mattia schudde gegeneerd zijn hoofd, hij begreep waar ze op doelde.

Ze waren op een enorme lege parkeerplaats aangekomen in de buurt van het vliegveld. Er stonden grote prefab gebouwen naast elkaar waar niemand woonde. Drie stapels pallets met plastic eromheen stonden naast een dicht rolluik tegen een grijze muur opgestapeld. Iets hoger, op het dak, stond een lichtbak die niet aan was en 's nachts waarschijnlijk fel oranje brandde.

Alice stopte midden op de parkeerplaats en zette de motor uit.

'Nu jij,' zei ze en opende het portier.

'Wat?'

'Nu rij jij.'

'Nee, nee, dat kun je vergeten,' protesteerde Mattia.

Ze keek hem aandachtig aan, haar ogen halfdicht en haar lippen getuit, alsof ze nu pas weer een bepaalde genegenheid voelde die ze was vergeten.

'Je bent helemaal niet zo veranderd,' zei ze. Het was geen verwijt, eerder opluchting.

'Jij ook niet.'

Hij haalde zijn schouders op.

'Oké dan, laten we het proberen,' zei hij.

Alice lachte. Ze stapten uit om van plaats te verwisselen en Mattia liep overdreven relaxed om te demonstreren dat hij berustte in zijn lot. Voor het eerst verwisselden ze van rol en deden ze allebei wat ze dachten dat bij die rol hoorde.

'Ik weet helemaal niks,' zei Mattia met zijn armen boven op het stuur, alsof hij echt niet wist waar hij ze moest laten.

'Helemaal niks? Heb je nog helemaal nooit gereden?'

'Eigenlijk niet.'

'Dat is dan lekker.'

Alice boog zich naar hem over. Mattia keek even hoe haar haren langs een verticale lijn naar beneden vielen, naar het middelpunt van de aarde. Onder haar T-shirt, dat iets over haar buik omhoogschoof, herkende hij de bovenrand van de tatoeage die hij een hele tijd geleden van dichtbij had bekeken.

'Je bent zo mager,' zei hij voordat hij er erg in had, alsof hij hardop dacht.

Alice draaide met een ruk haar hoofd naar hem toe en keek hem aan, maar daarna deed ze alsof ze er niet mee zat.

'Nee hoor,' zei ze en haalde haar schouders op. 'Hetzelfde als altijd.'

Ze ging weer wat meer rechtop zitten en wees naar de drie pedalen.

'Kijk: koppeling, rem en gas. Linkervoet alleen voor de koppeling en rechtervoet voor de andere twee.'

Mattia knikte, nog een beetje afgeleid door de nabijheid van haar lichaam en de onzichtbare geur van badschuim die ze had achtergelaten.

'Je weet waar de versnellingen zitten, hè? Die staan er trouwens op: eerste, tweede, derde. Dat is voor nu waarschijnlijk wel genoeg,' ging Alice verder. 'Als je schakelt, trap je de koppeling in en daarna laat je hem langzaam opkomen. Ook als je de motor start: je trapt de koppeling in en dan loslaten en tegelijk voorzichtig gas geven. Ben je zover?'

'En als ik dat nu niet was?' plaagde Mattia.

Hij probeerde zich te concentreren. Hij was net zo zenuwachtig als voor een examen. Hij was er gaandeweg van overtuigd geraakt dat hij buiten zijn eigen element, de transfiniete en geordende verzamelingen van de wiskunde, niets anders kon. De meeste mensen werden met het ouder worden zelfverzekerder, maar hij werd steeds onzekerder, alsof zijn reserves beperkt waren.

Hij schatte de afstand die hen scheidde van de opgestapelde pallets verderop. Minstens eén meter of vijftig. Ook als hij weg zou spuiten, had hij tijd genoeg om te remmen. Hij draaide het sleuteltje en hield het te lang vast, zodat de startmotor een raspend geluid maakte. Hij liet de koppeling voorzichtig opkomen, maar gaf niet genoeg gas en de motor sloeg met een hik af. Alice lachte.

'Bijna. Nu even doorzetten.'

Mattia haalde diep adem. Toen probeerde hij het nog een keer. De auto schoot met een schok vooruit en Alice commandeerde koppeling, in z'n twee. Mattia schakelde en gaf nog meer gas. Ze reden rechtdoor en waren nog bijna tien meter van de fabrieksmuur vandaan, toen hij besloot aan het stuur te draaien. Ze maakten een bocht van honderdtachtig graden, waardoor ze allebei naar één kant werden geslingerd, en toen kwamen ze weer uit op het punt waar ze waren begonnen.

Alice klapte in haar handen.

'Zie je wel?' zei ze.

Hij maakte weer een bocht. Hij reed hetzelfde rondje. Het leek of hij alleen die smalle ovale lus kon volgen, terwijl hij toch een enorme parkeerplaats tot zijn beschikking had.

'Nu rechtdoor,' zei Alice. 'De weg op.'

'Ben je gek?'

'Vooruit, er is geen kip. En bovendien kun je het al.'

Mattia draaide zijn stuur recht. Hij voelde zijn handen zweten op de kunststof en zijn spieren spannen door de adrenaline, zoals al een hele tijd niet meer was gebeurd. Heel even realiseerde hij zich dat hij in een auto aan het rijden was, met alles erop en eraan, zuigers en de rest van het geoliede mechaniek, en dat hij Alice vlak naast zich had, die hem vertelde wat hij moest doen. Dit was wat hij zich zo vaak had voorgesteld. Eerlijk gezegd niet precies zo, maar voor één keer besloot hij niet op de onvolkomenheden te letten.

'Oké,' zei hij.

Hij stuurde de auto naar de uitgang van de parkeerplaats. Toen hij bij de weg kwam, boog hij zich naar de voorruit en keek naar links en naar rechts. Hij draaide voorzichtig aan het stuur en bewoog onwillekeurig zijn bovenlichaam mee, zoals kinderen doen als ze spelen dat ze autorijden.

Hij was op de weg. De lage zon stond achter hem en weerkaatste via de achteruitkijkspiegel in zijn ogen. De wijzer van de snelheidsmeter gaf dertig kilometer aan en de hele auto trilde als de warme ademhaling van een getemd dier.

'Doe ik het goed?' vroeg hij.

'Prima. Nu kun je in z'n drie.'

De weg liep nog een paar honderd meter door en Mattia keek recht voor zich uit. Alice maakte van de gelegenheid gebruik om hem eens rustig van dichtbij te bekijken. Het was niet meer de Mattia van de foto. De huid van zijn gezicht was niet meer één glad, elastisch weefsel: de eerste, nog heel fijne rimpels tekenden zich op zijn voorhoofd af. Hij had zich geschoren, maar de nieuwe baard prikte al door zijn wangen naar buiten en stippelde ze zwart. De aanwezigheid van zijn lichaam was massief, er leek nergens meer een spleetje open te zijn om zijn ruimte binnen te dringen, zoals ze als jong meisje zo graag deed. Of misschien meende ze niet meer het recht te hebben om dat te doen, was ze er niet meer toe in staat.

Ze zocht naar de gelijkenis met het meisje in het ziekenhuis, maar nu Mattia daar zo zat, was haar herinnering vertroebeld. Al die details die eerst overeen leken te komen, waren niet meer zo duidelijk. Het haar van het meisje was misschien iets lichter. En ze herinnerde zich geen kuiltjes naast haar mond, en ook geen wenkbrauwen met zulke borstelige uiteinden. Voor het eerst was ze echt bang dat ze zich had vergist.

Hoe moet ik 't hem uitleggen? vroeg ze zich af.

Mattia schraapte zijn keel, alsof de stilte te lang had geduurd, of misschien omdat hij had gemerkt dat Alice naar hem zat te staren. Ze keek de andere kant op, naar de heuvels.

'Weet je nog toen ik je voor het eerst kwam halen met de auto?' vroeg ze. 'Ik had mijn rijbewijs nog geen uur.'

'Ja. Van alle proefkonijnen die je kon kiezen, koos je uitgerekend mij.'

Alice bedacht dat dat niet waar was. Ze had niet uitgerekend hem gekozen. Ze had gewoon aan niemand anders gedacht.

'Je hield je de hele tijd aan de handgreep vast. En je bleef maar roepen langzaamaan langzaamaan.'

Ze deed hem met een hoog, aanstellerig meisjesstemmetje na. Mattia herinnerde zich dat hij tegen zijn zin was meegegaan. Hij moest die middag studeren voor zijn analysetentamen, maar uiteindelijk had hij toegegeven, omdat het voor Alice blijkbaar vreselijk belangrijk was. Hij had de hele middag niet anders gedaan dan uitrekenen en nog eens uitrekenen hoeveel studietijd hij aan het verliezen was. Achteraf gezien voelde hij zich ontzettend dom, net zo dom als je je voelt wanneer je bedenkt hoeveel tijd je verdoet met te wensen dat je ergens anders was.

'We hebben een halfuur rondjes gereden om twee vrije

parkeerplaatsen naast elkaar te vinden, omdat je in een enkele niet kon inparkeren,' zei hij om zijn gedachten te verzetten.

'Dat was gewoon een smoesje om langer bij jou te zijn,' antwoordde Alice. 'Maar jij had nooit iets door.'

Ze lachten allebei om de spookbeelden te verjagen die die zin had opgeroepen.

'Waar moet ik heen?' vroeg Mattia, nu weer serieus.

'Sla hier maar af.'

'Goed, en dan is 't genoeg, hoor. Dan mag jij hier weer zitten.'

Hij schakelde terug van z'n drie naar z'n twee zonder dat Alice het tegen hem hoefde te zeggen en ging keurig de bocht om. Hij reed een donkere straat in, smaller dan de andere, zonder een streep in het midden en ingeklemd tussen twee rijen grote gebouwen, die allemaal hetzelfde waren en geen ramen hadden.

'Ik stop verderop,' zei hij.

Ze waren er bijna toen er van om de hoek een vrachtwagen met aanhanger opdook, die hun kant uit reed en brutaalweg het grootste deel van de rijweg in beslag nam.

Mattia klemde zijn handen om het stuur. Zijn rechtervoet had nog niet geleerd automatisch op de rem te trappen, dus hij trapte met volle kracht op het gaspedaal. Alice zocht met haar goede been een pedaal dat er niet was. De vrachtwagen remde niet af. Hij schoof alleen iets terug naar zijn eigen weghelft.

'Ik kan er niet langs,' zei Mattia. 'Ik kan er niet langs.'

'Remmen,' zei Alice en deed moeite om kalm te lijken.

Mattia kon niet denken. De vrachtwagen was nog maar een paar meter van hen verwijderd en maakte nu pas aanstalten om vaart te minderen. Hij voelde zijn verkrampte voet op het gaspedaal en probeerde te bedenken hoe hij hem naar links moest verplaatsen. Hij herinnerde zich hoe hij met zijn fiets van boven naar beneden het fietspad afreed en onderaan opeens hard moest remmen om tussen de paaltjes door te kunnen die de auto's de weg versperden. Michela remde niet, die racete er altijd op haar fiets met zijwieltjes tussendoor zonder iets in de gaten te hebben, maar ze had ze niet één keer met haar stuur geraakt.

Hij draaide het stuur naar rechts en het leek of hij recht op de muur af reed.

'Remmen,' zei Alice nog een keer. 'Het middelste pedaal.'

Hij trapte er keihard op, met allebei zijn voeten. De auto kwam met een heftige schok pal voor de muur tot stilstand.

Door de klap sloeg Mattia met zijn hoofd tegen het linkerraampje. De autogordel hield hem op zijn plaats. Alice zwiepte als een twijgje naar voren, maar klampte zich uit alle macht aan de handgreep vast. De vrachtwagen reed met zijn zwabberende rode geledingen achteloos langs hen heen.

Ze bleven een paar seconden stil, alsof ze een buitengewone gebeurtenis overdachten. Toen begon Alice te lachen. Mattia's ogen brandden en de aderen in zijn nek klopten alsof ze ineens allemaal waren opgeblazen en op het punt stonden te ontploffen.

'Heb je je pijn gedaan?' vroeg Alice. Het leek wel alsof ze de slappe lach had.

Mattia was geschrokken. Hij gaf geen antwoord. Ze probeerde weer serieus te worden.

'Laat eens kijken,' zei ze.

Ze knipte haar gordel los en boog zich naar hem over, terwijl hij maar naar die muur zat te staren, zo dichtbij. Hij dacht aan het woord inelastisch, aan het feit dat de kinetische energie die nu zijn benen deed trillen, bij de botsing in één keer vrij zou zijn gekomen.

Eindelijk haalde hij zijn voeten van de rem en de auto gleed een stukje achteruit over de bijna onmerkbaar aflopende weg. Alice trok de handrem aan.

'Je hebt niets,' zei ze en ze streek hem over zijn voorhoofd.

Hij sloot zijn ogen en knikte. Hij probeerde uit alle macht zijn tranen in te houden.

'We gaan naar huis en jij gaat even liggen,' zei ze, alsof dat huis hun huis was.

'Ik moet terug naar mijn ouders,' protesteerde Mattia, maar zonder veel overtuiging.

'Ik breng je er straks heen. Je moet nu eerst even liggen.'

'Ik moet...'

'Mond dicht.'

Ze stapten uit om van plaats te wisselen. De lucht was nu helemaal donker, met uitzondering van een smalle streep aan de horizon waar je niets aan had.

De hele weg zeiden ze geen woord meer. Mattia zat met zijn rechterhand voor zijn gezicht. Zijn ogen waren bedekt en zijn duim en middelvinger drukten tegen zijn slapen. Hij zag steeds weer voor zich wat er op de zijspiegel stond: *Objects in the mirror are closer than they appear*. Hij dacht aan het artikel waar hij Alberto mee had opgezadeld. Die zou er een puinhoop van maken. Hij moest zo snel mogelijk terug. Bovendien had hij zijn colleges die moesten worden voorbereid, en zijn flat, waar het stil was.

Alice wendde haar blik zo nu en dan af van de weg en keek bezorgd naar Mattia. Ze reed zo voorzichtig mogelijk. Ze vroeg zich af of het niet beter was om muziek op te zetten, maar ze wist niet waar hij van hield. Ze wist eigenlijk niets meer van hem.

Voor haar huis hielp ze hem met uitstappen, maar Mattia wilde het alleen doen. Hij wankelde terwijl zij de huisdeur opendeed. Alice deed alles snel, maar lette goed op. Ze voelde zich verantwoordelijk, alsof alles het onvoorziene gevolg was van haar stommiteit.

Ze gooide de kussens op de grond om plaats te maken op de bank. Ze zei tegen Mattia ga hier maar liggen, en hij gehoorzaamde. Daarna liep ze naar de keuken om een kop thee voor hem te maken, of kamillethee, of in ieder geval iets wat ze in haar handen kon houden als ze naar de woonkamer terugging.

Terwijl ze wachtte tot het water kookte, begon ze als een razende op te ruimen. Af en toe keek ze naar de woonkamer, maar ze kon alleen de hoofdsteun van de bank zien, de effen felblauwe kleur ervan.

Nog even en Mattia zou haar vragen waarom ze hem had laten komen en dan kon ze er niet meer omheen. Maar ze was nu nergens meer zeker van. Ze had een meisje gezien dat op hem leek. Ja, en wat dan nog? Het wemelde in de wereld van de mensen die op elkaar leken, het wemelde van dom toeval dat niets te betekenen had. Ze had niet eens met haar gepraat. En ze wist trouwens ook niet waar ze haar kon vinden. Nu ze er, met Mattia in de andere kamer, over nadacht, leek het haar allemaal absurd en wreed.

Het enige wat vaststond, was dat hij terug was en dat zij zou willen dat hij niet meer wegging.

Ze waste de schone borden die in de gootsteen stonden opgestapeld nog een keer af en gooide de pan water leeg die op het fornuis stond. Een handje rijst zat al weken vastgekoekt op de bodem. Zo onder water leken de korrels groter.

Alice goot kokend water in een kopje en hing er een theezakje in. De donkere kleur verspreidde zich meteen. Ze deed er twee flinke scheppen suiker bij en liep terug naar de kamer.

Mattia's hand was van zijn gesloten ogen naar zijn hals gegleden. Zijn gezicht was ontspannen, zijn uitdrukking neutraal. Zijn borst bewoog regelmatig op en neer en hij ademde alleen door zijn neus.

Alice zette het kopje op de glazen tafel en ging op de stoel naast hem zitten zonder haar ogen een moment van hem af te houden. Mattia's ademhaling maakte haar weer rustig. Er waren verder geen geluiden.

Ze had het gevoel dat haar gedachten langzaam weer samenhang vonden, dat ze na een dollemansrit naar een onbekende bestemming eindelijk vaart minderden. Opeens zat ze weer in haar woonkamer, alsof ze was teruggekeerd uit een andere dimensie.

Voor haar lag een man die ze ooit kende en die nu een ander was. Misschien leek hij echt op het meisje in het ziekenhuis. Maar ze waren niet identiek, dat zeker niet. En de Mattia die op haar bank lag te slapen, was niet meer de jongen die ze achter de liftdeuren had zien verdwijnen, die avond dat er van de bergen een warme, onstuimige wind waaide. Het was niet de Mattia die zich zo in haar hoofd had vastgezet dat hij al het andere de weg had versperd.

Nee, voor haar lag een volwassen man die rond een verschrikkelijke afgrond een leven had opgebouwd, op een terrein dat al was afgebrokkeld, en het was hem toch gelukt: ver van de plek des onheils en met mensen die Alice niet kende. Zij had op het punt gestaan om dat alles te verwoesten, om een gruwel die hij diep had weggestopt weer naar boven te halen, louter vanwege een vermoeden dat zo vaag was als de herinnering aan een herinnering.

Maar nu Mattia zo voor haar lag, met zijn gesloten ogen waarachter gedachten schuilgingen waartoe zij geen toegang had, leek alles opeens duidelijker: ze had toenadering gezocht omdat zij dat nodig had, omdat haar leven na de avond van hun afscheid in het trapportaal in een dal was geraakt waar ze niet meer was uitgekomen. Mattia was het uiteinde van de kluwen die ze in zich meedroeg en die met de jaren onontwarbaarder was geworden. Als er nog een mogelijkheid was om hem te ontwarren, een manier om hem uit de knoop te halen, dan was het door aan het uiteinde te trekken dat ze nu tussen haar vingers hield.

Ze voelde dat er zich iets aan het oplossen was, alsof er iets in vervulling ging waarop ze heel lang had gewacht. Ze voelde het in haar ledematen en zelfs in haar ongelukkige been, dat nooit iets voelde.

Ze stond als vanzelf op. Ze vroeg zich ook niet af of het juist was of niet, of ze wel het recht had. Alleen de tijd vergleed, gevolgd door nog meer tijd. Het waren voor de hand liggende handelingen die geen weet hadden van toekomst of verleden.

Ze boog zich over Mattia heen en kuste hem op zijn lippen. Ze was niet bang dat hij wakker zou worden, ze kuste hem zoals je iemand kust die wakker is. Ze kuste hem langdurig en stevig op zijn gesloten lippen, alsof ze er een afdruk op wilde achterlaten. Hij schokte, maar deed zijn ogen niet open. Zijn lippen weken van elkaar en beantwoordden haar kus. Hij was wakker.

Het was anders dan de eerste keer. Hun gezichtsspieren waren sterker nu, bewuster, en zochten de aanval. Het had iets te maken met duidelijke rollen, die van man en vrouw. Alice bleef over hem heen gebogen staan en ging niet op de bank zitten, alsof ze de rest van haar lichaam was vergeten.

De kus duurde lang, twee volle minuten, lang genoeg om de realiteit in staat te stellen een opening tussen hun op elkaar sluitende monden te vinden, naar binnen te glippen en hen allebei te dwingen om te analyseren wat er gebeurde.

Ze lieten elkaar los. Mattia glimlachte snel, werktuigelijk, en Alice legde een vinger op haar vochtige lippen alsof ze zich ervan wilde vergewissen dat het echt was gebeurd. Er moest een beslissing worden genomen en dat zonder te praten. Ze keken elkaar aan, maar ze liepen al niet meer synchroon en hun blikken ontmoetten elkaar niet.

Mattia stond op, onzeker.

'Ik ga even...' zei hij naar de gang wijzend.

'Oké. Het is de deur aan het eind.'

Hij liep de kamer uit. Hij had zijn schoenen nog aan en het geluid van zijn voetstappen leek onder de grond te verdwijnen.

Hij sloot zich op in de badkamer en leunde met zijn handen op de wastafel. Hij voelde zich verdoofd, beneveld. Op de plek van de klap zag hij een lichte zwelling die langzaam groter werd.

Hij draaide de kraan open en hield zijn polsen onder het koude water, zoals zijn vader deed om het bloed dat uit zijn handen gutste te stelpen. Hij keek naar het water en dacht, zoals elke keer, aan Michela. Het was een pijnloze gedachte, zoals de gedachte aan slapen of ademen. Zijn zusje was uiteengerafeld in de stroom, langzaam opgelost in de rivier en via het water in hem terechtgekomen. Haar moleculen hadden zich door zijn lichaam verspreid.

Hij voelde zijn bloedsomloop weer op gang komen. Hij moest nu logisch nadenken, over die kus en over wat hij hier na al die tijd was komen zoeken. Over waarom hij bereid was geweest om Alices lippen te verwelkomen en daarna de behoefte had gehad om zich van haar los te maken en zich hier te verstoppen.

Zij was in de andere kamer en wachtte op hem. Ze waren van elkaar gescheiden door twee rijen bakstenen, een paar centimeter pleisterwerk en negen jaar stilte.

Waar het op neerkwam was dat zij alweer in zijn plaats had gehandeld, zij had hem gedwongen terug te komen, terwijl hij dat zelf altijd had willen doen. Zij had op een foto geschreven kom en hij was als een veer omhoog gesprongen. Een brief had hen bij elkaar gebracht, net als een andere brief hen van elkaar had gescheiden.

Mattia wist wat hem te doen stond. Hij moest naar haar toe gaan en weer op die bank gaan zitten, hij moest haar hand pakken en zeggen ik had niet weg moeten gaan. Hij moest haar weer kussen en daarna nog eens, net zolang tot ze er zo aan gewend waren dat ze niet meer zonder konden. Dat gebeurde in films en in de werkelijkheid, elke dag opnieuw. Mensen zorgden dat ze kregen wat ze wilden, grepen zich vast aan die paar toevalligheden die er waren, en bouwden er een bestaan op. Hij moest tegen Alice zeggen hier ben ik, of weggaan, de eerste vlucht nemen en weer verdwijnen, terug naar de plaats waar hij al die jaren had zitten afwachten.

Hij wist het intussen. Een keuze maak je in een paar seconden en de rest van je leven betaal je de prijs ervoor. Dat was met Michela gebeurd en daarna met Alice en nu weer. Deze keer herkende hij ze: die seconden waren nu en hij zou zich niet meer vergissen.

Hij hield zijn vingers tegen elkaar onder de waterstraal. Hij liet een beetje water in het kommetje van zijn handen lopen en besprenkelde zijn gezicht. Hij strekte, nog steeds over de wastafel gebogen, zonder te kijken, zijn arm om een handdoek te pakken. Hij wreef ermee over zijn gezicht en haalde hem weer weg. In de spiegel zag hij er aan de andere kant een donkerder vlekje op zitten. Hij draaide hem om. Het waren geborduurde initialen, *FR*, op een paar centimeter van de hoek, symmetrisch geplaatst ten opzichte van de bissectrice.

Mattia draaide zich om en vond de andere handdoek, identiek aan de eerste. Op dezelfde plaats waren de letters *ADR* geborduurd.

Hij keek nu beter om zich heen. In het glas met een rand kalkafzetting stond maar één tandenborstel en ernaast stond een mandje met allerlei spullen door elkaar: crèmes, een rood elastiek, een borstel met haren erin en een nagelschaartje. Op het planchet onder de spiegel lag een scheermes met tussen de mesjes nog heel korte donkere haartjes.

Er was een tijd geweest dat hij, terwijl hij samen met Alice op het bed zat, zijn ogen door haar kamer kon laten dwalen, iets op een plank kon zien staan en bij zichzelf kon zeggen dat heb ik voor haar gekocht. Die cadeaus getuigden van een weg die was afgelegd, als vlaggetjes die bij elke etappe in de grond waren geplaatst. Ze markeerden een hele reeks kerstfeesten en verjaardagen. Sommige herinnerde hij zich nog: de eerste plaat van de Counting Crows, een thermometer van Galileo, met zijn verschillend gekleurde, in een doorzichtige vloeistof drijvende bollen, en een boek over de geschiedenis van de wiskunde, dat Alice snuivend had aangepakt, maar uiteindelijk wel had gelezen. Ze bewaarde die cadeaus zorgvuldig en goed in het zicht, zodat hij wist dat zij ze altijd zag. Mattia wist het. Hij wist alles, maar kon niet van zijn plaats komen. Alsof hij, door gehoor te geven aan Alices lokroep, ten onder kon gaan en zichzelf voor altijd kon kwijtraken. Hij was zwijgend en onbewogen blijven wachten tot het te laat was.

Nu stond er geen enkel voorwerp dat hij herkende. Hij keek naar zijn spiegelbeeld, zijn haren die in de war zaten, het boord van zijn overhemd dat een beetje scheef zat, en toen snapte hij het. In die badkamer, in dat huis, net als in het huis van zijn ouders, op al die plekken was er niets meer van hem.

Hij bleef roerloos staan om te wennen aan het besluit dat hij had genomen, tot hij voelde dat de seconden voorbij waren. Hij vouwde de handdoek netjes op en veegde met de rug van zijn hand de druppels weg die hij op de wastafel had achtergelaten.

Hij ging de badkamer uit en liep door de gang. Hij bleef op de drempel van de woonkamer staan.

'Ik moet nu gaan,' zei hij.

'Ja,' zei Alice, alsof ze er zich al op had voorbereid om dat te zeggen.

De kussens lagen weer op hun eigen plaats op de bank en alles werd verlicht door een grote hanglamp in het midden van het plafond. Elk spoor van samenzwering was verdwenen. De thee op het bijzettafeltje was koud geworden en op de bodem van het kopje had zich een donker, stroperig bezinksel gevormd. Mattia bedacht dat dit het huis van iemand anders was, meer niet.

Ze liepen allebei naar de deur. Terwijl hij langs Alice liep, raakte zijn hand de hare.

'Dat berichtje dat je me hebt gestuurd...' zei hij, 'was er iets wat je me wilde vertellen?'

Alice glimlachte.

'Het was niks.'

'Eerst zei je dat het belangrijk was.'

'Nee, dat was het niet.'

'Had het met mij te maken?'

Ze aarzelde even.

'Nee,' zei ze, 'het had alleen met mezelf te maken.'

Mattia knikte. Hij dacht aan een potentieel dat uitgeput was geraakt, aan de onzichtbare veldlijnen die hen eerst door de lucht met elkaar verbonden en er nu niet meer waren.

'Dag dan maar,' zei Alice.

Binnen was het helemaal licht en buiten was het helemaal donker. Mattia reageerde met een handgebaar. Voor ze naar binnen ging, zag ze nog de donkere cirkel op zijn handpalm, een raadselachtig, onuitwisbaar, onherroepelijk gesloten symbool.

46

Het vliegtuig vloog in het holst van de nacht en de weinigen die niet sliepen en het vanaf de grond gadesloegen, zagen slechts een hoopje knipperende lichtjes, als een dwalende constellatie tegen de zwarte roerloze hemel. Niemand hief zijn hand op om te zwaaien, want dat was iets voor kinderen.

Mattia stapte in de eerste taxi van de rij voor de terminal en vertelde de chauffeur waar hij heen moest. Toen ze over de boulevard reden, steeg er al een flauw licht op van de horizon.

'*Stop here, please,*' zei hij tegen de taxichauffeur.

'*Here?*'

'*Yes.*'

Hij betaalde de rit en stapte uit de auto, die meteen wegreed. Hij liep een tiental meters over het gras naar een bankje dat daar speciaal leek te zijn neergezet om in het niets te staren. Hij gooide zijn tas erop, maar ging zelf niet zitten.

Er was al een streepje zon zichtbaar aan de horizon. Mattia probeerde zich de meetkundige naam te herinneren van die vlakke figuur die wordt begrensd door een boog en een lijnstuk, maar hij kon er niet opkomen. De zon leek sneller te bewegen dan overdag, je kon de snelheid waarnemen, alsof hij haast had om op te komen. De stralen die over het water vielen waren rood, oranje en geel, en Mattia wist waarom, maar die kennis voegde niets toe en leidde hem niet af.

De bocht van de kust was vlak en lag pal in de wind en hij was de enige die ernaar keek.

Eindelijk maakte de gigantische rode bol zich als een vuurbal los van de zee. Even dacht Mattia aan de rotatie van de sterren en planeten, aan de zon die 's avonds achter hem onderging en 's ochtends daar voor hem weer opkwam. Elke dag, het water in en uit, of hij daar nou stond te kijken of niet. Het was niets anders dan mechanica, behoud van energie en van draai-impuls, krachten die elkaar ophieven, middelpuntzoekende en middelpuntvliedende krachten, niets anders dan een baan die niet anders kon zijn dan hij was.

Langzaamaan werden de tinten zachter en begon uit de achtergrond van de andere kleuren het heldere ochtendblauw tevoorschijn te komen om eerst de zee en vervolgens de lucht in bezit te nemen.

Mattia blies in zijn handen, die door de zilte wind versteend waren. Toen stak hij ze weer in zijn jaszak. Hij voelde iets in de rechterzak. Hij haalde een in vieren gevouwen briefje tevoorschijn. Het was het telefoonnummer van Nadia. Hij las in stilte een voor een de cijfers en glimlachte.

Hij wachtte tot ook het laatste paarse vlammetje aan de horizon was gedoofd en wandelde in de lichte nevel die zich nu verspreidde naar huis.

Zijn ouders zouden deze zonsopkomst mooi hebben gevonden. Hij moest ze misschien eens meenemen om die te zien en dan samen naar de haven lopen om te ontbijten met een zalmsandwich. En dan zou hij hun uitleggen hoe het werkt, hoe er, als alle golflengten versmelten, wit licht ontstaat. En hun vertellen over het absorptiespectrum en het emissiespectrum, en zij zouden knikken zonder er iets van te begrijpen.

De koude ochtendlucht kroop onder zijn jack en Mattia

liet het gebeuren. Het rook fris. Iets verderop wachtten hem een douche, een warme kop thee en een dag als alle andere, en meer had hij niet nodig.

47

Diezelfde ochtend, een paar uur later, trok Alice de rolluiken op. Het ratelende geluid van de plastic lamellen die over het oprolmechanisme draaiden was geruststellend. Buiten stond de zon al hoog.

Zonder er al te lang over na te denken koos ze een cd uit de stapel naast de stereo. Ze wilde alleen wat geluid om de lucht te klaren. Ze draaide het volume op tot het eerste rode streepje. Fabio zou woest geworden zijn. Ze moest glimlachen toen ze bedacht hoe hij schreeuwend om boven de muziek uit te komen en met vooruitgestoken kin haar naam zou hebben uitgesproken, met een veel te lange *i*.

Ze trok de lakens van het bed en gooide ze in een hoek. Ze pakte schone uit de kast. Ze keek hoe ze opbolden en toen zachtjes golvend neerdaalden. Er klonk een lichte snik in de stem van Damien Rice voordat hij *oh coz nothing is lost, it's just frozen in frost* zong.

Alice waste zich op haar dooie gemak. Ze bleef lang onder de douche staan, haar gezicht omhoog naar de waterstraal. Toen kleedde ze zich aan en bracht een lichte, bijna onzichtbare make-up aan op haar wangen en oogleden.

Toen ze klaar was, was de cd allang afgelopen, maar ze had het niet gemerkt. Ze ging de deur uit en stapte in haar auto.

Eén blok verwijderd van de winkel veranderde ze van richting. Ze zou iets te laat komen, maar dat gaf niet.

Ze reed naar het park waar Mattia haar alles had verteld.

Ze parkeerde op dezelfde plek en zette de motor af. Het leek of er niets was veranderd. Ze herinnerde zich alles nog precies, behalve het glimmende houten hek dat nu om het grasveld stond.

Ze stapte uit en liep naar de bomen. Het gras knisperde, nog koud van de nacht, en de takken zaten vol nieuw blad. Er zaten jongens op de bankjes waar lang geleden Michela had gezeten. Midden op de tafel stond een toren van allemaal op elkaar gestapelde blikjes. De jongens praatten luidruchtig en eentje deed met drukke gebaren iemand na.

Alice liep hun kant op en probeerde op te vangen waar ze het over hadden, maar nog voor ze haar in de gaten kregen, was ze al voorbij en liep ze in de richting van de rivier. Sinds de gemeente had besloten de dam het hele jaar open te laten, stond er op die plek bijna geen water meer, en lagen er alleen langgerekte plassen. De rivier leek roerloos, alsof hij vergeten was, uitgeput. Als het warm was, namen de mensen 's zondags hun ligstoelen van huis mee en gingen daar beneden zitten zonnen. De bodem bestond uit witte steentjes en gelig, fijn zand. Het gras aan de oever stond hoog, het kwam tot boven Alices knieën.

Ze liep naar beneden, bij elke stap oplettend dat ze niet onderuitging. Daarna liep ze over de rivierbedding tot aan de rand van het water. Voor haar lag de brug en daarachter de Alpenketen die op heldere dagen als deze vlakbij leek. Alleen de allerhoogste toppen waren nog besneeuwd.

Alice ging op de droge bedding liggen. Haar ongelukkige been was haar dankbaar en ontspande zich. De grootste stenen priemden in haar rug, maar ze bleef liggen.

Ze deed haar ogen dicht en probeerde zich voor te stellen dat er om haar heen en boven haar overal water was. Ze dacht aan Michela, die vanaf de oever naar voren boog. Aan haar ronde gezicht, dat ze in de kranten had gezien, weerspiegeld door de zilverkleurige rivier. Aan de plons die door niemand werd gehoord en aan de doorweekte, ijskoude kleren die haar naar beneden trokken. Aan haar haren, die als donkere algen op het water dreven. Ze zag haar met haar armen spartelen, wild in het rond slaan, en pijnlijke slokken van dat ijskoude water binnenkrijgen, waardoor ze nog verder naar beneden werd getrokken, totdat ze bijna de bodem raakte.

Toen stelde ze zich voor hoe haar bewegingen steeds vloeiender werden, haar armen op elkaar afgestemd raakten en steeds wijdere cirkels beschreven, haar voeten zich uitstrekten als twee zwemvliezen en samen bewogen, haar hoofd zich naar boven draaide, waar nog een beetje licht vandaan kwam. Ze zag Michela weer bovenkomen en ademhalen, eindelijk. Ze volgde haar terwijl ze aan het wateroppervlak met de stroom meezwom, naar een nieuwe bestemming. De hele nacht door, tot aan zee.

Toen ze haar ogen opende, was er nog steeds die strakblauwe, schitterende hemel. Er was geen wolkje te bekennen.

Mattia was ver weg. Fabio was ver weg. Het stroompje ruiste zwak, slaperig.

Ze dacht terug aan toen ze bedolven onder de sneeuw in de kloof lag. Ze dacht aan die volmaakte stilte. Ook nu wist niemand waar ze was, net als toen. Ook dit keer zou er niemand komen. Maar ze wachtte niet meer.

Ze glimlachte naar de glasheldere hemel. Met een beetje moeite kon ze zelf overeind komen.

DANKWOORD

Dit boek zou er niet zijn zonder Raffaella Lops.

In willekeurige volgorde bedank ik Antonio Franchini, Joy Terekiev, Mario Desiati, Giulia Ichino, Laura Cerutti, Cecilia Giordano, mijn ouders, Giorgia Mila, Roberto Castello, Emiliano Amato, Pietro Grossi en Nella Re Rebaudengo. Ieder van hen weet wel waarvoor.